UNITALL

# Aldebaran

## Band 6:

## Zeitenwende 2012

Heinrich von Stahl

1. Auflage
April 2011

Unitall Verlag GmbH
Salenstein, Schweiz
www.unitall.ch

Vertrieb:
HJB Verlag & Shop KG
Schützenstr. 24
78315 Radolfzell
Deutschland

Bestellungen und Abonnements:
Tel.: 0 77 32 – 94 55 30
Fax: 0 77 32 – 94 55 315
www.hjb-shop.de
hjb@bernt.de

Redaktion: Sahid El Farrak
Bildelemente: Mariusz
Printed in EU

# Kapitel 1: Die Enthuellung

Frustration war eher eine Untertreibung, um den Gemütszustand des Bundeswehroffiziers zu beschreiben. Sein direkter Vorgesetzter, Generalmajor Eberhardt, hatte ihm vor wenigen Minuten eröffnet, dass der Angriff des Obersten auf ein Ausbildungslager der Taliban in den Bergen Afghanistans nicht ohne Folgen bleiben würde – was so viel bedeutete, dass ein Verfahren gegen ihn eröffnet werden würde.

Nach dem Angriff hatte sich der Kommandotrupp zwar wieder zurückgezogen, wenige Stunden später wurden jedoch Bilder von mehreren Dutzend getöteten Zivilisten im afghanischen Fernsehen gezeigt, die angeblich durch den Einsatz der Bundeswehr ums Leben gekommen waren.

Das war natürlich nichts weiter als das in letzter Zeit immer häufigere Vorgehen der islamischen Gotteskrieger: Wurden sie irgendwo angegriffen und erlitten schwere Verluste, so schafften sie ein paar tote Zivilisten heran und schoben die den Angreifern in die Schuhe, indem sie gleich darauf ein Fernsehteam zum Ort des Geschehens bestellten.

Doch Oberst Müller war sich einhundertprozentig sicher, dass bei seinem Angriff auf das Lager kein einziger Zivilist anwesend war – erst recht keine Frauen und Kinder, wie die Fernsehaufnahmen zu suggerieren versuchten. Offensichtlich mit Erfolg, denn Müller war nach dem Vorfall nach Deutschland zurückbeordert und soeben vom Generalmajor beurlaubt worden.

Der Oberst steuerte seinen dunkelgrünen Ford Mondeo am Ortseingangsschild von Berlin-Spandau vorbei. Seine Gedanken kreisten weiterhin um den Krieg in Afghanistan, der seiner Meinung nach zweifellos nicht zur Bekämpfung des Terrors, sondern für den Profit globaler Großkonzerne, meist mit dem Hauptsitz in den USA, geführt wurde.

Zu dem Frust, moralisch auf der falschen Seite zu stehen, kam die Erkenntnis, dass dieser Krieg gerade die Terroranschläge provozierte, deren Verhindern angeblich der Sinn dieses Konfliktes sei. Und als Steigerung des Ganzen mussten ausgerechnet die Soldaten, die ihr Leben letztendlich für die Finanzinteressen von Bonzen riskierten, als Sündenböcke herhalten, wenn die Medien von toten Zivilisten berichteten.

Müller fragte sich, was die deutsche Regierung dazu getrieben hatte, sich an diesem Krieg zu beteiligen. Wollte sie die daraus resultierende Terrorgefahr zur Rechtfertigung von Überwachungsmaßnahmen nutzen, zwecks effektiverer Kontrolle des eigenen Volkes? Oder war es einfach nur hündische Ergebenheit gegenüber der amerikanischen Politik?

*Denn deutsche Interessen werden ganz sicher nicht am Hindukusch verteidigt,* dachte der Oberst verbittert.

Während er im fließenden Verkehr mitschwamm, vertrieb er seine unerfreulichen Gedanken und dachte an seine hübsche Frau und seine beiden Kinder, die er in den letzten Jahren aufgrund seiner Afghanistan-Einsätze viel zu selten gesehen hatte.

Zur zusätzlichen Ablenkung schaltete er das Radio an. Die Zwölf-Uhr-Nachrichten strahlten einen Bericht aus über ein weiteres Euro-Rettungspaket in zweistelliger Milliardenhöhe, ein »großzügiges Steuerzahlergeschenk« für das nach der geplatzten Immobilienblase nahezu bankrotte Spanien. Es folgte eine Meldung, die sofort Müllers Aufmerksamkeit erregte: Mehrere Hobby-Astronomen in Australien, wo es augenblicklich tiefste Nacht war, behaupteten, vor wenigen Stunden Dutzende von unidentifizierbaren Objekten in Erdnähe entdeckt zu haben. Einige seien sogar mit bloßem Auge am Nachthimmel zu sehen gewesen.

*Ein Meteoritenschwarm?*, überlegte Müller, nachdem keine weiteren Informationen vom Nachrichtensprecher kamen. *Nein, wenn es sich um größere Brocken gehandelt hätte, wären die schon lange vorher entdeckt worden – nicht erst in Erdnähe.*

Ralf Müller begeisterte sich schon seit frühester Jugend für die Weltraumfahrt und natürlich für Science Fiction-Geschichten, weshalb er die Sichtung außerirdischer Raumschiffe für nicht ausgeschlossen hielt. Oder waren es vielleicht Raumschiffe der geheimnisvollen Dritten Macht, über die seit Jahren die verrücktesten Geschichten im Internet kursierten? Im Großteil dieser Geschichten war jene Dritte Macht ursprünglich aus Teilen der Wehrmacht und der SS entstanden, die sich gegen Ende des Krieges in die Antarktis abgesetzt hatten. Diese Variante hielt Müller jedoch für unwahrscheinlich. Würden die Nazis über eine solche Technologie verfügen, hätten sie mit Sicherheit längst offen ins Weltgeschehen eingegriffen und ihre Niederlage von 1945 gesühnt.

Anderen Geschichten zufolge war die Dritte Macht von Außerirdischen namens »Aldebaraner« gegründet worden, die weltweit Menschen entführten – zu einem Zweck, über den es ebenfalls Dutzende Varianten im Internet zu lesen gab.

Müller war Realist genug, um diesen zwar äußerst faszinierenden, aber wirklichkeitsfremden Phantasien keine ernsthafte Beachtung zu schenken; es machte Spaß, sich damit zu befassen, mehr nicht.

*

Das Hologramm war mit bloßem Auge nicht vom Original zu unterscheiden, obwohl sich Letzteres in achtundsechzig Lichtjahren Entfernung befand. Es wirkte, als säße Imperator Sargon II. leibhaftig im gläsernen Konferenzraum des ehemaligen Regierungsgebäudes der Dritten Macht, in der Hohlwelt unter der Oberfläche des Mars. Stattdessen hielt sich der Imperator an Bord seines Flagschiffes auf, der ONSLAR II, die sich in einer Umlaufbahn um die Zentralwelt Sumeran im Aldebaran-System bewegte.

Vor wenigen Tagen hatten die Mohak diese Welt bombardiert und praktisch keinen Stein auf dem anderen gelassen. Nach der

Konferenz im heutigen Regierungsgebäude des solaren Generalgouvernements, welcher er über das Universalnetz als Hologramm beiwohnte, würde sich der Imperator wieder um die notwendigen organisatorischen Maßnahmen zur Schaffung akzeptabler Lebensumstände auf der Heimatwelt kümmern. Dichte Staubschwaden verdunkelten als Folge der zahllosen nuklearen Einschläge die Atmosphäre und ließen die Temperaturen dramatisch absinken. Hunderte Schiffe schwebten in den oberen Schichten, um spezielle Aerosole abzuwerfen, die den feinen Staub an sich banden, sodass er zu Klumpen kondensierte, die auf die Planetenoberfläche herabregneten.

Im Gegensatz zum Bombardement der Echsen, zu Beginn dieses Krieges vor mehr als einhundertfünfzig Jahren, waren diesmal jedoch keine Aldebaraner ums Leben gekommen. Der Imperator hatte rechtzeitig die Evakuierung der Zentralwelt angeordnet und so Milliarden vor dem Tode bewahrt.

Die Reptiloiden hatten für ihren Großangriff auf das Imperium und die Bombardierung Sumerans teuer bezahlt, zu teuer, denn das Pendel in diesem seit rund eineinhalb Jahrhunderten andauernden galaktischen Krieg schlug inzwischen eindeutig zugunsten der Menschheit aus – ein Punkt, auf den der Imperator soeben zu sprechen kam.

»Nach der Vernichtung der Nachschubbasen auf Oglatrak, Subanok, Peralit und Gallok, der Zerstörung der Heimatwelt Mohalan IX und der Vernichtung des Großteils der Echsenflotte sind unsere Raumer nun seit drei Tagen auf dem Vormarsch. Der Krieg findet nicht länger im Imperium, sondern im Mohak-Reich statt.«

»Wie schätzen Sie die aktuelle Stärke der Echsen ein?«, fragte Unaldor, der vor einhundertvierundvierzig Jahren zusammen mit dreihundert gestrandeten Aldebaranern mit dem Aufbau der Dritten Macht begonnen hatte. Millionen befähigte Terraner waren seitdem rekrutiert worden, woraus sich mithilfe technologischer Hilfsmittel (wie der künstlichen Gebärmutter) mittlerweile eine

Gesamtbevölkerung von drei Milliarden Menschen entwickelt hatte. Speziell der Mars mit seinem Rohstoffreichtum hatte den Bau einer riesigen Flotte ermöglicht, die nun im Krieg gegen die Mohak, nicht zuletzt durch die hohe Qualität der terranischen Soldaten, den Ausschlag gegeben hatte.

Sargon II., beziehungsweise sein Hologramm, legte nun auch seinen linken Arm auf den Besprechungstisch. »Der Feind ist uns zahlenmäßig nur noch zwei zu eins überlegen. Berücksichtigt man allerdings die höhere Feuerkraft unserer Superschlachtschiffe und unserer Schlachtkreuzer, so ergibt sich eine leichte Überlegenheit unserer Flotte. Zusätzlich befindet sich der Gegner durch seinen überstürzten Rückzug aus dem Imperium in einem chaotischen Zustand. Wir lassen ihm keine Zeit, zur Ruhe zu kommen, um sich zu sammeln.«

Ein Ausdruck der Erleichterung zeigte sich in den markanten Gesichtszügen des Imperators. Seit einhundertfünfzig Jahren war er der Herrscher über alle aldebaranischen Sternensysteme – gewählt vom Inneren Orden zu einer Zeit, als die Menschheit die erste Bombardierung Sumerans mit Milliarden Toten zu verkraften hatte. Aldebaran war in all den Jahrzehnten immer in die Defensive gedrängt worden. Dies hatte sich vor wenigen Tagen entscheidend geändert.

Für das Imperium bestand erstmalig keine direkte Bedrohung. Im Gegenteil – ein Echsenplanet nach dem anderen wurde vom Feuer der aldebaranischen Schiffsgeschütze in eine Gluthölle verwandelt. Der totale Vernichtungskrieg, den die Mohak begonnen hatten, war nun in ihr eigenes Reich zurückgekehrt.

Dabei gingen die Flotten der vereinigten Menschheit mit kompromissloser Rücksichtslosigkeit vor. Der Grund dafür lag auf der Hand: Niemals hatten die Reptiloiden Verhandlungsbereitschaft gezeigt. Ihr Kriegsziel war eindeutig die Ausrottung der verachteten »Futtertiere« gewesen, um in den Besitz wertvoller Sauerstoffwelten zu gelangen. Die sagenhafte Vermehrungsrate der Mohak ließ den Menschen nun keine andere Wahl als die vollständige Vernichtung des Gegners, wenn man das baldige Wiedererstarken dieser grausamen und gnadenlosen Spezies nicht riskieren wollte.

Hinzu kam, dass die Mohak nach neueren Erkenntnissen das Ergebnis von mehr als zehntausend Jahre zurückliegenden Zuchtexperimenten der Capellaner, einem von den Altaldebaranern des Ersten Imperiums abstammenden Volkes, waren. Nun schickten sich die Kindeskinder an, den Fehler der Ahnen zu korrigieren.

»Wie viele zusätzliche Schiffe können Sie kurzfristig bereitstellen, Unaldor? Das Wichtigste ist nun, dass der Schwung unserer Offensive nicht nachlässt, wofür wir jedes verfügbare Schiff brauchen.«

Unaldor gab dem mit am Tisch sitzenden Edward Bulwer Lytton, der seit einigen Jahrzehnten als Rüstungsminister der Dritten Macht fungierte, einen kurzen Wink.

»Zurzeit führen sechs kürzlich fertiggestellte Superschlachtschiffverbände mit frischen Mannschaften ein Manöver bei den Saturnmonden durch. Die damit verbundene Ausbildung wird in drei Tagen abgeschlossen sein.« Der im Jahre 1803 geborene ehemalige Schriftsteller und Kolonialminister des britischen Empire kratzte sich mit der Rechten den auffälligen Wangenbart und strich mit der Linken über die leicht gewellten, seitlich gescheitelten blonden Haare. Mit seinen zweihundertneun Jahren wirkte er wie ein Mann Anfang zwanzig. »Ich schlage vor, wir verwenden die frischen Schiffe für die solare Heimatverteidigung und schicken Ihnen, Imperator, die bisherigen Wachschiffe unseres Heimatsystems. Es handelt sich um eine Flotte von ungefähr der gleichen zahlenmäßigen Stärke, deren Besatzungen jedoch über mehr Erfahrung verfügen.«

Sargon II. war wieder einmal beeindruckt von der Leistungsfähigkeit der Industrie des solaren Systems. Speziell die Werften des Mars hatten bereits eine höhere Produktionskapazität als die der beiden Industrieplaneten Mugat und Solt, die wie Sumeran die Sonne Aldebaran umkreisten. Ohne diesen immensen Ausstoß an Schiffen wäre es unmöglich gewesen, die Mohak in die Defensive zu drängen.

»Das ist mehr, als ich zu hoffen gewagt hatte«, gab der Imperator sichtlich zufrieden zurück. »Doch ist es nicht ein wenig nachlässig, das solare System unter den Schutz noch unerfahrener Verbände zu stellen? Schließlich würde uns der Verlust des Industrieplaneten Mars stark treffen und wahrscheinlich unserer Offensive einen signifikanten Teil ihres Schwungs nehmen.«

»Wie Sie wissen, mein Imperator«, übernahm Unaldor jetzt wieder die Gesprächsführung, »sind den Echsen die Koordinaten des solaren Systems nicht bekannt. Es ist unwahrscheinlich, dass der Feind bei seinem gegenwärtigen Rückzug in den Besitz dieser Information gelangt. Es wäre falsch, für diesen unwahrscheinlichen Fall das Risiko einzugehen, größere Verbände im Sol-System zu belassen, die dann bei unserem Blitzkrieg fehlen.«

Ohne sich dessen bewusst zu sein, hatte der solare Gouverneur die deutsche Bezeichnung für den schnellen Vorstoß gewählt, bei dem man dem Gegner keine Zeit ließ, organisierten Widerstand zu leisten. Schließlich war der Plan, den Feind zunächst vom Nachschub abzuschneiden und ihn dann unaufhörlich unter Druck zu setzen, von dem ehemaligen deutschen U-Boot-Kommandanten und heutigen Raummarschall Günter Prien entwickelt worden, der sich dabei auf die Analogien zu den Kesselschlachten des 2. Weltkriegs und zur Blitzkriegtaktik der Wehrmacht berufen hatte. Diese Anwendung altertümlicher militärischer Taktiken auf einen modernen galaktischen Krieg hatte sich als äußerst erfolgreich erwiesen.

Nachdenklich blickte Sargon in die Runde, die umgekehrt ebenfalls in Form von Hologrammen am Besprechungstisch im Konferenzraum der ONSLAR II saß. Er kam zu dem Schluss, dass Unaldor Recht hatte: Die Angst vor einem unwahrscheinlichen Angriff der Echsen auf Sol durfte nicht dazu führen, dass man den Erfolg einer mit allen Kräften geführten Offensive gefährdete. Nur so war dieser grausame Todfeind ein für allemal zu besiegen.

»Darf ich die Sprache auf ein weiteres Thema bringen?«, sagte Unaldor und riss damit den Imperator aus seinen Gedanken.

»Bitte!«

»Es ist Ihnen bekannt, das nur die herrschende Finanz- und Politkaste auf Terra offiziell von unserer Existenz weiß. Natürlich existieren etliche Gerüchte über uns im Internet, eine altertümliche Variante des Universalnetzes, und es gibt sogar eine Romanserie, die den Krieg Aldebarans gegen die Mohak zum Inhalt hat. Doch wie gesagt, es handelt sich um Gerüchte, beziehungsweise Fiktion.« Der solare Gouverneur machte eine kurze Pause und blickte dem Hologramm des Imperators eindringlich in die Augen. »Ich denke, es ist nun an der Zeit, die terranische Bevölkerung über unsere Existenz offiziell zu unterrichten. Anschließend würden wir Rekrutierungszentren in den terranischen Großstädten einrichten, wodurch wir kurzfristig einige Dutzend Millionen qualifizierter Techniker, Wissenschaftler und Soldaten für uns gewinnen dürften.«

»Und was ist Ihr Vorschlag, wie wir mit den terranischen Regierungen umgehen sollen?«, hakte Sargon nach. »Speziell die wissentlich oder unwissentlich von der Hochfinanz kontrollierten Politiker der westlichen Nationen dürften uns gegenüber feindselig eingestellt sein. Wollen Sie diese Regierungen absetzen und Terra dem Imperium einverleiben?«

»O nein, mein Imperator.« Unaldor schüttelte energisch den Kopf. »Auf Terra herrscht das blanke Chaos. Ein Durcheinander aus Ethnien und aberwitzigen religiösen Vorstellungen macht aus der terranischen Menschheit einen zerstrittenen Haufen – ein Umstand, den die Finanzelite herbeigeführt hat, um den Menschen Sicherheit verkaufen zu können, die natürlich mit der schrittweisen Aufgabe der Freiheit bezahlt werden muss. Zusätzlich kann sich aus diesem Durcheinander, von seinen Verursachern stolz ›multikulturelle Vielfalt‹ genannt, kein ernsthafter Widerstand gegen die zerstörerische und die Völker ausplündernde Profitgier der Finanzelite entwickeln. Kurzum: Die aus diesem Chaos hervorgegangenen Menschen mit ihrer anerzogenen Dummheit wären sicherlich keine Bereicherung für das Imperium.«

»Wie also wollen Sie vorgehen, Gouverneur?«

»Unsere Rekrutierungszentren schöpfen die wahre Elite der Menschheit ab – diejenigen also, die trotz jahrzehntelanger gezielter Beeinflussung durch die Massenmedien klar im Kopf geblieben und somit dem Kultur und Fortschritt vernichtenden Gewäsch der Finanzelite nicht auf den Leim gegangen sind. Bitte entschuldigen Sie meine etwas emotionale Ausdrucksweise, aber würde ich Ihnen Details über den Aberwitz berichten, an den schwache Geister zu glauben bereit sind, wenn er Ihnen nur lange genug eingehämmert wird, würden Sie meine Emotionen verstehen.«

»Sie wollen also Ihre Rekrutierungszentren betreiben und die terranischen Regierungen ansonsten in Ruhe lassen? Die werden aber sicherlich nicht davon begeistert sein, wenn Sie einfach so mir nichts dir nichts auftauchen und diese Zentren auf ihrem jeweiligen Hoheitsgebiet einrichten.«

»Die werden sogar Gift und Galle spucken. Doch was schert's uns? Die Lakaien der Finanzelite sind nicht in der Lage, etwas dagegen zu unternehmen. Habe ich Ihr Einverständnis für diese Vorgehensweise, Imperator?«

»Sie kennen Terra seit mehr als einhundertvierzig Jahren. Ich bin überzeugt davon, dass Sie aus diesen Erfahrungen das Beste für das Imperium ableiten. Sie haben also meine volle Unterstützung.«

*

Oberst Ralf Müller parkte seinen Mondeo vor einem der für Spandau typischen Mehrfamilienhäuser in der Johannastraße. Er schloss die Haustür auf, stieg in den Fahrstuhl und begab sich ins Dachgeschoss. Dort öffnete er seine Wohnung. Da er vorher nicht zuhause angerufen hatte, wussten weder seine Frau noch seine beiden Kinder, dass Papa früher als erwartet heimkam. Der würzige Geruch des Mittagessens, das Katrin für Herbert und Monika zubereitet hatte, stieg ihm angenehm in die Nase.

Ralf beabsichtigte nicht, seine Frau von dem Verfahren, das voraussichtlich gegen ihn eingeleitet werden würde, zu unterrichten. Vielmehr wollte er seine Familie überraschen und zusammen mit seinen Liebsten einen, soweit ihm das möglich war, fröhlichen Tag verbringen.

Er hängte seine schwarzbraune Lederjacke, die er über seiner Uniform zu tragen pflegte, an den Garderobenhaken und schlich sich durch den schmalen Flur ins Wohnzimmer. Dort lief der Fernseher, doch von Katrin war nichts zu sehen. An der Sitzgruppe vorbei durchquerte er den selten genutzten Essbereich und lugte in die Küche. Seine Frau stand mit dem Rücken zu ihm und entfernte gerade in gebückter Haltung Essensreste von den Tellern. Ralf bewunderte ihr Hinterteil, das in der engen blauen Jeans besonders knackig wirkte. Ihre dunkelblonden Haare fielen über einen von einem dunkelblauen T-Shirt verdeckten schmalen Rücken.

Der unerwartete Heimkehrer ging näher heran und legte seine Rechte fordernd in den Schritt seiner Frau, die vor Schreck beinahe in der Spüle gelandet wäre.

»Du verdammter Schuft!«, schimpfte sie – erleichtert, aber auch hörbar verstimmt.

Ralf drückte Katrin fest an sich. Er spürte ihr wild pochendes Herz. »Ich bin froh wieder bei dir zu sein«, flüsterte er ihr ins Ohr. »Ich liebe dich!«

»Ich liebe dich auch. Aber musstest du mich unbedingt zu Tode erschrecken?«

»Ich konnte einfach nicht widerstehen«, entgegnete er und grinste schelmisch. »Hast du noch etwas übrig vom Mittagessen?«

»Ach, so ist das! Der Herr löst bei mir fast einen Herzanfall aus und möchte dafür auch noch eine Belohnung!« Katrin setzte eine strenge Miene auf und lächelte ihn gleichzeitig warmherzig an, ein Mienenspielkunststück, das nur Frauen vollbringen konnten. »Ich habe noch eine ordentliche Portion Spaghetti Bolognese übrig. Müsste sogar noch warm genug sein – die Kinder sind erst vor fünf Minuten in ihrem Zimmer verschwunden.«

»Her damit!«

Katrin schaufelte ihm einen Suppenteller voll, in der Erwartung, er würde sich zu ihr an den schmalen Küchentisch setzen. Stattdessen sagte er: »Da war vorhin etwas Interessantes im Radio. Ich würde gern beim Essen N-TV sehen, vielleicht bringen die ja was darüber.«

Die hübsche Frau winkte nur ab, schließlich kannte sie ihren Mann und wusste, dass er beim Essen nie besonders kommunikativ war. Er liebte es, sich dabei vom Fernseher berieseln zu lassen – das war irgendwie manntypisch.

Der Oberst setzte sich mit dem Teller in der Linken und einer Gabel in der Rechten im Wohnzimmer auf die zitronengelbe Couch vor dem nierenförmigen Glastisch. Von dort hatte man den besten Blick auf den 52er-LCD-Fernseher. Er tauschte die Gabel gegen die auf dem Tisch liegende Fernbedienung und wählte den Nachrichtensender. Dort wurde gerade ein Bericht über Waldbrände in Griechenland gezeigt – nicht besonders interessant, aber für eine »Essensberieselung« ausreichend.

Ralf hatte seinen Teller schon fast gelehrt, als das Bild plötzlich wechselte. Sein Herz übersprang ein oder zwei Schläge. Für einen Moment hatte er den Eindruck, wie durch einen Tunnel auf den Fernseher zu blicken. Das Adrenalin schoss mit höherer Intensität als bei einem Kampfeinsatz in seine Adern. Die Gabel fiel ihm aus der Hand und landete klackernd auf dem Laminatfußboden.

»Katrin! Komm schnell her! Das musst du dir ansehen!«

*

Leicht mit den Hüften schwingend stieg die blonde Schönheit in den Whirlpool. Ihre hüftlangen Haare tauchten in das sprudelnde Wasser, während sie sich zur Seite drehte, um ihre wohlgeformten Brüste ihrem Mäzen zu präsentieren. Sie wusste um ihre Trumpfkarte und bemühte sich, diese bei jeder passenden Gelegenheit auszuspielen. Am Funkeln in den Augen des Mannes und seiner Reaktion weiter südwärts erkannte sie, dass ihre Rechnung aufging.

»Vier Milliarden!«, quoll es über die Lippen des mittelgroßen Mannes mit dem schütteren blonden Haarkranz. »Diese Idioten haben tatsächlich geglaubt, General Electric müsse für diesen kleinen Störfall aufkommen, und deshalb haben sie ihre Aktien verkauft. Der Wert meiner Put-Optionen schoss senkrecht in den Himmel. Unglaublich, dass diese Dummköpfe immer noch nicht begreifen, dass wir es sind, die bestimmen, wer wofür zahlen muss. So – und nun zeig mir etwas mehr als deine herrlichen Titten!«

Willig umfasste die Blondine über ihren Kopf hinweg die beiden Läufe der Leiter in ihrem Rücken, sodass sie genug Halt hatte, um ihren nackten Unterleib über die Wasseroberfläche zu heben. Geduldig wartete sie, bis sich der inzwischen in den Pool gestiegene Mann sattgesehen hatte, und ließ sich dann in das wohltuend schäumende warme Wasser zurückgleiten.

»Verdammt noch mal, vier Milliarden!«, krächzte Frank Thomson mit sich überschlagender Stimme, »und das an einem einzigen Tag! Wenn ich nicht definitiv wüsste, dass du besser bist, würde ich mir vom Präsidenten persönlich einen blasen lassen!«

Die Blonde quittierte die Bemerkung mit einem bezaubernden Lächeln, wusste sie doch, dass sie zumindest in dieser Kategorie dem Präsidenten um Lichtjahre voraus war.

Plötzlich wurde die Verandatür des Penthouses auf dem uneinsehbaren Dach des Wolkenkratzers mitten im Financial District Manhattans aufgestoßen. Ein Mann in schwarzem Anzug betrat die großzügige Gartenanlage. Thomson blickte ihn verärgert an und nahm unwillig zur Kenntnis, dass sein Lakai und Leibwächter die Sonnenbrille abnahm, um die aus dem Wasser ragende Oberweite der Blondine besser in Augenschein nehmen zu können.

»Was wollen Sie, Schulz? Wenn Sie keine gute Entschuldigung für diese Störung haben, lasse ich Sie vom Dach werfen.«

Der Eindringling wandte den Blick von der Blondine. »Bitte entschuldigen Sie vielmals, Mister Thomson. Ich denke jedoch, dass ich Informationen für Sie habe, die mein Eindringen rechtfertigen.«

»Reden Sie schon, verdammt!«

»Senator Atkins hat soeben angerufen. Er wollte Sie sprechen, doch ich sagte ihm, dass Sie beschäftigt sind.« In einer kurzen Sprechpause riskierte Schulz einen zweiten Blick auf die Blondine. »Er verlangt eine weitere Million, sonst will er gegen die Invasion des Irans stimmen.«

»Er verlangt?« Thomson glaubte, sich verhört zu haben.

»So hat er sich ausgedrückt, möglicherweise, weil er mit mir sprach und nicht mit Ihnen.«

»Der Senator hat mir in der Vergangenheit gute Dienste geleistet. Doch in letzter Zeit werden seine Forderungen immer unverschämter. Holen Sie mir Chapman ans Telefon.«

Schulz hatte mit dieser Anweisung seines Bosses gerechnet. Er fingerte das kleine Gerät aus der Innentasche seines Jacketts, suchte kurz die Nummer des CIA-Direktors im elektronischen Telefonbuch und wählte sie an. Dann beugte er sich zu Thomson hinunter und reichte ihm den Hörer in den Pool. Nach nur zwei Freizeichen nahm Chapman ab.

»Moment, ich beende nur schnell eine Besprechung«, hörte der Mann im Pool die dunkle Stimme des CIA-Direktors. Es folgte eine Sekundenpause (zum Luftholen) gefolgt von einem gebrüllten: »Raus!«

»Entschuldigen Sie, Mister Thomson, ich musste erst einmal ein paar Idioten aus meinem Büro vertreiben, um ungestört mit Ihnen reden zu können. Ich freue mich über Ihren Anruf. Was kann ich für Sie tun?«

»Senator Atkins muckt auf. Der Sack fängt an, lästig zu werden. Wissen Sie, ob er Geldprobleme hat? Er hat es nämlich gewagt, für seine Stimme zum Irankrieg eine Million mehr zu fordern als vereinbart.«

Chapman räusperte sich kurz. »Sie haben doch sicherlich von der kleinen Verfehlung des Senators gehört, oder?«

»Nein. Was interessiert mich der Mist, den irgendein Arschloch verzapft, wenn es mich nicht selbst betrifft?«

»Dieser Mist betrifft Sie, denn das Ganze hängt unmittelbar mit der Forderung des Senators zusammen«, wandte Chapman ein. »Atkins hatte mit einem vierzehnjährigen Jungen eine sexuelle Beziehung. Die Eltern, ein befreundetes Paar der Atkins', kamen durch das plötzlich vorhandene viele Bargeld ihres Sohns dahinter. Sie waren natürlich nicht so blöd, zur Polizei zu gehen, drohten jedoch genau dies zu tun, falls sich Atkins nicht erkenntlich zeigen würde.«

»*Wie* erkenntlich?«

»Zehn Millionen Dollar.«

Thomson lachte meckernd. Irgendwie gönnte er dem perversen Schwein dieses Problem. Sollte er sich doch wie jeder anständige Mann mit erwachsenen Frauen vergnügen, die man selbst im obersten Preissegment für ein paar Tausender die Nacht haben konnte. Er schenkte der ihm gegenüber sitzenden Blondine ein kurzes Lächeln.

»Und jetzt erwartet der Drecksack, dass ich ihm seine Kinderfickereien bezahle?« Erneut gab der Bankier das meckernde, überlegene, schadenfrohe Lachen von sich.

»Ich gehe davon aus, dass Sie andere Pläne haben«, entgegnete der CIA-Direktor, ohne den Zynismus in seiner Stimme zu unterdrücken.

»Das ist der Grund, warum ich Sie angerufen habe, mein lieber Chapman. Sorgen Sie dafür, dass die Verfehlung des Senators publik wird, und platzieren Sie zusätzlich ein paar Kinderporno-Bildchen auf der Festplatte seines privaten PCs – und zwar noch vor der Abstimmung des Kongresses zur Iran-Invasion. Ich werde derweil einen passenden Nachfolger aussuchen, der dann von den Demokraten *gewählt* wird.« In das vorletzte Wort legte er all seine Verachtung für die Naiven, die unverbrüchlich an jenes System glaubten, das seine Vorfahren zur Beherrschung der Masse so überaus erfolgreich installiert hatten.

Ohne ihn eines Blickes zu würdigen reichte Thomson das Telefon an seinen Leibwächter zurück, der damit umgehend den Gartenbereich verließ. Der Bankier blickte die Blondine auffordernd an, die sich daraufhin auf seine Seite des Whirlpools begab. Mit ihren Brüsten über seinen Bauch rutschend sowie mit einem verführerischen Lächeln auf den vollen Lippen tauchte sie ab. Die »medizinisch-psychologische Behandlung« der Frau ließ Thomson die unerfreuliche Geschichte um den Senator vergessen.

Nach einer Weile erwog er, den Whirlpool zu verlassen, damit Blondie nicht ständig durch lästiges Atemholen ihr Tun unterbrechen musste. Erneut flog die Terrassentür auf und ein anderer Leibwächter stürmte in den Garten. Thomson zog die Prostituierte an ihren Schultern aus dem Wasser und schrie dem Hereinstürmenden zu: »Was ist denn jetzt schon wieder, verdammte Scheiße!? Hat man hier denn keine fünf Minuten seine Ruhe?«

»Mister Thomson! Alle Fernsehkanäle sind ausgefallen. Stattdessen sendet jeder Kanal das Gleiche. Zunächst wurde ein Mann gezeigt, der behauptete, er sei der solare Gouverneur eines sogenannten aldebaranischen Imperiums. Er appellierte an alle Menschen, Freunde, Nachbarn und Bekannte vor den Bildschirm zu rufen. In zehn Minuten will er sich wieder melden. Während seiner Abwesenheit zeigt der Bildschirm ein rotes Kreuz vor einem schwarzen Kreis.«

*Verdammt!* fluchte Thomson in Gedanken. *Diese vermaledeite Dritte Macht gibt ihre Zurückhaltung auf und wendet sich an die Öffentlichkeit! Das hat mir gerade noch gefehlt. Da wären mir tausend pädophile Senatoren lieber.*

Ohne die Blondine weiter zu beachten, stürzte Thomson aus dem Pool, griff sich seinen Frotteemantel und rannte ins Penthouse, wo sich seine fünf Leibwächter bereits um den die Wand ausfüllenden Flachbildfernseher versammelt hatten. Sie machten ihrem gebieterischen Geldgeber Platz. Mit ohnmächtigem Zorn betrachtete der Bankier das Hoheitszeichen des Imperiums – das rote Tatzenkreuz vor einer von einer roten Aura umgebenen schwarzen Sonne.

Thomson wusste leider nur zu gut über das Imperium Bescheid. Schließlich hatten diese arroganten selbsternannten Übermenschen schon mehrfach im Verborgenen in die Geschicke des Planeten eingegriffen und dabei ihm und seinen den Westen beherrschenden Clans in die Suppe gespuckt.

*

Unaldor konnte seine Vorfreude nur schwerlich unterdrücken. In wenigen Minuten würde er die Menschheit über die Hintergründe der Dritten Macht aufklären. In diesem Zusammenhang würde er natürlich auch die Clans erwähnen, die im Hintergrund die »demokratisch gewählten« Regierungen kontrollierten und deren Repräsentanten nach eigenem Gutdünken einsetzten, entließen oder im Extremfall auch schon mal liquidierten.

Der Gouverneur des solaren Systems befand sich an Bord der ROMMEL, einem in den Werften des Mars produzierten Superschlachtschiffs. Neben ihm hatte Edward Bulwer-Lytton vor dem Funkpult eines Nebenraums der Kommunikationszentrale Platz genommen.

Die beiden Männer warteten geduldig ab, bis die in der rechten unteren Ecke des Bildschirms eingeblendete Uhr von ursprünglich zehn Minuten auf Null herabgezählt hatte. Auf den Fernsehbildschirmen von Milliarden Zuschauern auf Terra wurde nun das imperiale Hoheitszeichen durch das Abbild der Oberkörper Unaldors und Bulwer-Lyttons ersetzt.

»Terraner!«, begann der solare Gouverneur seine Ansprache, die von simultan mitlaufenden Translatoren in die Sprachen der »gekaperten« Fernsehkanäle übersetzt wurde. »Mein Name ist Unaldor. Ich gehöre einem Volk an, das auf dem Planeten Sumeran beheimatet ist, der in einer Entfernung von achtundsechzig Lichtjahren von der Erde die Sonne Aldebaran umkreist.

Vor einhundertvierundvierzig Jahren strandeten meine Mannschaft und ich auf der Erde. Zusammen mit geeigneten Terranern wie dem neben mir sitzenden Edward Bulwer-Lytton bauten wir eine Organisation im Verborgenen auf, die wir ›Dritte Macht‹ nannten. Wir errichteten zunächst Stützpunkte in der Antarktis, im Himalaja-Gebirge und in den chilenischen Anden. Es folgten weitere Basen auf dem Meeresgrund, dem Mond, dem Mars, den Jupiter- und den Saturnmonden.«

Unaldor ließ seine Worte kurz wirken, bevor er fortfuhr: »Der Name unserer Organisation, der in den vergangenen Jahrzehnten in Form vielfältiger Gerüchte an die terranische Öffentlichkeit drang, bezieht sich nicht auf einen Gegenpol terranischer Supermächte.« Der Aldebaraner konnte ein kurzes Lächeln nicht unterdrücken. »Die Dritte Macht sieht ihren Existenzzweck darin, in den galaktischen Krieg zwischen dem aldebaranischen Imperium und dem Mohak-Reich zugunsten Aldebarans einzugreifen.«

Es folgte eine kurze Erläuterung des seit einhundertfünfzig Jahren andauernden gnadenlosen Krieges und der kürzlich erreichten Erfolge Aldebarans, welche im Wesentlichen auf das Eingreifen der Dritten Macht zurückzuführen waren, die sich mittlerweile dem Imperium und damit der Befehlsgewalt des Imperators unterstellt hatte. Speziell bei diesen Ausführungen musste Unaldor erneut einen Heiterkeitsausbruch unterdrücken, denn er wusste nur zu gut, dass viele seiner Zuhörer die Demokratie als die bestmögliche aller denkbaren Staatsformen betrachteten, so als sei das durch ein unabänderliches Naturgesetz bewiesen. Diese Leute würden bei Erwähnungen wie »Imperium« und »Imperator« sicherlich einen hektischen Hautausschlag oder Schlimmeres erleiden.

»Wir haben nicht die Absicht, die Souveränität der irdischen Staaten über Gebühr einzuschränken – von zwei Dingen abgesehen:

Erstens werden wir unsere Stützpunkte auf Terra beibehalten und darüber hinaus Zentren in der Nähe terranischer Großstädte einrichten, in denen sich diejenigen freiwillig melden können, die sich uns anschließen möchten. In diesem Zusammenhang werden wir keine Repressionen der terranischen Regierungen gegen die betreffenden Personen dulden.

Zweitens betrachten wir sämtliche Himmelskörper des solaren Systems, von Terra abgesehen, als zum aldebaranischen Imperium gehörig. Sollte ein Staat beispielsweise beabsichtigen, eine Mission zum irdischen Mond zu starten, so hat er zuvor dafür eine Genehmigung bei der solaren Administration, der ich vorstehe, einzuholen – doch das ist für die irdischen Regierungen schließlich nichts Neues, seit wir Anfang 1973 das amerikanische Apollo-Programm untersagten und dieses Verbot auf entsprechende sowjetische Ambitionen erweiterten.

Es folgt nun ein kurzer Überblick über die Entwicklungsgeschichte der Dritten Macht und über ihr Verhältnis zu den irdischen Regierungen, denen unsere Existenz seit dem Ende des 2. Weltkriegs bekannt ist. Für diese Erläuterungen übergebe ich nun das Wort an Rüstungsminister Edward Bulwer-Lytton. Der im Jahre 1803 in London geborene Brite arbeitete vor seinem Kontakt zu uns als Schriftsteller und war Kolonialminister des Britischen Empires. Später organisierte er maßgeblich die Rekrutierung geeigneter Soldaten, Wissenschaftler und Techniker für den Aufbau der Dritten Macht.«

Edward räusperte sich kurz. Für die Zuschauer musste es unglaublich erscheinen, dass dieser jugendlich wirkende Mann fast zweihundertzehn Jahre alt sein sollte. Lediglich sein Wangenbart wirkte etwas altmodisch.

»Meine lieben Mitbürger Terras. Was ich Ihnen nun erzähle, klingt vermutlich wie einer der Science Fiction-Romane, die ich in jungen Jahren verfasst habe. Mein erster Kontakt mit den Aldebaranern erfolgte im Jahre 1868...«

Bulwer-Lytton beschrieb seine Entführung durch die Soldaten Unaldors zu dem Zweck, ihm durch Gehirnstrommessungen detaillierte Informationen über die terranischen Zivilisationen zu entlocken. Er verschwieg auch nicht die Verblüffung der Entführer, als sie feststellten, dass Menschen wie er zu einhundert Prozent genetisch identisch mit Aldebaranern waren – ein Umstand, der bis heute nicht geklärt war.

»Im Zuge der größeren Kriege – dem deutsch-französischen Krieg im Jahre 1870/71, dem 1. Weltkrieg 1914-1918 und dem 2. Weltkrieg 1939-1945 – entführten wir Millionen Soldaten aller Konfliktparteien, die offiziell als vermisst galten. Wir nahmen Kontakt zu bedeutenden Wissenschaftlern auf, die sich uns anschlossen, um zunächst unter ihren Studenten die Fähigsten für die Dritte Macht zu rekrutieren. Im hohen Alter oder bei schwerer Krankheit ›verstarben‹ diese Wissenschaftler, indem wir ihre Körper durch täuschend echt nachgezüchtete Zellhaufen ersetzten und die Originale in einem unserer Stützpunkte verjüngten. Aus diesem Grunde erfreuen sich Männer wie Albert Einstein, Werner Heisenberg und Richard P. Feynman auch heute noch bester Gesundheit und führen ihre Forschungen auf Basis der aldebaranischen Physik fort.«

Bulwer-Lytton ließ seine Worte kurz wirken. Er wollte denen, die in der Lage waren, die Tragweite des Gehörten auch nur annähernd zu verstehen, ein paar Sekunden Zeit geben, ihre Gedanken zu ordnen.

»Im August 1945 war es dann für die Dritte Macht an der Zeit, erstmalig aktiv in eine irdische Auseinandersetzung einzugreifen. Nach dem Abwurf der Atombomben auf Hiroshima und Nagasaki nahmen wir Kontakt zur amerikanischen Regierung auf, um den Einsatz von Massenvernichtungswaffen grundsätzlich zu untersagen. Bei den Verhandlungen stellten wir allerdings fest, dass diese Regierung überhaupt nicht entscheidungsfähig war. Die meisten führenden Politiker, unabhängig davon, ob sie den Demokraten oder Republikanern angehörten, waren von einer Finanzelite, die das Bankensystem kontrollierte und auch heute noch kontrolliert, gefördert worden, indem man sie in die entsprechenden Positionen gehievt und ihre Wahlkämpfe finanziert hatte. Dadurch vertreten diese Politiker ausschließlich die Interessen jener Finanzelite – und keine anderen, schon gar nicht die des Volkes, wie sie fortwährend gebetsmühlenartig behaupten.

Falls Sie, verehrte Zuhörer, diesen Ausführungen keinen Glauben schenken, so stellen Sie sich bitte folgende einfache Frage: Was ändert sich grundsätzlich an der amerikanischen Politik, ob nun die Republikaner oder die Demokraten an der Macht sind? Oder anders: Welche ›Wahlmöglichkeit‹ hat denn der angebliche ›Souverän‹, das Volk?«

Erneut ließ Edward den Zuhörern Zeit, seine Worte zu verdauen. Immerhin hatte er soeben eröffnet, dass die dominierende Staatsform auf Terra, die Demokratie, ein Trugbild war – zumindest in der praktizierten Form.

»Natürlich waren die wahren Machthaber nicht erfreut darüber, dass wir ihre kriegerischen Möglichkeiten einschränken wollten. Aus diesem Grund starteten sie eine Offensive gegen unseren zu diesem Zeitpunkt wichtigsten Stützpunkt, den wir seit Ende der Sechziger des neunzehnten Jahrhunderts kontinuierlich in der Antarktis ausgebaut hatten. Am 2. Dezember 1946 lief eine Flotte unter Admiral Byrd aus Norfolk aus, mit dem Ziel, unsere antarktische Basis zu erobern. Diese ›Highjump‹ genannte Operation scheiterte natürlich kläglich, weshalb die Machthaber einsehen mussten, dass sie uns auf militärischem Wege nicht besiegen konnten, was natürlich auf unsere technische Überlegenheit zurückzuführen war.

Nunmehr versuchten die im Hintergrund herrschenden Clans am 14. Juni 1947 in den Besitz aldebaranischer Technologie zu gelangen, indem sie eine unserer Flugscheiben – die übrigens für das weltweite sogenannte ›UFO-Phänomen‹ verantwortlich sind – in der Nähe von Roswell, New Mexico, abschossen. Dieses Kunststück gelang ihnen nur deshalb, weil sich eine Verhandlungsdelegation an Bord befand, die nicht mit einem Angriff gerechnet und deshalb die Reflektoren der Flugscheibe nicht eingeschaltet hatte. Die Trümmer des von uns ›Vril‹ genannten Fluggeräts und die drei überlebenden Besatzungsmitglieder wurden auf eine geheime militärische Basis verbracht: Area 51. Unter den Überlebenden war übrigens Unaldor, mein Vorredner.

Die Dritte Macht startete nun ein Kommandounternehmen unter dem damaligen Raummarschall Elnan, eroberte Area 51 und befreite die Gefangenen. Als Strafe für die Aggression annektierten wir das Gebiet um Area 51 in Nevada und nutzen es seitdem als Forschungs- und Rekrutierungsstützpunkt für amerikanische Wissenschaftler.

In den folgenden Jahrzehnten gab es kaum Kontakte zur amerikanischen Regierung. Da sich die Clans außerstande sahen, ein weiteres Mal in den Besitz unserer Technologie zu gelangen, gingen sie zur biologischen Kriegsführung über. Ziel ihrer Forschungen war die Entwicklung eines Virus, der besonders verheerend auf Menschen mit aldebaranischen Genen wirkte. Die jüngsten Entwicklungen auf diesem Gebiet waren die Vogelgrippe, die Schweinegrippe bis hin zur Hundegrippe, mit der sie schließlich Erfolg hatten. Zehntausende Europäer und Amerikaner fielen dieser Seuche zum Opfer, Hunderttausende erkrankten – auch innerhalb unserer Stützpunkte.

Doch wir entwickelten ein Gegenmittel, bevor der Hundegrippevirus bei uns die ersten Todesopfer forderte. In den betroffenen Gebieten in Europa und Nordamerika schmuggelten wir das Gegenmittel ins Trinkwasser, um auch außerhalb unserer Stützpunkte diese furchtbare Krankheit einzudämmen. Somit verschwand die Seuche praktisch von einem Tag auf den anderen, Ende Juli dieses so schicksalhaften Jahres 2012.«

Edward Bulwer-Lytton lehnte sich in ein wenig in den Schalensitz vor dem Funkpult zurück.

»Ich erzähle Ihnen dies alles nicht etwa, um Sie zu belehren, sondern um Ihnen verständlich zu machen, warum wir nicht einfach mit den westlichen Regierungen Hand in Hand arbeiten, um die irdischen Völker in eine glorreiche wohlhabende Zukunft zu führen. Mit diesen Leuten, die auf nichts anderes als ihren persönlichen Profit aus sind, wird es aus den von mir genannten Gründen nie eine Zusammenarbeit geben. Aber in den bereits erwähnten Rekrutierungszentren kann sich jeder melden, der uns im galaktischen Überlebenskampf unseres Volkes – dem viele von Ihnen angehören, wie jeder auf Sumeran Geborene auch – als Techniker, Arbeiter oder Soldat unterstützen möchte.

Der memogenetische Rekrutierungsvorgang wird folgendermaßen vonstattengehen: Durch Gehirnstromanalyse werden die erworbenen Denkstrukturen getestet – wir nennen dies den memetischen Teil. Zusätzlich erfolgt eine genetische Analyse der angeborenen Denkmuster und Verhaltensweisen. Die gesamte Prozedur dauert für jeden Bewerber ziemlich genau eine Minute. Wir werden in unseren Zentren in der Nähe der Großstädte eintausend entsprechende Analysatoren aufstellen, was einer Prüfungsrate von sechzigtausend Personen pro Stunde entspricht.

Es folgt nun eine einstündige Dokumentationssendung über das gesellschaftliche Leben im Imperium und über den Krieg gegen die Mohak, was Ihnen Ihre Entscheidung, ob Sie zu uns passen oder nicht, erleichtern dürfte.«

*

Die Sendung der Aldebaraner war längst vorbei. Trotzdem saßen Ralf und Katrin immer noch fassungslos vor dem Fernseher, wo jetzt Aufnahmen von eilig in die Berliner Innenstadt beorderten Kamerateams ausgestrahlt wurden.

In Berlin herrschte das blanke Chaos. Überwiegend Proleten, aber auch andere Bevölkerungsschichten hatten die »Ankunft der Außerirdischen« zum Anlass genommen, Fahrzeuge in Brand zu setzen oder Geschäfte zu plündern. Leute mit Elektrogeräten und sonstigen geklauten Gebrauchsgegenständen kletterten aus eingeworfenen Schaufenstern. Auf den Straßen tummelten sich die unvermeidlichen Steine werfenden Anarchos, die ebenfalls nur auf Zerstörung aus waren.

Friedlicher ging es bei den Protestmarschierern zu, den ewigen Demonstranten gegen irgendwas. Auf einigen Transparenten stand: »Keine Gewalt gegen die Außerirdischen!« – andere klärten ihre Mitmenschen auf: »Die Außerirdischen sind Rassisten!«, wobei Letzteres auch schon einmal durch »Faschisten« oder »Imperialisten« ersetzt wurde.

»Die Aldebaraner sind offenbar ein sehr freiheitsliebendes Volk, das dem Staat kaum Überwachungs- und Kontrollmöglichkeiten einräumt«, überlegte Ralf Müller laut, wobei er sich auf die von den Aldebaranern übertragene und vor wenigen Minuten beendete Dokumentationssendung bezog. Er blickte seiner Frau direkt in ihre dunkelgrünen Augen.

»Woher willst du wissen, dass das stimmt?«, fragte Katrin voller Skepsis und wischte sich eine dunkelblonde Haarsträne von der Wange. »Die können uns in ihrer Dokumentation so ziemlich alles weismachen. Bevor man sich's versieht finden wir uns ruck, zuck in einem Polizeistaat wieder, mit außerirdischen Agenten, gegen die die Gestapo[1] wie eine Pfadfindergruppe gewirkt hätte.«

Ralf blickte kurz auf den Bildschirm, der einen Reporter im Stadtkern Berlins zeigte, wo eine Straßenschlacht zwischen Polizei und Demonstranten im Gange war. »Schau nur, das ist ›Unter den Linden[2]‹.«

---

[1] Geheime Staatspolizei des Dritten Reiches.

[2] Prachtstraße in Berlin.

Seit circa einer halben Stunde wurde wieder das reguläre Programm gezeigt. Es lief Katrin kalt den Rücken herunter, als erste Molotow-Cocktails zwischen den Polizisten explodierten. Sie schaute angewidert weg und kam auf das eigentliche Thema zurück.

»Du willst also wirklich, dass wir uns bei diesen Aldebaranern freiwillig melden? Die leben in einem sogenannten Imperium und werden von einem Imperator regiert. Das erinnert mich aber nun doch verdächtig an ›Reich‹ und ›Führer‹.«

Ralf nahm die linke Hand seiner Frau zwischen die seinen. »Die Aldebaraner beherrschen die interstellare Raumfahrt. Ihr galaktisches Reich existiert bereits seit zweitausend Jahren. Ein Unrechtsstaat, aufgebaut auf Unterdrückung und Verfolgung Andersdenkender, wäre längst zerfallen – das zeigt unsere eigene Geschichte. Deshalb halte ich es für wahrscheinlich, dass es schlicht und ergreifend wahr ist, was sie in ihrer Dokumentation über die persönliche Freiheit der Menschen im Imperium gesagt haben.«

Nun war es Katrin, die ihrem Mann eindringlich in die Augen schaute. Sie zog ihre Stirn kraus, als sie entgegnete: »Der Imperator wird nur von einem kleinen Kreis, dem Inneren Orden, gewählt, dessen Mitglieder wiederum von einem elitären Verein, dem Imperialen Orden, gewählt werden. Die Angehörigen des Imperialen Ordens werden jedoch nicht vom Volk gewählt, sondern nach ihrer Leistung beim Militär, in der Wissenschaft oder in der Wirtschaft selektiert. Ich nenne eine solche Selektion Kungelei oder Vetternwirtschaft. Das gemeine Volk jedenfalls hat nichts zu sagen, es wird von beiden Orden einfach bevormundet.«

»Wie gesagt, ich glaube nicht, dass ein auf Unterdrückung basierendes System so lange Bestand gehabt hätte. In unserer Demokratie wird das Volk ebenfalls von der Politkaste bevormundet. Egal wen du wählst, an den grundlegenden Dingen ändert sich nichts.« Er deutete auf den Fernsehbildschirm. »Wahlfreiheit hat auch Nachteile: Sogar diese Steine werfenden Chaoten dürfen wählen. Die bekommen kaum ihr eigenes Leben auf die Reihe, sollen aber über unsere Gesellschaft mitbestimmen. Findest du das nicht absurd?«

Nachdenklich schaute die knapp dreißigjährige Frau auf die nierenförmige Glasplatte des Wohnzimmertisches. »Du weißt, dass ich dich liebe und mit dir überall hingehen werde – doch du reagierst auf diese Aldebaraner viel zu euphorisch. Siehst du dich schon in riesigen Raumschiffen die Galaxis erkunden, wobei du den bösen Mohak im heldenhaften Kampf kräftig in den Arsch trittst?«

»Gegenfrage: Hältst du mich wirklich für so naiv?«

»Für naiv genug, sofort dein bisheriges Leben über den Haufen zu werfen, kaum dass ein paar Außerirdische mit einer Supertechnologie auftauchen. Du hast einen hervorragenden Job als Oberst bei der Bundeswehr. Uns geht es gut. Warum das alles aufgeben? Denkst du auch an Monika und Herbert?«

Mit der Erwähnung ihrer beiden Kinder spielte Katrin ihre letzte Trumpfkarte aus. Doch auch diese stach Ralf souverän.

»Mein Job bei der Bundeswehr ist hervorragend? Katrin, der Staat hat kein Geld mehr!«

Das bevorstehende Verfahren wegen der toten Zivilisten in Afghanistan verschwieg er. Stattdessen brachte er die allgemein bekannten Finanznöte des Staates ins Spiel.

»Gerade beim Militär kürzen die, wo sie nur können. Es wird sicher nicht mehr lange dauern, bis es auch mich trifft. Die chaotischen Zustände allerorten werden allmählich untragbar. Immer mehr Transferempfänger in Europa müssen von immer weniger immer härter arbeitenden Menschen durchgefüttert werden. Ein Staat nach dem anderen in der Europäischen Union geht bankrott – und das noch (!) starke Deutschland muss sowohl den Großteil der Zeche als auch die eigene stark anwachsende Schar von Transferempfängern bezahlen. Du kannst dir ausrechnen, dass das nur noch wenige Jahre – wenn überhaupt – gut geht. Ist das die Zukunft, die du für unsere Kinder willst? Eine Zukunft in Armut und Chaos?«

»Natürlich nicht. Ich möchte aber auch nicht, dass sie von irgendeiner aldebaranischen Obrigkeit unterdrückt und ausgebeutet werden.«

»Eine Obrigkeit, die ein seit zweitausend Jahren expandierendes galaktisches Reich geschaffen hat. Vergleiche dies einmal mit unserer Obrigkeit, die innerhalb weniger Jahrzehnte aus einem aufstrebenden Staat ein marodes Land voller Sozialschmarotzer und korrupter Politiker gemacht hat – ein Land, das so verschuldet ist, dass es sich aus dieser Zinsknechtschaft niemals mehr befreien kann. Da ist mir die erfolgreiche, sich für das Wohl der Gemeinschaft einsetzende aldebaranische Obrigkeit durchaus lieber – selbst wenn dort nicht jeder Schwachkopf wählen darf. Na, ja, vielleicht ist ja genau das das Geheimnis ihres Erfolges.« Ralf grinste schelmisch über sein ganzes Gesicht.

Dieses geradezu unverschämte Lächeln liebte Katrin so an ihrem Mann. »Auch ich bin nicht von den Zuständen hier begeistert. Wenn du sicher bist, dass wir uns im aldebaranischen Imperium«, das letzte Wort sprach sie mit einer gehörigen Portion Argwohn aus, »wohlfühlen werden, dann suchen wir halt eine der Rekrutierungsstellen auf und sehen uns diese Leute etwas genauer an. Sie wollen in der Nähe jeder Großstadt einen ihrer Stützpunkte eröffnen. Hast du mitbekommen, wo genau?«

»Abwarten. Wir wissen ja noch nicht einmal, wann die landen.«

Genau diese Information lieferte soeben der Reporter im Fernsehen:

»...erhielt die N-TV-Redaktion aus dem Nato-Hauptquartier in Brüssel die Mitteilung, dass sich je einhundert Flugobjekte Nordamerika, Europa und dem ostasiatischen Raum nähern. Die Bevölkerung wird aufgerufen, Ruhe zu bewahren.«

Die letzten Worte waren kaum ausgesprochen, als die Übertragung des regulären Fernsehprogramms erneut unterbrochen wurde. Für wenige Sekunden war das aldebaranische Hoheitszeichen zu sehen, das anschließend durch einen Schwarzuniformierten mit einem im Nackenbereich verbreiterten Helm ersetzt wurde.

»Mein Name ist Major Franz Siebert«, sagte der Mann mit tiefer, angenehm klingender Stimme. »Ich bin Funkoffizier an Bord der ROMMEL, dem Flaggschiff des solaren Gouverneurs Unaldor. Wir befinden uns in direktem Anflug auf Berlin und beabsichtigen, zwischen Kladow und Spandau zu landen, um dort unser Rekrutierungszentrum zu errichten. Ab siebzehn Uhr Ortszeit, also in circa drei Stunden, können die ersten memogenetischen Untersuchungen an Bewerbern durchgeführt werden.«

Das Bild wechselte wieder zum Programm des Nachrichtensenders, der weiterhin Ausschreitungen in verschiedenen Stadtteilen der deutschen Hauptstadt zeigte.

»Los! Fahren wir Richtung Kladow!«, entschied Ralf. »Ich möchte sehen, wie die landen!«

Plötzlich zitterte der Fußboden. Gläser und Geschirr im Wohnzimmerschrank klirrten. Katrin schaute ihren Mann ängstlich an.

»Das muss die Stoßwelle des Raumschiffs sein«, vermutete der Bundeswehroffizier. »Es bewegt sich mit Überschallgeschwindigkeit, wahrscheinlich noch in großer Höhe. Also kein Grund zur Besorgnis.«

»Mama! Papa! Ich hab Angst!« Die sechsjährige Monika stürmte ins Wohnzimmer, gefolgt von ihrem drei Jahre älteren Bruder.

»Es ist alles in Ordnung!«, sagte ihr Vater mit beruhigender Stimme.

»Warum wackelt hier alles?«, wollte der mehr neugierig als ängstlich blickende Herbert wissen.

Die Vibrationen wurden zu einem schwachen Zittern und verschwanden schließlich ganz.

»Ein riesiges Raumschiff wird bald ganz in der Nähe landen«, erklärte Ralf seinen Kindern behutsam.

»Echt? So eins wie bei ›Star Wars‹?« In den Augen des Jungen blitzte es erwartungsvoll auf. Mit seinem Faible für den Weltraum und futuristische Raumschiffe kam er ganz auf seinen Vater.

»Ja. So ähnlich.«

»Sind die gut oder böse?«

»Die tun uns nichts. Vielleicht gehen wir sogar an Bord des Raumschiffes und fliegen mit unseren neuen Freunden in den Weltraum.«

»Boah! Das wäre echt stark!«

Aufgeregt mischte sich die kleine Tochter in das Vater-Sohn-Gespräch ein: »Darf Greta auch mit?« Greta war ihre beste Freundin.

»Bestimmt!«, sagte Ralf und bereitete der Diskussion abrupt ein Ende. »Kommt! Wir schauen uns die Landung an!«

Ralf lief durch das Wohnzimmer der Dachgeschosswohnung in den angrenzenden Flur und zog sich seine schwarzbraune Lederjacke an. Katrin half den Kindern beim Ankleiden.

Müller, Müller, Müller und Müller stiegen in den Aufzug und begaben sich ins Erdgeschoss des Mehrfamilienhauses.

Ralf stürmte voran auf den Parkplatz. Er wäre beinnahe gestolpert, weil er fasziniert nach Süden blickte. Ein gigantisches Gebilde aus schwarzglänzendem Material senkte sich herab und ragte dabei weit über die Hausdächer hinaus.

»Seht nur! Sie sind schon da!«

Die Unterseite des Raumschiffes wurde durch die nahen Dächer verdeckt. Aus ihrem Blickwinkel sahen die vier nur den spitz zulaufenden Bug des Superschlachtschiffs und den vorderen Teil der rechten Seite, während das Heck hinter der sanften Krümmung des Schiffsleibes verschwand.

Hunderte von Menschen standen auf der Johannastraße und blickten wie die Müllers in südliche Richtung. Ralf betätigte durch einen Knopfdruck der Fernbedienung die Zentralverriegelung seines dunkelgrünen Ford Mondeo, Baujahr 2007. Katrin verfrachtete Herbert und Monika auf die dafür vorgesehenen Kindersitze im Fond. Ralf warf ihr die Autoschlüssel mit der Bemerkung »Du fährst!« zu und setzte sich auf den Beifahrersitz.

»Warum soll ich fahren?«, begehrte Katrin auf.

»Damit ich mich nicht auf den Verkehr konzentrieren muss. Ich will das Schiff sehen und alles, was dort vorgeht.«

»Na, danke aber auch! Du weißt doch, wie ungern ich fahre.«

»Sind ja nur ein paar Kilometer.«

Mürrisch kniff Katrin die Lippen zu einem schmalen Strich zusammen. Dabei bildeten sich die Grübchen, die Ralf so sehr an ihr mochte.

Plötzlich klingelte Ralfs Mobiltelefon.

»Müller!«, meldete er sich kurz angebunden.

»Ja, Herrgott noch mal, warum sind Sie zuhause nicht zu erreichen?«, quäkte es aus dem Hörer, ohne dass sich der Anrufer vorstellte. Das war auch nicht nötig, denn Ralf erkannte sofort an der Stimme, dass es sich um Generalmajor Eberhardt handelte.

»Ich mache einen kleinen Ausflug mit meiner Familie.«

»Ach, einen *kleinen* Ausflug – während eine *kleine* Invasion von Außerirdischen über die Welt hereinbricht! Verdammt Müller, bewegen Sie Ihren Allerwertesten auf schnellstem Weg in die Kaserne! Oder haben Sie etwa vor, sich diesen Space-Nazis anzuschließen?«

Ralf kannte den Generalmajor nur zu gut. Er wusste, dass es keinen Sinn machte, sich mit Eberhardt auf eine politische Diskussion einzulassen. Sein Vorgesetzter hatte noch nie etwas anderes vertreten als die offizielle Meinung der Regierung was ihm immerhin einen rasanten Aufstieg verschafft hatte. In Müllers Augen war der Generalmajor das Musterexemplar eines opportunistischen Karrieristen.

»Wie bitte? Hallo?«, antwortete er auf die Provokation. »Können Sie mich noch verstehen? Bei mir kommen nur abgehackte Töne an.«

»Müller! Kommen Sie, verdammt noch mal, auf dem schnellsten Weg in die Kaserne!«, hörte er die Wiederholung glasklar.

»Hallo? Ich verstehe nichts. Sind wohl Störungen, die mit dem Raumschiff zusammenhängen«, log er und unterbrach die Verbindung.

Katrin steuerte den Mondeo die Johannastraße hinunter bis zur Seeburger Straße und bog rechts ab. Wegen der vielen Menschen musste sie Schrittgeschwindigkeit fahren. Einige von ihnen waren so in das Schauspiel des sich immer noch langsam absenkenden Raumschiffs vertieft, dass sie erst nach einem kurzen Hupen widerwillig den Weg freigaben.

Nach zweihundert Metern bog sie links ab und gelangte nach einem knappen Kilometer auf die Wilhelmstraße. Nach weiteren zwei Kilometern, beim Übergang der Wilhelmstraße in die Potsdamer Chaussee, verließ der Wagen das Stadtgebiet.

Schräg rechts vor ihnen schwebte der achtzehnhundert Meter hohe Bug in wenigen Dutzend Metern Höhe über den Baumkronen. Deutlich waren die mächtigen Drillings-Geschütztürme an der Unterseite zu erkennen, zwischen denen aus geöffneten Schleusen dunkle Gestalten, seltsame Arbeitsmaschinen und Baumaterial sanft herabschwebten.

Mehrere Mannschaftsfahrzeuge der Polizei in Begleitung von Streifenwagen überholten das müllersche Fahrzeug mit hoher Geschwindigkeit und eingeschalteten Martinshörnern. Ein paar hundert Meter weiter bremsten die Einsatzfahrzeuge und stellten sich quer. Sofort sprangen rund fünfzig Polizisten heraus. Sie trugen Straßensperren mit sich, die sie rasend schnell aufstellten und miteinander verbanden.

Katrin hielt den Mondeo unmittelbar vor der Absperrung an. Ralf stieg aus. Bevor er etwas sagen konnte, trat ein dickbäuchiger Polizist auf ihn zu und eröffnete ihm:

»Hier geht's nicht weiter. Das geschieht zu Ihrem Schutz. Es gibt verlässliche Informationen darüber, dass die Außerirdischen keine Mitarbeiter, sondern Sklaven suchen. Der ganze Kram über dieses aldebaranische Imperium ist erstunken und erlogen. Wer sich bei denen meldet, wird gefangengenommen und nach irgendwohin deportiert.«

»Das glauben Sie doch wohl selbst nicht!« Ralf lachte kopfschüttelnd. »Wenn die Aldebaraner hier Sklaven ›ernten‹ wollten, könnten sie einfach den Planeten erobern, die Bevölkerung zusammentreiben und abtransportieren, anstatt Freiwillige zu rekrutieren.«

»Sie wissen also mehr als unsere Geheimdienste, wie?«, entgegnete der Dickbäuchige leicht pikiert. »Die Informationen stammen vom CIA und vom Mossad.«

»Gut, das habe ich zur Kenntnis genommen. Als freier Bürger steht mir aber das Recht zu, mich frei zu bewegen. Ihren Schauermärchen zum Trotz beabsichtige ich, die Aldebaraner aufzusuchen und...«

»Steigen Sie in Ihren Wagen und kehren Sie um! Wir haben klare Anweisung! Gehen Sie heim, ›freier Bürger!‹«

»Was soll das werden? Eine volkssozialistische Reisebeschränkung à la SED?«, rief jemand wütend. »Wir sind hier nicht in der DDR!«

Ralf drehte sich um. Erst jetzt fiel ihm auf, dass sich weitere Fahrzeuge hinter den Mondeo gereiht hatten. Aus dem vordersten stiegen drei Männer Anfang Zwanzig aus.

»Lasst uns durch!« Diese Aufforderung wiederholten die drei im Sprechchor, in den weitere Ankömmlinge aus den hinteren Fahrzeugen mit einstimmten. Alle marschierten nun auf die Absperrung zu, vor der sich die halbe Hundertschaft mit Schlagstöcken und Schilden bewaffneter Polizisten positioniert hatte.

Es kam zu Handgreiflichkeiten. Ralf eilte zurück zu seinem Wagen, riss die Fahrertür auf und bedeutete Katrin, auf die Beifahrerseite zu rücken. Der Motor heulte auf. Ralf steuerte den Wagen auf den Seitenstreifen und schickte sich an, die Absperrung zu umfahren.

Ein Schlagstock krachte ins Heckfenster. Glassplitter flogen in den Innenraum. Monika und Herbert auf dem Rücksitz schrien. Die Angst seiner Kinder nahm Ralf alle Hemmungen. Er fuhr zwei Polizisten, die sich ihm in den Weg stellten, kurzerhand über den Haufen. Fast synchron flogen sie über die Motorhaube gegen die Windschutzscheibe, von der sie zur Seite geschleudert wurden.

Der Oberst gab Gas. Hinter ihm strömten immer mehr Menschen gegen die Absperrung, was der Polizei die Möglichkeit nahm, die Verfolgung des dunkelgrünen Mondeo aufzunehmen.

Plötzlich donnerte es bedrohlich am Himmel, was jegliche Kommunikation unmöglich machte. Im Tiefflug jagten mehrere Eurofighter über die Potsdamer Chaussee. Sie hatten Kurs auf das Riesenschiff, das weiterhin große Mengen Truppen, Baumaschinen und Material entlud.

Die Jagdflugzeuge feuerten Raketen ab. Grell leuchtend und die typischen Rauchfahnen hinter sich herziehend rasten sie auf den schwebenden schwarzen Giganten zu. Von dessen Oberfläche lösten sich ein Dutzend blauglühender Strahlen, Hochenergiegeschosse, die die Atmosphäre auf ihrer Bahn auf rund zehntausend Grad erhitzten.

Die blauen Strahlen brachten sämtliche Raketen noch in der gleichen Millisekunde zur Explosion.

Auf den Beschuss der Jagdflugzeuge verzichtete der Kommandant des Riesenraumschiffs. Die wendigen Maschinen drehten ab und kehrten wahrscheinlich zu ihrer Basis zurück.

Vom schwebenden Giganten näherten sich zwei Dutzend dunkler Punkte, die schnell größer wurden und menschliche Umrisse annahmen. Wenige Sekunden später erkannte Ralf Soldaten in schwarzen Uniformen, die auf den Ford zuflogen. Ihre Gesichter waren nicht zu sehen. Sie trugen schwarze Helme, die im Nackenbereich verbreitert und vor dem Gesicht verschlossen waren. Ein Schlauch führte aus dem Teil, hinter dem sich Mund und Nase befanden, zu einem Rückentornister, in dem Ralf die Flugaggregate vermutete.

Die Soldaten überflogen den fünf Jahre alten Ford in geringer Höhe und hielten direkt auf die Polizeisperre zu. Der Oberst beobachtete im Rückspiegel, wie die Polizisten zu Dutzenden zu Boden gingen. Er hoffte inständig, dass die Aldebaraner lediglich Betäubungswaffen einsetzten. Alles andere hätte das positive Bild, das er von ihnen hatte, nachhaltig zerstört.

Ralf bog rechts ab Richtung Engelsfelde, dessen wenige Gebäude inklusive einer dort ansässigen Kleintierpraxis komplett unterhalb des schwebenden aldebaranischen Superschlachtschiffs lagen. Etwa zwanzig Fahrzeuge hatten sich dort eingefunden – offenbar Leute, die aus anderen Richtungen kommend die jeweiligen Polizeisperren überwunden hatten.

Auf einem bereits planierten und mit einem grauen Material bedeckten Feld südlich von Engelsfelde waren fremdartig aussehende Maschinen dabei, aus Fertigteilen ein Gebäude zu errichten. Dabei gingen die Kettenfahrzeuge, die jeweils über einen Torso, zwei Arme und einen Kopf verfügten, mit atemberaubendem Tempo vor. Der schnelle Baufortschritt machte allen deutlich, dass die im Fernsehen angekündigten ersten memogenetischen Untersuchungen schon bald beginnen würden.

Der gesamte fünfhundert Meter lange und etwa einhundert Meter breite Bauabschnitt wurde von Fahrzeugen bewacht, die einer etwas vergrößerten Variante des Leopard II nicht unähnlich sahen und ebenfalls nach einer Raubkatze benannt worden waren: dem sumeranischen Sahal – von Reflektoren geschützt und mit einer Magnetfeldkanone ausgerüstet. Mit einem einzigen Sahal wäre eine komplette irdische Panzerarmee nicht fertig geworden.

Zwischen den Panzern positionierten sich vier Meter hohe Kampfroboter – zumindest hielt der Oberst die stählernen Gestalten dafür –, die aus den offenen Schleusen des Superschlachtschiffs regneten. Erst als eine der vermeintlichen Maschinen in seiner unmittelbaren Nähe Stellung bezog, erkannte er, dass es sich um Schwarzuniformierte handelte, eingebettet in einen stählernen Torso. Schon wenige Tage später sollte er erfahren, dass der Soldat das Exoskelett mit Hilfe seines VR-Helms über Gedankenbefehle steuerte.

*

Für Frank Thomson war Zeit Geld, weshalb er keine verlor. Er gab seinen Leibwächtern Anweisung, die Clan-Mitglieder anzurufen und sie aufzufordern, umgehend ihre Schutzräume aufzusuchen. Dann griff er nach seinem Mobiltelefon, öffnete das elektronische Telefonbuch und wählte die nur einem Dutzend Leuten bekannte Geheimnummer des Präsidenten.

Es dauerte keine fünf Sekunden, bis der durch die gleichgeschalteten Medien als »mächtigster Mann der Erde« propagierte Politiker abnahm. Das offizielle Regierungsoberhaupt war sich darüber im Klaren, dass niemand diese Nummer kannte, der nicht über die Macht verfügte, ihn auf der Stelle liquidieren zu lassen. Anfang der Sechziger Jahre hatte es einmal einen Präsidenten gegeben, der nicht an die Macht der Clans geglaubt hatte... heute war er nur noch Geschichte.

»Lassen Sie die Aldebaraner angreifen und bereiten Sie dem Spuk ein Ende!«, begann der Bankier das Gespräch ohne Umschweife.

»Wie stellen Sie sich das vor?« Die Stimme des Präsidenten klang unsicher, er fühlte sich von dieser Anweisung überfordert. »Die Aldebaraner haben kilometerlange Raumschiffe mit Waffen, von denen wir noch nicht einmal träumen können.«

»Gegen eine Atombombe nutzt auch der stärkste Schiffspanzer nichts«, sagte der Clan-Chef, womit er sogar Recht gehabt hätte, gäbe es keine Reflektoren.

»Sie verlangen, dass ich Atomwaffen über amerikanischem Gebiet einsetze?«

»Habe ich einen Sprachfehler, oder drücke ich mich inhaltlich unklar aus? Damit mein Befehl nicht missverständlich bei Ihnen ankommt: Sie sollen nicht *eine* Atomwaffe einsetzen, sondern *mehrere* zugleich auf jedes Schiff der Aldebaraner abfeuern. Vernichten Sie den Feind, sobald er sich in großer Höhe befindet, aber erst, wenn er abfliegt – weil sich dann jene Schwachköpfe unter den Amerikanern an Bord befinden, die sich der verdammten Dritten Macht anschließen wollen; die werden wir auf diese

Weise gleich mit los. Die Aldebaraner rechnen sicherlich mit unserem Angriff, wenn sie eintreffen oder während der Rekrutierungen, jedoch nicht beim Abflug. So weit alles verstanden?«

»Ja, ich habe verstanden, Mister Thomson. Dennoch: Unsere Experimente in den Fünfzigern mit Detonationen in großer Höhe haben gezeigt, dass auf dem Boden durch die elektromagnetische Schockwelle[3] die meisten elektrisch betriebenen Geräte ausfallen. Außerdem erkrankten fast alle Soldaten, die sich als Freiwillige unterhalb der Atomexplosionen befunden hatten, später an Krebs.«

»Was kümmert Sie das, werter Präsident? Sie können sich doch in Ihrem Bunker unter dem Weißen Haus verkriechen. Die Räume sind wie ein Faraday'scher Käfig vor der gefürchteten Compton-Strahlung abgeschirmt und verfügen über eine autarke Luft- und Stromversorgung. Ich begebe mich jetzt ebenfalls in meinen Bunker, dort bin ich sicher. Und nun lamentieren Sie nicht länger rum – tun Sie, was ich Ihnen befohlen habe.«

Thomson legte ohne Verabschiedung auf. Anschließend wählte er die Geheimnummer eines der Generäle des Strategic Command[4]. Auch dieses Mal dauerte es keine fünf Sekunden, bis er seinen Gesprächspartner in der Leitung hatte.

»General Perkins hier. Was kann ich für Sie tun, Mister Thomson?«

»Ich habe dem Präsidenten aufgetragen, gegen die Aldebaraner Nuklearwaffen einzusetzen. Machen Sie sich keine Sorgen, die Detonationen werden in großer Höhe stattfinden und auf dem Boden aufgrund des EMP-Effekts lediglich für ein bisschen Chaos sorgen, aber keine relevanten Zerstörungen hervorrufen. Ich möchte, dass Sie mich anrufen, falls nicht innerhalb der nächsten

[3] Oftmals als »Elektromagnetischer Impuls« (engl. Abkürzung: EMP) bezeichnet.

[4] »United States strategic Command« STRATCOM, das die Nukleare Bewaffnung der Vereinigten Staaten von der Vorgängerorganisation »Strategic Air Command« (SAC) und der US Navy (Marine) übernahm.

Viertelstunde ein entsprechender Befehl des Präsidenten erfolgt und vor allem die Abschusscodes[5] bei Ihnen eingehen. In diesem Fall schieße ich ihn nämlich persönlich mit einer Rakete auf eines der aldebaranischen Schiffe.«

Der Bankier lachte überheblich nach seinen Worten, die er für einen Witz hielt. Perkins beeilte sich, in das Lachen einzustimmen.

Auch dieses Mal beendete der Finanzjongleur das Gespräch ohne Gruß. Er gab seinen fünf Leibwächtern einen Wink, ihm zu folgen.

»Und was wird aus mir?« Panik stand im Gesicht der Blondine geschrieben. Schließlich hatte sie gehört, was ihr Mäzen soeben angeordnet hatte.

Thomson wandte sich wortlos ab, hielt nach zwei Schritten aber inne. Was, wenn sie länger im Bunker bleiben mussten? Wäre die junge Frau in diesem Fall nicht ein netter Zeitvertreib?

»Ja, komm schon. Dalli!«

Über eine Galerie mit sündhaft teuren abstrakten Gemälden gelangten die fünf zu einer Treppe, die in das unter dem Penthouse gelegene Geschoss führte. Dort befand sich ein Aufzug des Wolkenkratzers, der mittels Fingerabdruck-Scan nur von Thomson genutzt werden konnte. Der Bankier wählte als Ziel das unterste Kellergeschoss, ein Bereich, der ebenfalls nur ihm vorbehalten war und als Tiefgarage für seine vielfältigen Fahrzeuge diente.

Dort angekommen führte der Weg vorbei an außergewöhnlichen Ferraris, Lamborghinis, Bugattis und einer einzigartigen Porsche-Sammlung, um die den Bankier jedes Sportwagenmuseum der Welt beneidet hätte.

An der dem Aufzug gegenüberliegenden Wand der Tiefgarage befand sich eine auffällige rote Stahltür. Thomson schritt direkt darauf zu. Er blickte in ein links davon angebrachtes Gerät. Ein

---

[5] Gemeint sind Codes zum Scharfmachen der Nuklearwaffen.

Iris-Scan wurde durchgeführt, woraufhin eine grüne Kontrollleuchte blinkte. Nun gab er einen Zahlencode auf einem daneben befindlichen Tastenfeld ein mit der Folge, dass das grüne Blinken zu einem permanenten Leuchten wurde.

Ein vierzig Zentimeter durchmessendes Handrad auf der Stahltüre begann sich automatisch zu drehen. Mit einem tiefen Zischen öffnete sich der tonnenschwere Verschluss wie von Geisterhand bewegt. Thomson forderte seine sechs Begleiter auf, die hinter der roten Tür befindliche Betontreppe hinabzusteigen. Er trat als Letzter ein und ließ im Innern einen erneuten Iris-Scan durchführen, was auch ohne Eingabe eines Zahlencodes zum Verschließen des Stahlschotts führte. Dabei war deutlich zu hören, wie sich Dichtungen in die Fugen pressten, um den inneren Bereich luftdicht zu verschließen.

Die Treppe führte etwa zwanzig Meter in die Tiefe. Unten befand sich ein weiteres Schott, das Thomson auf die gleiche Weise öffnete wie das erste. Dahinter breitete sich ein mehrere hundert Quadratmeter großer Raum aus, dessen Einrichtung als luxuriös zu beschreiben eine glatte Untertreibung gewesen wäre. Sanftes Licht flammte automatisch auf und schaffte zusammen mit den stilvollen Möbelstücken unterschiedlicher Epochen eine angenehme Atmosphäre.

»Heller!«, rief der Bankier. Die in die Decke eingelassenen Lampen erzeugten nun Lichtverhältnisse, als würde sich der Raum unter freiem Himmel bei strahlendem Sonnenschein befinden.

Thomson schritt zielstrebig auf einen Bereich zu, in dem ultraflache Bildschirme von mit kunstvollen Schnitzereien verziertem Mahagoniholz eingefasst waren. Offenbar mochte der Bankier die Synthese aus neoklassischem Stil und supermoderner Technik.

»Einschalten!«, befahl Thomson. Die Bildschirme zeigten nun eine Benutzeroberfläche. Er drückte auf die entsprechenden Symbole, was dazu führte, dass jeder Bildschirm etwas anderes darstellte. Auf einigen liefen Fernsehprogramme, auf anderen war wiederum ein riesiger Raum aus unterschiedlichen Perspektiven zu sehen, in dem uniformierte Männer und Frauen emsig durcheinander liefen. Es handelte sich um das Befehlszentrum des Strategic Command.

Das spezielle Mobiltelefon des Clan-Chefs klingelte. Er blickte kurz darauf und stellte anhand der Nummer des Anrufenden fest, dass es General Perkins war. Auf seinen Bildschirmen suchte er blitzschnell die Befehlszentrale des Strategic Command nach dem General ab und entdeckte ihn nach wenigen Sekunden mit einem Mobiltelefon am Ohr.

»Was gibt's? Weigert sich der Präsident etwa, meinen Anweisungen nachzukommen?«

»Nein. Er hat soeben die Befehle zum Nuklearwaffeneinsatz gegeben. Ich werde, nachdem die Aldebaraner wieder gestartet sind, in einer ersten Angriffswelle eine Staffel Stealth[6] aufsteigen lassen. Vielleicht kommen die Bomber durch ihre Tarneigenschaften nahe genug an die Aldebaraner heran, sodass sie ihre Marschflugkörper abfeuern können, bevor sie entdeckt werden. Wenn das nicht funktioniert, schießen wir ein paar ICBMs[7] hinterher. Wir haben den Feind übrigens bereits auf dem Radar, werden uns aber, wie von Ihnen angeordnet, ruhig verhalten, bis die Schiffe nach der Aufnahme der Landesverräter wieder abheben.«

*

Zufrieden betrachtete Unaldor den Fortschritt des Baus des Rekrutierungszentrums unterhalb der ROMMEL, südlich von Berlin-Spandau. Roboter transportierten die letzten Bauelemente aus den geräumigen Hangars des Superschlachtschiffs. Sie schweb-

---

[6] Tarnkappenbomber des Typs Northrop B2 Spirit.
[7] Intercontinental balistic missile = Interkontinentalrakete.

ten mithilfe ihrer Vril-Aggregate zu Boden und begannen sofort mit der Montage.

»Sind die Polizeisperren inzwischen aufgehoben?«, wandte sich der solare Gouverneur und Raummarschall der vereinigten aldebaranisch-terranischen Flotte an Stabsoffizier Richardson.

Der hagere, hochgewachsene Offizier mit britischen Wurzeln hielt sich ständig in der Nähe Unaldors auf, um ihn bei Bedarf mit Informationen versorgen zu können. Über seinen VR-Helm stand er mit allen Einsatzgruppen in Verbindung.

»Die Straßensperren existieren nicht mehr. Unsere Sanitäter sind dabei, die betäubten Polizisten wieder aufzupäppeln. Über die Zufahrtsstraßen strömen nun Zehntausende von Zivilisten auf uns zu.«

»Wie sieht es bei den anderen Schiffen aus?«

»Einige sind mit konventionellen Waffen beschossen worden. Doch die Verantwortlichen haben die Sinnlosigkeit ihrer Angriffe mittlerweile eingesehen und selbige eingestellt. Bei allen unseren dreihundert Rekrutierungspunkten verläuft die Fertigstellung der Zentren reibungslos. In ein paar Staaten wollten die Regierungen, wie hier in Deutschland, die Bevölkerung durch Polizeisperren daran hindern, uns zu erreichen. Aber auch diese kläglichen Versuche wurden bald aufgegeben, nachdem wir die ersten Straßensperren unblutig beseitigt hatten.«

»Sehr gut! Ich hoffe, die einzelnen Kommandeure sind weiterhin vorsichtig. Ich traue den Clans nicht. Es würde mich wundern, wenn die nicht noch irgendeine Teufelei aushecken.«

*

Vor dem Baugelände hatten einige Hundertschaften der schwarzuniformierten Raumlandetruppen Aufstellung genommen, um den noch nicht ganz fertig gestellten Rekrutierungsbereich vor dem Andrang der immer zahlreicher werdenden Bewerber zu schützen und diese nach Norden, Richtung Engelsfeld, zu leiten.

Ralf fand, dass die Soldaten mit ihren schwarzglänzenden Helmen, den verschlossenen Gesichtsteilen und den offensichtlich schwer gepanzerten Raumanzügen ziemlich martialisch wirkten. Eine Einschätzung, die von ihm als Offizier wohl eher ein Kompliment war.

Die Menschen warteten geduldig, bis sich endlich eine Gasse zwischen den Schwarzuniformierten bildete. Hindurch schritt eine höchstens fünfundzwanzigjährige Frau. Ihre hüftlangen hellblonden Haare fielen über einen weißen Kittel, der ihre schlanke Figur verhüllte. Begleitet wurde die außergewöhnlich schöne Frau von zwei Offizieren, deren Raumhelmgesichtsteile geöffnet waren.

»Mein Name ist Maria Ortisch. Ich bin verantwortlich für das Rekrutierungsprogramm Berlin«, eröffnete die Schönheit. Nahezu unsichtbare Lautsprecher unterhalb des über den Bewerbern schwebenden Riesenschiffs verstärkten ihre Worte. »Ich möchte Sie alle recht herzlich bei uns begrüßen und freue mich sehr, dass so viele von Ihnen Interesse an einer zukünftigen Zusammenarbeit mit uns haben.«

Irgendein Dödel applaudierte und andere folgten seinem Beispiel. Maria Ortisch wartete, bis der Applaus abgeebbt war, und fuhr dann mit ihren Ausführungen fort.

»Die Wachtruppen werden jeweils hundert Bewerber durchlassen, die wir dann dem memogenetischen Aufnahmetest unterziehen. Denjenigen, die diesen Test bestehen, steht es dann frei, ihre persönlichen Sachen zu holen und an Bord der ROMMEL zu gehen, um zu unseren subplanetaren Siedlungen auf dem Mars gebracht zu werden.« Maria setzte nun ein freundliches Lächeln auf. »Und falls es Ihnen dort in unserer Gemeinschaft nicht gefallen sollte, so haben Sie natürlich jederzeit die Möglichkeit, zur Erde zurückzukehren. Bei uns herrscht keine Einschränkung der Reisefreiheit.«

*Na ja, falls wir uns für ein paar Tage der Dritten Macht anschließen und dann feststellen, dass es uns nicht gefällt, wird mich die Bundeswehr wohl kaum zurücknehmen,* lautete Müllers gedanklicher Kommentar, während Tausende verhalten über den letzten Satz Marias lachten.

»Ich bitte nun die ersten fünfhundert Interessenten, mir zu folgen. In zehn Minuten werden die nächsten fünfhundert abgeholt. Wir testen jeweils fünfzig Bewerber parallel, was ziemlich genau eine Minute dauern wird.«

»Mein Gott! Hier stehen mindestens einhunderttausend Menschen«, flüsterte Katrin ihrem Mann ins Ohr. »Die letzten werden hier also mehr als dreißig Stunden warten müssen.«

»Dreißig Stunden für ein neues Leben«, gab Ralf zurück. Euphorie schwang in seiner Stimme mit. Seine Augen glänzten begeistert. »Ein Leben in einem Sternenreich. Ein Leben praktisch ohne Krankheit und Altwerden. Ein Leben, in dem man das ganze Universum entdecken kann. Ein Leben …«

»… als Soldat in einem mörderischen Krieg«, beendete Katrin seinen Satz. Durch die nach Bulwer-Lyttons Ansprache gezeigte Dokumentation war sie schließlich recht gut über den galaktischen Überlebenskampf gegen die Mohak informiert. »Denn ich gehe jede Wette ein, dass du dich sofort bei der Raumflotte melden wirst. Wie soll die den Kampf auch ohne dich gewinnen?«

Statt einer Antwort auf die ironisch gemeinte Frage setzte sich Ralf in Bewegung. Dabei ergriff er die Hände seiner Tochter und seiner Frau. Ein Seitenblick überzeugte ihn davon, dass Katrin Herbert an der Hand hielt. Durch ihr frühzeitiges Erscheinen hatten sie das Glück, zu der ersten Bewerbergruppe zu gehören.

Sie folgten der weißbekittelten Schönheit, die von zwei Soldaten flankiert wurde, zu einem fünfhundert Meter langen Gebäude, dem man die Fertigbauweise ansah und das äußerst zweckmäßig wirkte. Große Fensterflächen wechselten sich mit grauen Außenwänden aus Kunststoff ab. Ralf fragte sich, warum man ein derart riesiges Gebäude errichtet hatte, wenn es nur um die Rekrutierung von Freiwilligen ging. Es standen fünfzig Testgeräte für die memogenetischen Untersuchungen bereit – und die benötigten wohl kaum so viel Platz.

Seine Überlegungen wurden bestätigt, als sie das Gebäude betraten. Durch ein spartanisch eingerichtetes Foyer mit einem Pult, hinter dem drei Empfangsdamen saßen, ging es durch eine Doppeltür in eine mehrere hundert Quadratmeter große Halle. In der Raummitte standen fünfzig Apparaturen, die einen Zyniker zu einem Vergleich mit elektrischen Stühlen animiert hätten. An einem unterarmdicken Kabelbaum hing ein Helm an einer Art Galgen, der nahtlos in die Front des quaderförmigen memogenetischen Testers überging. Unter dem Galgen stand ein bequem anmutender Sessel aus schwarzem Leder. Auf die Front des Quaders hatte man die Nummer des Analysators in arabischen Ziffern geklebt.

Maria wählte fünfzig Probanden aus und bedeutete ihnen, sich auf die Sessel zu setzen. Katrin und Ralf waren darunter. Die Kinder brauchten sich der Prüfung nicht zu unterziehen. »Die nun folgende Prozedur dauert, wie gesagt, eine Minute, ist vollkommen schmerzlos und verursacht keinerlei Schäden.« Maria deutete auf die Stirnwand der Halle, wo fünfzig Frauen und Männer in weißen Kitteln vor einer schneeweißen Wand standen und freundlich zu den Ankömmlingen blickten. »Unsere Mitarbeiter erhalten die Messergebnisse der Analysatoren auf den Bildschirmen. Nach der Messung gehen Sie bitte zu dem Bildschirm mit Ihrer Nummer, wo man Sie dann sofort über die Messergebnisse unterrichten wird.«

*Welche Bildschirme?*, fragte sich der Oberst. *Ich sehe nur eine weiße Wand.*

Seine stumme Frage wurde sogleich beantwortet: Fünfzig identische Benutzeroberflächen entstanden auf der Wand. Die Frauen und Männer berührten die Wand an verschiedenen Stellen, woraufhin sich die Benutzeroberflächen veränderten.

*Die Wand ist ein einziger berührungsempfindlicher Bildschirm,* stellte Müller anerkennend fest.

Die fünfzig Probanden nahmen Platz. Katrin schaute ein wenig unsicher zur ihrem Mann, auf dessen Kopf sich soeben der Helm herabsenkte. Ralf hörte ein leises Summen der Apparatur. Ein leichtes Kribbeln stellte sich auf seiner Kopfhaut ein. Das war es auch schon. Nach knapp sechzig Sekunden hob sich der Helm, die fünfzig Probanden standen auf und die nächsten fünfzig setzten sich in die bequemen Sessel.

Ralf begab sich zum Wandbildschirm. In der oberen rechten Ecke war eine 3 eingeblendet. Darunter stand ein junger Mann mit dunkelblondem Haar und grünen Augen, der ihm freundlich entgegenblickte.

»Da wir nicht viel Zeit haben, komme ich sofort zur Sache«, begann der Kittelträger. »Aus Ihrem Gehirnstrommuster und Ihren Gensequenzen konnten wir Ihre Intelligenz, Ihre Neigung, kriminelle Handlungen zu begehen, Ihre Loyalität gegenüber der Gemeinschaft, Ihren Mut, Ihre organisatorischen Fähigkeiten und eine Reihe weiterer Faktoren bestimmen. Diese Faktoren werden zu einem Eignungsfaktor berechnet, der im Idealfall einhundert Prozent beträgt, die natürlich von niemandem erreicht werden, selbst vom Imperator nicht.« Der höchstens Zwanzigjährige lachte kurz und trocken auf. »Der Eignungsfaktor wurde so kalibriert, dass wir ab einem Wert von fünfzig Prozent Bewerber in unsere Gemeinschaft aufnehmen. Ihr Eignungsfaktor beträgt vierundsiebzig Komma vier drei Prozent. Das ist ausgezeichnet. Eine detaillierte Auswertung erhalten Sie später. Bitte nennen Sie nun Ihren Namen und Ihr Geburtsdatum, damit wir Ihre Daten zuordnen können.«

»Ralf Müller, 31.03.1972.«

Die Angaben erschienen automatisch auf dem Bildschirm. Offensichtlich verstand der dazu gehörige Rechner Gesprochenes perfekt, was den Oberst beim Stand der aldebaranischen Technologie nicht wirklich wunderte.

Aus einem Schlitz in der Bildschirmwand, der Müller zuvor nicht aufgefallen war, zog sein Gegenüber eine kleine Plastikkarte. »Dies ist Ihr vorläufiger Personalausweis. Und hier haben Sie einen Kommunikator.« Er reichte Ralf ein schwarzes Gerät von der Größe eines Feuerzeuges, mit einem einzigen roten Knopf. »Für den Fall, dass Sie unsere Hilfe brauchen, drücken Sie einfach den roten Knopf und sprechen in das Gerät. Falls nötig, kehren Sie nun bitte in Ihre Wohnung zurück und holen Sie die persönlichen Dinge, die Sie auf Ihrer Reise zum Mars mitnehmen wollen. Sie können sich Zeit lassen, denn wir starten erst in achtundvierzig Stunden, also am 21.12.2012 um 17 Uhr.«

Ralf bedankte sich und begab sich zu Katrin. »Und? Wie lief es bei dir?«, wollte er von seiner Frau wissen.

»Eignungsfaktor sechsundsiebzig Komma hab-ich-vergessen Prozent.«

Ralf freute sich natürlich über das hervorragende Ergebnis, musste aber schlucken, weil es besser war als sein eigenes. »Komm, lass uns nach Hause fahren. Wir haben alle Zeit der Welt und können in Ruhe zusammenpacken, was wir brauchen.«

Am Ausgang der Halle standen weitere Mitarbeiter von Maria Ortisch bereit. Sie wiesen die Berliner darauf hin, dass sie nur Gegenstände mit emotionalem Wert mitnehmen durften. Kleidung, Möbel, Lebensmittel und so weiter seien in Neu-Babylon, der subplanetaren Stadt im Mars, ausreichend vorhanden.

# Kapitel 2: Invasion

»Boradit und Sublomat werden von den Weißhäuten angegriffen!«

Der Zhort hörte die Worte des Kommunikationsoffiziers wie in Trance. Seine Hände zitterten. Niemals zuvor in seinem Leben hatte er eine derartige Verzweiflung gepaart mit Demütigung gespürt. Der Krieg gegen die Weißhäute war aber noch nicht verloren, im Gegenteil, die Flotte war trotz ihrer schweren Verluste immer noch zahlenmäßig doppelt so stark wie die Streitkräfte der einst als Futtertiere verachteten Menschen.

Mittlerweile reagierte der Zhort äußerst gereizt, wenn jemand diese verächtliche Bezeichnung für die Aldebaraner in seiner Gegenwart verwendete. Die Mohak – er selbst eingeschlossen – waren davon ausgegangen, dass ihnen nach der Vernichtung von zwei Ischtar-Festungen ein relativ leichter Feldzug bevorstand. Es hatte außer Frage gestanden, dass die Invasion des Imperiums nur mit der Eroberung der aldebaranischen Sauerstoffwelten und der Vertreibung ihrer ursprünglichen Bewohner oder ihrer Verwendung als Futtertiere enden würde.

Doch was war geschehen? Die imperiale Flotte hatte sich gegen die weit überlegenen Streitkräfte des Zhort auf keinen offenen Kampf eingelassen. Der Feind hatte es sogar zugelassen, dass die Mohak-Raumer die imperiale Zentrumswelt, Sumeran, ein zweites Mal innerhalb von einhundertfünfzig Jahren verwüsteten. Diesen Schaden hatten diese äußerst geschickten Strategen ganz bewusst in Kauf genommen, denn sie hatten die Bevölkerung rechtzeitig evakuiert.

Statt sich einer offenen Schlacht zu stellen, hatte sich der Gegner darauf beschränkt, kleinere Angriffe gegen abseits fliegende Feindschiffe durchzuführen. Diese Taktik hätte unmöglich zum Sieg führen können, hätten sich die Aldebaraner nicht zusätzlich darauf konzentriert, die Versorgungsschiffe der gigantischen Mohak-Flotte anzugreifen und zu vernichten.

Wie der Zhort später bei Verhören von Kriegsgefangenen herausgefunden hatte, war dabei eine neue Entwicklung dieser erfindungsreichen Menschen zum Einsatz gekommen: Sie verwendeten künstliche Wurmlöcher – was so weit in der Raumfahrt nichts Neues war –, deren Projektoren sie durch Beschichtung mit Metamaterialien tarnten und so für die Ortung der Kriegsschiffe der Mohak unsichtbar machten. Auf diese Weise konnten ganze Schwärme von Jagdbombern unvermittelt in unmittelbarer Nähe der Versorgungsschiffe und ihres Begleitschutzes auftauchen. Anschließend klinkten die wendigen Maschinen ihre Vril-Bomben bei einer Angriffsgeschwindigkeit von dreißigtausend Kilometern pro Sekunde[8] aus und ließen sie in die Reflektoren der Schiffe des Zhort krachen. Kein Reflektor konnte einer solchen Belastung standhalten.

In der Folge hatten die Aldebaraner die in die verschiedenen imperialen Systeme eingedrungene Flotte durch ihre permanenten Angriffe gebunden und so zum Verschießen ihrer Munition gezwungen. Als der Nachschub schließlich ausblieb und die Mohak-Raumer sich verschossen hatten, hatten die imperialen Schiffe gewütet wie eine Horde Selvotahak[9]. Lediglich zehn Prozent der Invasoren hatten den Spießrutenlauf zurück ins Mohak-Reich überlebt.

Der Zhort schaute sich in der Zentrale seines Flaggschiffes um. Die geschwundene Siegesgewissheit war der Besatzung deutlich anzusehen. Wer sich noch vor Tagen geschmeidig mit parallel zum Boden gestrecktem Schwanz bewegt hatte, kehrte nun mit der Schwanzspitze fast den Staub vom dunkelroten Belag der Zentrale – das untrügliche Zeichen für einen deprimierten Gemütszustand bei einem Mohak. Selbst die Offiziere, die auf ihren Sitzschalen vor den Instrumenten saßen, berührten mit ihren Schwänzen fast den Boden.

---

[8] 10% der Lichtgeschwindigkeit.
[9] Mohak im Blutrausch.

Doch der Verlust des Großteils ihrer Flotte war nicht der Hauptgrund für die Depression der grüngeschuppten Krieger. Viel schlimmer war die Tatsache, dass die Aldebaraner noch während der Invasion der Echsen einen Gegenangriff durchgeführt hatten, bei der die neue Zentralwelt Mohalan und vier wichtige Nachschubbasen vernichtet worden waren. Insgesamt waren dabei mehr als eine Billion Mohak ums Leben gekommen – ein rapider Bevölkerungsrückgang, den auch das äußerst fruchtbare Echsenvolk erst nach Jahrzehnten würde wettmachen können.

Und nun kam zu allem Überfluss die Meldung von Kommunikationsoffizier Gerotrax hinzu, dass die Systeme Boradit und Sublomat von aldebaranischen Flotten angegriffen wurden. Die kommandierenden IkPentalz[10] dieser Systeme wiesen darauf hin, dass ihre Wachschiffe nicht ausreichten, um den Feind aufzuhalten. Es wurde dringend um Verstärkung gebeten – von der der Zhort jedoch genau wusste, dass er sie nicht gewähren würde, denn er hatte andere Pläne.

Vor seinem geistigen Auge sah der Zhort einige Hauptwelten der betroffenen Systeme unter dem Beschuss der gegnerischen Schiffsgeschütze zu Glutwelten werden. Weitere Milliarden von Mohak würden in den entfesselten Naturgewalten verdampfen.

Die Menschen schienen nicht auf die Eroberung der wertvollen Sauerstoffwelten aus zu sein, sie führten einen gnadenlosen Vernichtungskrieg gegen sein Volk – eine Erkenntnis, die das Zittern der Hände des Zhorts noch einmal verstärkte. Er war sich darüber im Klaren, dass er selbst die Hauptschuld an diesem blutigen Gemetzel trug, denn er war niemals auf ein Verhandlungsangebot der schwächlich erscheinenden Weißhäute eingegangen und hatte jede Gelegenheit genutzt, ihre Welten anzugreifen, zu erobern und zu entvölkern. Sein Vermögen, rational zu denken, war durch die Ereignisse der vergangenen Tage nicht getrübt

---

[10] Mehrzahl von »Pentalz«, der Entsprechung eines aldebaranischen Raummarschalls.

worden, weshalb er die Kompromisslosigkeit, mit der der Gegner nun vorging, sogar nachvollziehen konnte.

Doch es gab einen Hoffnungsschimmer: Der Zhort wusste inzwischen, ebenfalls aus Folterverhören von Kriegsgefangenen, warum die aldebaranische Flotte deutlich stärker war, als noch zu Beginn der mohak'schen Invasion angenommen. Es existierte ein von den Aldebaranern bislang geheim gehaltenes System, das sie »Sol« nannten und dessen Hauptwelt der dritte Planet mit Namen »Terra« war. Dieses System schien über eine gewaltige Rüstungskapazität zu verfügen und die aldebaranische Flotte unaufhörlich mit Schiffsneubauten und Nachschub zu versorgen.

Wie viele Male hatten die Weißhäute völlig überraschend an Stellen angegriffen, die kein Mohak vorausgesehen hatte? Der Zhort dachte schmerzlich an die Niederlagen von Maulack, Mohak-Dor und die erst kürzlich von den Aldebaranern vernichteten Nachschubplaneten. Dieses Mal würden es jedoch die Mohak sein, die ohne jede Vorwarnung dort angreifen würden, wo es kein Aldebaraner vermutete. Der Gegner wusste schließlich nicht, dass ihm, dem Zhort, die galaktischen Koordinaten der Sonne Sol bekannt waren. Deshalb würde er mit einer stattlichen Flotte das geheime System anfliegen und durch das dortige PÜRaZeT direkt über Terra auftauchen – ein Coup, der den Terranern im Maulack-System mit großem Erfolg gelungen war. Die gigantischen Industrieanlagen des geheimnisvollen Planeten Terra würden dann im Salventakt der Geschütze seiner Flotte verdampfen.[11]

»Haben wir schon Nachrichten von unseren Aufklärern im Sol-System erhalten?«, fragte der absolutistische Herrscher über alle Mohak den Stabsoffizier.

»Ja, die ersten Meldungen kamen vor wenigen Minuten[12] herein.«

---

[11] Die Kriegsgefangenen hatten dem Zhort nicht verraten, dass der solare Rüstungsplanet in Wahrheit der Mars war.

[12] Physikalische Größen werden, wie immer, in terranischen Einheiten angegeben.

»Und warum muss ich erst nachfragen, um diese wichtige Information zu erhalten?« Die Worte des Zhort klangen gefährlich ruhig.

»Kommunikationsoffizier Gerotrax meldete den Angriff der Fu..., äh, Weißhäute auf Boradit und Sublomat. Ich wollte nicht dazwischenreden.«

Der Zhort sah in die vor Angst geweiteten Augen des Stabsoffiziers. Doch dessen Furcht war unbegründet. Der Zhort würde niemanden mehr für kleinere Verfehlungen hinrichten lassen, wie er es in der Vergangenheit so oft getan hatte, wenn er schlecht gelaunt gewesen war. Zu wertvoll waren die Angehörigen seiner Spezies – nach den Billionenverlusten der letzten Tage.

»Und? Nun rede schon!«

Der Stabsoffizier war erleichtert. Vor Freude, nicht den tödlichen Zorn des Herrschers erregt zu haben, hob er sogar seine Schwanzspitze. »Die Aufklärer melden eine starke Flottenkonzentration, rund dreihundert Schiffe, rund um den dritten Planeten.«

»Seltsam. Warum schützen die Aldebaraner diese Welt mit einer derart großen Flotte, obwohl sie nicht mit einem Angriff durch uns rechnen können?« Bei seinen Worten blickte er in die Runde der IkPentalz, die er in sein Flaggschiff beordert hatte und die nun um einen ovalen Besprechungstisch herumstanden. Ein darin eingebauter Projektor erzeugte ein über dem Tisch schwebendes holographisches Abbild des Sol-Systems.

Pentalz Tarotz, der zu den wenigen Überlebenden der Schlacht um das aldebaranische Dedalon-System gehörte, fühlte sich berufen, die Frage seines Herrschers zu beantworten: »Wahrscheinlich nutzen sie einen Orbit um Terra als Aufmarschgebiet für eine neu gebildete Flotte, die sie in Kürze in die Schlacht zu werfen gedenken.«

Der Zhort nickte zunächst nachdenklich, dann immer schneller, fast euphorisch. »Umso besser. Wenn unsere Überraschung gelingt, vernichten wir nicht nur Terra, sondern zusätzlich diese durchaus beachtliche Flotte.

IkPentalz! Kehrt zu euren Verbänden zurück und führt sie nach Abotat. Dort sammeln wir uns. Zwischen unserem Reich und dem Sol-System liegt das Imperium, das wir von Abotat aus umgehen werden, um dann unser Ziel anzugreifen.«

An Kommunikationsoffizier Gerotrax gewandt fuhr der Zhort fort: »Geben Sie Befehl an die Aufklärer im Sol-System, sich vorsichtig zurückzuziehen und auf keinen Fall eine Entdeckung zu riskieren. Sobald die Weißhäute etwas von unserem Angriff ahnen, werden sie das PÜRaZeT abschalten und unser Überraschungsmoment ist dahin.«

*

Im Oberkommando der Raumflotte herrschte derweil Hochstimmung. Imperator Sargon II. hatte sich in seine schwarze Uniform mit dem Sonnenkreuz auf Brust und Rücken gehüllt und saß an dem gleichen Besprechungstisch an Bord der ONSLAR II, von dem aus er bereits Stunden zuvor mit Unaldor konferiert hatte.

Dieses Mal wurden drei Männer holographisch dargestellt, während die anderen neun leibhaftig anwesend waren. Die Raummarschälle Prien und Tamayoki befanden sich an Bord ihrer Flaggschiffe und drangen zurzeit in die Systeme Boradit bzw. Sublomat ein, was sie jedoch dank der aldebaranischen Kommunikationstechnik nicht daran hinderte, an der Lagebesprechung des Oberkommandos teilzunehmen. Das Gleiche galt für Unaldor, der mit seiner Flotte im Sol-System weilte, um die erste (offizielle) Welle der Rekrutierung geeigneter terranischer Mitarbeiter für das Imperium abzuschließen.

»Kameraden! Innerhalb der imperialen Raumsektoren existieren keine feindlichen Schiffe mehr.«

Dem geistlichen und weltlichen Oberhaupt des Imperiums war die grenzenlose Erleichterung anzusehen, mit der er seine Worte aussprach. Immerhin hatte er in den vergangenen einhundertfünfzig Jahren in ständiger Sorge um das Imperium gelebt. Alles, woran dieser vom aldebaranischen Volk zutiefst verehrte Mann geglaubt hatte, wofür er jahrzehntelang ohne Rücksicht auf sein eigenes Leben an vorderster Front gekämpft hatte, war der permanenten Gefahr der totalen Vernichtung ausgesetzt gewesen. Nun, da das Pendel in diesem Krieg trotz immer noch vorhandener quantitativer Unterlegenheit erstmalig zugunsten des Imperiums ausgeschlagen war, fiel eine Last von seinen Schultern, die jeden anderen längst erdrückt hätte.

Mit ruhiger Stimme fuhr er fort: »Überall an der Grenze zum Mohak-Reich sammeln sich unsere Flottenverbände, um den Krieg weit in das Gebiet des Feindes hineinzutragen. Sie, Marschall Prien und Marschall Tomoyuki, führen bereits den ersten Schlag nach der gescheiterten mohak'schen Offensive. Wir dürfen den Feind nicht zur Ruhe kommen lassen und ihm keine Gelegenheit geben, seine Verteidigung zu organisieren.«

Sargon machte eine kurze Pause und blickte in die zwar ernsten, aber ebenfalls unverhohlene Erleichterung ausdrückenden Gesichter seiner höchsten Offiziere.

»Mir ist natürlich bewusst, dass die Mannschaften unserer Kampfraumer von den Kämpfen der vergangenen Tage erschöpft sind. Doch dies trifft glücklicherweise auch auf die zehn Prozent der Invasoren zu, die unseren Kesselschlachten entkamen.«

*Kesselschlachten.* Er benutzte dieses Wort in deutscher Sprache, weil es dafür im Sumeranischen keine Entsprechung gab. Der Herrscher schenkte der Projektion von Raummarschall Prien einen dankbaren Blick. Letzterer hatte die Taktik, den Feind herankommen zu lassen, um ihn dann von Nachschub abzuschneiden, aus den Schlachten des 2. Weltkriegs abgeleitet und auf die moderne Raumkriegführung übertragen. Der Erfolg war durchschlagend gewesen.

»Weitere zehn Prozent der ursprünglichen gegnerischen Streitkräfte haben unsere Angriffe auf die Nachschubwelten überlebt. Wir haben es also mit einem Gegner zu tun, der in den vergangenen Tagen achtzig Prozent seiner Flotte verloren hat. Überlegen

Sie sich einmal, meine Herren, wie sich derartige Verluste auf die Moral der gegnerischen Truppen auswirken müssen.«

Mit einer erneuten Pause deutete der Imperator an, dass er nun zum eigentlichen Punkt kam. Seine Gesichtszüge verhärteten sich und seine Augen glänzten wie blau eingefärbtes Eis.

»Wir müssen ungebremst angreifen, um dem Feind einen ständigen Rückzug aufzuzwingen. Damit entblößen wir natürlich die Heimatverteidigung. Ich gehe jedoch davon aus, dass die Mohak momentan keinen koordinierten Schlag gegen unsere Welten durchführen können und werden, zumal alle Stringknoten bis auf zwei nach wie vor durch Ischtar-Festungen gesichert sind. Aus diesem Grund stelle ich nun folgende weitere Vorgehensweise zur Diskussion: Zwei von Ihnen, meine Herren, sichern mit ihren Verbänden die beiden von den Ischtar-Festungen entblößten[13] Stringknoten. Die übrigen elf Superschlachtschiffverbände, meinen eingeschlossen, greifen folgende Systeme der Mohak an...«

Es folgte eine Auflistung von neun Angriffszielen, da die beiden von Prien und Tomoyuki attackierten Systeme bereits feststanden. Die Raummarschälle Delmor und Runan machten lange Gesichter, weil ihre Verbände in der Aufzählung fehlten. Somit war klar, dass sie die beiden ungesicherten Stringknoten zu bewachen hatten.

»Sobald diese primären Angriffsziele vernichtet sind, fliegen Sie die Sekundärziele an, Kameraden. Anschließend die Tertiärziele und so weiter. Jeder erhält eine Liste der Reihenfolge der zu attackierenden Ziele. Diese werden soeben auf die Zentralrechner Ihrer Flaggschiffe übertragen. Falls jemand von Ihnen auf überlegenen gegnerischen Widerstand stößt, kann er einen oder mehrere Verbände zu Hilfe rufen, die dann die ihnen zugeordneten Ziele später angreifen werden. Gibt es dazu noch Fragen?« Erwartungsvoll schaute Sargon in die Runde.

---

[13] Die beiden Ischtar-Festungen wurden mit zwei Riesenkanonen, die von den Mohak »Kontrubana« genannt wurden, vernichtet.

»Wie lang ist die Liste?«, fragte das Hologramm Priens. »Oder mit anderen Worten: Gibt es uns bekannte von den Mohak besiedelte Planeten, die nicht auf der Liste stehen?«

Der Imperator lächelte unbefangen. »Nein. Falls es uns tatsächlich gelingt, diese Liste ›abzuarbeiten‹, gibt es keine Mohak mehr. Je weiter unten auf der Liste, umso geringer ist die Anzahl der Mohak im Zielgebiet. Bei den Schlussgenannten handelt es sich nur noch um Minen mit relativ wenig Personal, zum Abbau unterschiedlichster Rohstoffe auf lebensfeindlichen Planeten.«

Als keine weiteren Fragen gestellt wurden, wandte sich der Imperator an Unaldor. »Wann können Sie mit Ihrer Flotte die Ihnen zugewiesenen Ziele angreifen?«

»In vierundzwanzig Stunden. Bis dahin werden die in der ersten Welle Rekrutierten auf dem Mars angekommen sein, sodass ich die Flotte im Sol-System nicht mehr benötige.«

*

Mit großer Befriedigung verfolgte Thomson die Sendungen diverser amerikanischer Fernsehprogramme auf seinen Bildschirmen. Tausende abgewiesener Bewerber hatten sich den Demonstrationen gegen die Aldebaraner angeschlossen.

»Stoppt die Herrenmenschenzucht!« war ein häufig zu lesender Spruch auf Transparenten in den amerikanischen, britischen, französischen und deutschen Großstädten. Lediglich aus Japan kamen kaum Berichte über anti-aldebaranische Kundgebungen. Dort wurden die wenigsten Bewerber abgewiesen.

Natürlich war sich Thomson darüber im Klaren, dass die Beleidigungen der Demonstranten den Feind wahrscheinlich überhaupt nicht tangieren würden. Doch darum ging es nicht. Wenn beim Abflug der Raumschiffe Nuklearwaffen gegen sie eingesetzt wurden, konnte sich Thomson sicher sein, dass diese Maßnahme auf das Verständnis eines Großteils der Bevölkerung stoßen würde.

Speziell aus der Unterschicht gelang es kaum jemandem, die Aufnahmeprüfung zu bestehen. Im Fernsehen waren etliche der Abgewiesenen interviewt worden. Nach ihrer Zurückweisung hatten sich die »sozial Benachteiligten« beinahe darum geprügelt, nun wenigstens einmal ins Fernsehen zu kommen, um in reißerisch aufgemachten Nachrichtenmagazinen oder Verblödungstalkshows über diese arroganten Fremden herzuziehen, die partout nichts mit ihnen zu tun haben wollten. (So eine Frechheit aber auch!)

Thomson hatte beim Anblick dieser geschwätzigen Jammergestalten mehrfach laut losgelacht: heruntergekommene Typen, die kaum ihrer eigenen Landessprache mächtig waren. An ihren hölzernen Formulierungen merkte man deutlich, dass clangesteuerte Mitarbeiter der Sendeanstalten sie zu bestimmten Aussagen instruiert hatten. Kaum eine ihrer Äußerungen entstammte persönlichen Geistesblitzen, da gar kein Geist zum Blitzen vorhanden war.

»Ohne soziale Gerechtigkeit kann kein Gemeinwesen bestehen!«, plapperte einer dieser Typen vor laufender Kamera eifrig den auswendig gelernten Text nach. Dass dies nicht seine eigenen Worte waren, konnte man bereits daran ersehen, dass es der einzig fehlerfreie Satz war, den der Mann über die Lippen brachte.

*Ja, ohne Leute wie dich kann bestimmt kein Gemeinwesen existieren*, dachte Thomson voller Ironie und prustete los. Er hatte vollstes Verständnis dafür, dass die Aldebaraner mit derartigen Totalversagern nichts zu tun haben wollten.

Die Clans empfanden nur tiefe Verachtung für dieses Prekariat, verbreiteten aber über die Medien, dass jeder ein Grundrecht auf alles Mögliche hatte, und propagierten den Sozialstaat. Was zunächst widersprüchlich klang, war für Thomson pure Logik: Ein ausgeprägter Sozialstaat war der Garant für eine hohe Staatsverschuldung, an der die Banken, also letztlich die Clans, ausgezeichnet verdienten. Offiziell stand man als barmherziger Samariter da, der sich für die Belange von Bedürftigen einsetzte, tatsächlich verdiente man Milliarden an den aus Steuermitteln bezahlten Schuldzinsen. Natürlich hatte der Bankier die Fernsehsender angewiesen, das »asoziale« Verhalten der Aldebaraner in den Vordergrund zu stellen.

»Haben wir bereits Informationen darüber, wann die Aldebaraner ihre erste Fuhre zum Mars bringen, Chapman?«, fragte er bei einem Videophonat den auf einem der Bildschirme sichtbaren Leiter des CIA.

»In knapp sechzehn Stunden.«

»Laufen die Vorbereitungen für den Abschuss der ICBMs planmäßig?«, wandte sich der Clanchef an den ebenfalls zugeschalteten General Perkins.

»Wir haben keine Probleme. Die Codes für die Nuklearwaffen sind bereits eingegeben und die Ziele selektiert worden.«

»Ausgezeichnet! Was sagen unsere Wissenschaftler über die Erfolgswahrscheinlichkeit?«

Es war wiederum Chapman, der antwortete: »Sie stufen die Chancen als sehr gering ein. Nach unseren Erkenntnissen verfügen die Aldebaraner über Magnetfeldkanonen, die ihre Projektile mit einem Prozent der Lichtgeschwindigkeit verschießen. Dagegen sind unsere Raketen lahme Enten. Folglich wird der Gegner unsere Flugkörper mit hoher Wahrscheinlichkeit abschießen, lange bevor sie ihre Ziele erreicht haben.«

»Verdammt! Gibt es denn nichts, was wir gegen diese Arschlöcher tun können?«

»Unsere einzige Möglichkeit besteht darin, die Trefferwahrscheinlichkeit zu erhöhen, indem wir mehrere Raketen auf ein Ziel abschießen und hoffen, dass wenigstens eine durchkommt.« Perkins kratzte sich den freien Bereich zwischen seinem schütteren Haarkranz. »Ansonsten bin ich überzeugt, Ihre Vorgehensweise, Mister Thomson, ist genau richtig: Wir haben den Gegner ungeschoren landen lassen und ihn während der ganzen Zeit nicht belästigt. Deshalb wird er wohl nicht damit rechnen, dass wir es uns bei seinem Abflug anders überlegen.«

Der General war sichtlich damit zufrieden, dem Bankier das Wort geredet zu haben.

»Nun denn, in sechzehn Stunden sind wir klüger«, meinte Thomson und unterbrach die Verbindung. Anschließend führte er ähnliche Gespräche mit Generälen und Geheimdienstchefs in England, Frankreich, Deutschland und Japan.

Er ging zwar nicht davon aus, dass es gelingen würde, die gesamte aldebaranische Flotte zu vernichten, doch ein paar zerstörte Raumschiffe würden schon reichen, um dem Gegner den Nimbus unbegrenzter technologischer Überlegenheit und Unbesiegbarkeit zu nehmen.

*

Katrin und Ralf Müller hatten sich in aller Ruhe von einigen Freunden verabschiedet und dann die Dinge zusammengepackt, die für sie eine emotionale Bedeutung hatten: Fotoalben, Memorysticks mit Bildern und Filmen, Kuscheltiere für die Kinder, persönliche Dokumente, wertvoller Schmuck und ausgewählte Kleidungsstücke, mit denen besonders schöne Erinnerungen verbunden waren.

Der Fernseher blieb permanent eingeschaltet, falls unvorhergesehene Dinge passierten. Abgesehen von den wütenden Protesten der Abgewiesenen geschah jedoch nichts Gravierendes, und selbst die waren vorhersehbar gewesen.

»Es wird langsam Zeit, aufzubrechen«, meinte Ralf knapp zwei Stunden vor dem angekündigten Abflug der Raumschiffe. Mit Blick auf die beiden gepackten Koffer sagte er: »Die kann ich ja schon mal nach unten in den Mondeo bringen.«

»Warte, ich habe das Sommerkleid noch nicht gefunden, das du mir geschenkt hast, kurz nachdem wir uns kennengelernt hatten.«

»Ich kaufe dir ein Neues – auf dem Mars.«

»Aber mir liegt doch so viel daran.«

»Es wird bald ziemlich voll werden, rund um die ROMMEL. Ich würde den Abflug wirklich nur ungern wegen eines Sommerkleides verpassen.«

Plötzlich flog die Wohnungstüre krachend aus den Angeln. Ralf, der mit den beiden Koffern im Flur stand, sah zwei finster dreinschauende, in schwarze Anzüge gekleidete Herren, jeweils mit einer Pistole in der Rechten. Mit einem Satz hechtete er ins Wohnzimmer, riss die Waffenschranktür auf und griff sich seine Dienstwaffe. Er hörte, wie eine Tür geöffnet wurde, dann Kindergeschrei. Der berühmte Kübel Eiswasser wurde über seinem Kopf ausgeschüttet. Ralf zitterte am ganzen Körper aus Sorge um seine Kinder. Katrin schrie.

»Leisten Sie keinen Widerstand. Wir haben Ihre Kinder!«

Ralf warf seine Waffe durch die offenstehende Stubentür in die Diele. Fast gleichzeitig nahm er den Kommunikator der Aldebaraner aus der Hosentasche. Er drückte den roten Knopf an dem kleinen Gerät, flüsterte seinen Namen, seine Adresse und fügte hinzu: »Zwei bewaffnete Männer sind in unsere Wohnung eingedrungen.«

In diesem Moment lugte einer der Schwarzgekleideten um die Ecke. Ralf steckte den Kommunikator unauffällig weg und hob die Hände.

»Kommen Sie mit!«, sagte der Mann in herrischem Tonfall.

Müller ging mit erhobenen Händen auf ihn zu. Einen Angriff konnte er nicht wagen, denn der Komplize des Eindringlings befand sich im Kinderzimmer, wie Ralf mit einem flüchtigen Blick feststellte.

»Ich werde keinen Widerstand leisten.«

Katrin kam nun ebenfalls mit erhobenen Händen in die Diele. In ihren Zügen lag die grauenhafte Angst einer Mutter um ihre Kinder.

»Folgen Sie mir!«, befahl einer der Männer und bewegte sich rückwärts gehend mit der Pistole im Anschlag durch die zerstörte Tür in den Hausflur. Der zweite Eindringling folgte mit den beiden Kindern erst, als Katrin und Ralf bereits die Tür zum Kinderzimmer passiert hatten, sodass er sich in deren Rücken befand.

»Was wollen Sie von uns? Wo bringen Sie uns hin?« Katrins Stimme zitterte leicht.

»Das verrate ich Ihnen, wenn wir im Auto sind«, sagte der Vorausgehende.

Mit dem Fahrstuhl fuhren die sechs ins Erdgeschoss. Ralf erwog kurz, die beiden Bewaffneten anzugreifen, was ihm in der Enge der Fahrzugkabine durchaus möglich gewesen wäre. Doch das Risiko für Katrin und die Kinder war einfach zu groß.

Auf dem Parkplatz wartete ein geräumiger schwarzer Mercedes Sprinter. Einer der beiden Entführer setzte sich hinter das Lenkrad, der andere bedeutete dem Ehepaar und den beiden Kindern, mit ihm zusammen hinten einzusteigen.

Im Inneren des Fahrzeugs befanden sich vier Sitzreihen, von denen sich jeweils zwei gegenüberlagen. Auf der vordersten Bank nahm der Schwarzgekleidete mit Rücken zur Fahrtrichtung Platz; die Familie saß ihm vis-a-vis. Seine Waffe zielte auf Ralf.

»Was soll das Ganze?«, fragte der Familienvater.

»Haben Sie im Ernst geglaubt, Sie könnten sich einfach so mit diesen Space-Nazis aus dem Staub machen?« Ein trockenes Auflachen folgte den Worten des Entführers.

Ralf entging nicht, dass der Mann die gleiche niederträchtige Bezeichnung für die Aldebaraner gewählt hatte, wie Stunden zuvor Generalmajor Eberhardt. Allem Anschein nach hatte ihm sein ehemaliger Vorgesetzter diese beiden Spießgesellen auf den Hals gehetzt.

Das Lachen des Mannes erstarb abrupt. »Als Offizier der Bundeswehr sind Sie hervorragend über unsere Verteidigungskräfte informiert. Wir müssen verhindern, dass Sie diese Geheimnisse an jenes arrogante Pack verraten, das hier so mir nichts dir nichts auftaucht, um uns die fähigsten Ingenieure, Techniker und Soldaten zu nehmen.«

Ralf erinnerte sich an den zornigen Ausruf vor der Polizeisperre und verwendete ihn nun selbst: »Wir sind hier nicht in der DDR, wo der Staat dem Bürger vorschrieb, wohin er gehen durfte und wohin nicht!«

Der Mann in dem schwarzen Anzug lachte erneut trocken auf, während sich der Sprinter in Bewegung setzte. »Die DDR musste die Reisefreiheit ihrer Bürger massiv einschränken, weil dieses Pseudoland andernfalls ausgeblutet wäre. Das Gleiche würde jetzt mit der Bundesrepublik und einer Reihe weiterer Staaten geschehen, falls jeder geht, wohin er will. Ist Ihnen eigentlich klar, dass uns die verdammten Aldebaraner nur die Elite wegnehmen wollen? Den Pöbel lassen sie schön hier.«

*Genau deshalb bleibst du Armleuchter ebenfalls hier,* entgegnete Ralf im Stillen.

Er hatte keine Lust, mit dem Mann, der augenscheinlich ein dickes Brett vor dem Kopf hatte, über Freiheitsrechte zu diskutieren oder darüber, dass er die Aldebaraner keineswegs für »Nazis« hielt – ein Begriff, mit dem in diesem Land sehr leichtfertig jeder bedacht und mundtot gemacht wurde, der die demokratisch-egalitäre Weltsicht nicht teilte.

Sechzig schweigsame Minuten vergingen, wobei die Gefangenen nicht sehen konnten, wohin der Wagen fuhr. Fenster fehlten, und es wäre stockdunkel im hinteren Teil des Fahrzeuges gewesen, hätte nicht eine winzige Deckenlampe für schummrige Helligkeit gesorgt. Aufgrund ständigen Anhaltens, was vermutlich auf dichten Verkehr zurückzuführen war, war sich der Oberst ziemlich sicher, dass es in Richtung des Berliner Zentrums ging.

Plötzlich, als die Fahrt endlich einmal etwas flüssiger verlief, vollführte der Fahrer eine Vollbremsung. Ralf wollte die Situation instinktiv ausnutzen und den Bewacher überwältigen, erkannte aber am eiskalten Blick seines Gegenübers und an der auf seine Brust gerichteten Pistole die Aussichtslosigkeit eines solchen Versuchs.

Die Tür vom Führerhaus zum Innenraum wurde geöffnet.

»Die Aldebaraner...«, presste der Fahrer hervor und deutete in Richtung Frontscheibe.

Ralf blickte an ihm vorbei und sah eine Flugscheibe, die in nur wenigen Metern Höhe unmittelbar vor dem Mercedes schwebte. Eine Luke hatte sich geöffnet und drei Soldaten in schwarzen Kampfanzügen und verschlossenen Helmen schwebten auf die Straße hinab.

Der Fahrer wandte sich ab, ließ sich wieder in seinen Sitz fallen und betätigte den elektrischen Fensterheber. Als der Spalt breit genug war, streckte er seinen linken Arm mitsamt einer Pistole durch und eröffnete das Feuer auf die Soldaten.

Ralf beobachtete, wie mehrere Kugeln einen Soldaten auf Brusthöhe trafen und Funken schlugen. Der Getroffene taumelte zurück, ging aber nicht zu Boden, während die anderen beiden ihre fremdartig aussehenden Gewehre hochnahmen. Ein leises dumpfes Rattern war zu hören. Gleichzeitig zerbarst die Frontscheibe und der Fahrer stieß einen erstickten Schrei aus.

Der Gefangenenbewacher sprang auf und öffnete den Sicherheitsgurt von Monika, um das Mädchen als Geisel zu nehmen. Ihr Vater öffnete ebenfalls seinen Gurt und wuchtete sich gegen die linke Seite des Mannes. Ein Schuss löste sich, durchschlug aber glücklicherweise nur das Dach des Fahrzeugs. Ralf bekam den Waffenarm des Entführers, der sich als ziemlich kräftig entpuppte, am Handgelenk zu fassen. Er drückte den Schützen zu Boden.

In diesem Moment wurde die Heckklappe aufgerissen. Zwei aldebaranische Soldaten mit angeschlagenen Gewehren kamen dahinter zum Vorschein.

Eine halbe Sekunde später erschien der dritte.

»Ich ergebe mich!«, rief der Entführer und ließ seine Pistole los.

Oberst Müller nahm sie sofort an sich und richtete sich auf, ohne den zwischen den Sitzreihen liegenden Mann aus den Augen zu lassen.

Katrin und die beiden Kinder stiegen aus. Als sie in Sicherheit waren, folgte auch der Oberst. Die drei Soldaten ließen die Gesichtsteile in ihre Helme gleiten. »Leutnant Wolke«, stellte sich der Mittlere vor. Die beiden anderen taten es ihm gleich. »Feldwebel Gustafs.« – »Feldwebel Hendriks«.

Ralf reichte den Dreien die Hand. »Vielen Dank!« Mehr brachte er vor Erleichterung nicht über die Lippen.

»Wie haben Sie uns gefunden?«, wollte Katrin wissen.

»Wir haben Ihren Kommunikator angepeilt, nachdem wir Ihren Notruf empfangen hatten.«

Hinter dem Sprinter hatte sich eine lange Autoschlange auf der vierspurigen Straße gebildet. Am Straßenrand standen einige hundert Schaulustige.

»Folgen Sie uns in die Vril«, sagte der Leutnant mit ruhiger tiefer Stimme. »Wenn wir am Führerhaus des Sprinters vorbeikommen, bitte ich Sie, Ihren Kindern die Augen zuzuhalten.«

Die Front des Mercedes war vollkommen durchlöchert, und die sterblichen Überreste des Entführers auf dem Fahrersitz waren in der Tat kein Anblick für Kinder. Der zweite Mann hatte großes Glück gehabt, immerhin war er noch am Leben.

Die zweiunddreißig Meter durchmessende Vril-Flugscheibe ruhte auf drei ausgefahrenen Landebeinen. Familie Müller und die Soldaten gelangten über eine Rampe in den Schleusenraum. Anschließend wurde die Rampe hochgezogen und somit zu einem Teil der Schiffshülle.

Durch die innere Schleusentür ging es weiter zu einer Wendeltreppe, die in den Kommandoraum des kleinen Fluggeräts führte. Dort waren Boden, Wände und Decke mit einem Rundumbildschirm bedeckt, der den Passagieren den Eindruck vermittelte, sie würden über einen Glasboden gehen. Sie sahen den grauen Straßenbelag unter sich, die Schaulustigen und den Sprinter, vor den man mit Rücksicht auf die Kinder einen schwarzen Balken legte.

»Wie haben Sie das gemacht?«, fragte Ralf und deutete auf den virtuellen Balken.

»Die Vril wird per Gedankenbefehl gesteuert«, entgegnete Leutnant Wolke. »Jede Anweisung wird von den Helmen unserer Kampfanzüge empfangen und drahtlos an den Steuerungsrechner dieses Raumschiffs übermittelt. Dazu gehört natürlich auch die Kontrolle des Rundumbildschirms.«

Völlig geräuschlos hob die Vril ab, nachdem sich die Passagiere angeschnallt hatten. Der Sprinter und die Autoschlangen wurden schnell kleiner. Alle Passagiere hatten einen schönen Ausblick über das winterliche Berlin. Die Dächer waren zum größten Teil mit einer dünnen Schneeschicht bedeckt, auf der das Sonnenlicht funkelte.

»Wir müssen uns beeilen!«, erklärte der Leutnant. »Die ROMMEL startet in zwanzig Minuten.«

Das mehr als fünf Kilometer lange und fast zwei Kilometer hohe Superschlachtschiff war deutlich im Westen zu sehen.

Doch dann zeigte der Rundumbildschirm plötzlich und unerwartet nichts anderes als ein grelles Weiß. Zwei Sekunden später wurde die kleine Flugscheibe von einer Titanenfaust ergriffen und davongeschleudert. Die überforderten Andruckneutralisatoren ließen für kurze Zeit mehr als zwanzig Gravos[14] durch. Die sieben Passagiere des Kleinraumschiffs verloren schlagartig das Bewusstsein.

*

Kalt starrte der Zhort auf den Hauptbildschirm seines Flaggschiffes. In der Mitte war ein glühender Punkt zu sehen, von dem der Herrscher über alle Mohak wusste, dass es sich um eine kleine gelbe Sonne handelte, die »Sol« genannt wurde. Der dritte Planet dieses unscheinbaren Allerweltssterns war das Ziel seiner gewaltigen Armada aus fast eintausend waffenstrotzenden Kampfschiffen.

---

[14] Ein Gravo entspricht der Erdbeschleunigung (9,81 Meter pro Sekundenquadrat). Fünf bis sechs Gravos führen im Allgemeinen zur Bewusstlosigkeit.

»Vier Polarüberraumzeittore in unmittelbarer Nähe zum kosmischen String geortet«, meldete ein Mohak in knallroter Uniform und einem tropfenförmigen, nach hinten spitz zulaufenden Helm.

»Welches davon führt nach Terra?«

»Von uns ausgesehen das zweite«, meldeten die Aufklärer. »Die anderen drei führen zu einem kleinen roten Planeten, den sie ›Mars‹ nennen, und zu den beiden großen Gasplaneten mit ihren zahlreichen Monden.«

»Konferenzschaltung zu den IkPentalz!«

Statt des Weltraums zeigte der Hauptbildschirm nun die Gesichter von sechs Mohak, die respektvoll ihre Münder verschlossen hatten, und selbst wenn sie etwas zu sagen hätten, dies nur durch verschlossene Lippen hindurch tun würden.

»Wir dürfen keine Zeit verlieren«, erklärte der Zhort, der würdevoll in einen violetten Umhang gekleidet in der Mitte der Zentrale stand. Der samtweiche Stoff mit goldenem Saum fiel ihm vom Schädel über die Wangen. »Der von mir selbst befehligte Verband wird als erster in das PÜRaZeT einfliegen. Danach folgen ...«

Der Herrscher zählte die weiteren Verbände auf und legte dadurch die Reihenfolge fest. Zusätzlich teilte er die Oberfläche Terras in Sektoren auf, die jedem Pentalz zugeordnet wurden. Auf diese Weise war sichergestellt, dass der Angriff überall auf Terra nahezu zeitgleich erfolgen würde.

»Sobald wir über Terra hinauskommen, eröffnen wir sofort das Feuer auf den Planeten. Die Industriekapazität dieser Welt muss vollständig vernichtet werden. Außerdem befinden sich nahezu dreihundert feindliche Schiffe in der Atmosphäre des Planeten. Jeder Raumschiffskommandant weiß, dass ein Gefecht innerhalb der Atmosphäre wegen der auftretenden Druckwellen deutlich verheerender wirkt als im freien Raum. Daraus können wir schließen, dass die Aldebaraner nichts von unserem Angriff ahnen, sonst wären sie nicht so unvorsichtig. Unsere Überraschung wird vollkommen sein.

Nach Vernichtung der terranischen Industrie- und Wohnzentren sowie der gegnerischen Flotte landen wir auf dem Planeten. Ziel ist es, die sicherlich vorhandenen unterirdischen Kommandozentralen zu erobern, um in den Besitz kriegswichtiger Daten zu gelangen. Ferner werden wir die Überlebenden nach den weiteren Plänen des Imperators befragen – und natürlich eine Aufstockung unserer Frischfleischvorräte vornehmen.« – Der Zhort verzog seine dünnen Lippen, wobei er einen Teil seiner dolchartigen Zähne freilegte, was die mohak'sche Version eines breiten Grinsens darstellte.

Wie von ihm erwartet, stellte keiner der IkPentalz Fragen. Wozu auch? Selten war die Vorgehensweise so klar. Der Zhort unterbrach die Verbindung.

Gebannt starrte er auf den Hauptbildschirm, der nun eine rote Linie zeigte, die sich vor dem Schiff durch den Raum zog. Sie symbolisierte den kosmischen String, in dessen Nähe die Lichtgeschwindigkeit ein Milliardenfaches derer im flachen Raum betrug – eine Folge der durch den String stark verzerrten Raumzeit. Auf Terra sprach man in diesem Zusammenhang von der »erweiterten allgemeinen Relativitätstheorie«, der zufolge die Lichtgeschwindigkeit keine Konstante war, sondern ihrerseits von der Struktur der Raumzeit selbst abhing. Die allgemeine Relativitätstheorie war eine Näherungslösung, die im flachen Raum – also bei Abwesenheit größerer Gravitationsfelder – hervorragend funktionierte, in Raumgebieten mit stark verzerrter Raumzeit, wie in der Nähe von kosmischen Strings, jedoch versagte und entsprechend erweitert werden musste[15].

---

[15] Für den interessierten Leser möchte ich nochmals auf die neuartige Kosmologie von Joao Magueijo hinweisen. In dieser Theorie ist die Lichtgeschwindigkeit keineswegs konstant, sondern ihrerseits wieder von der Struktur der Raumzeit abhängig. Speziell in der Nähe kosmischer Strings könnte sie milliardenfach höher als im flachen Raum sein. Näheres findet man in Magueijo's Werk mit dem irreführenden Titel: »Schneller als die Lichtgeschwindigkeit«.

Zusätzlich wurde ein auf die rote Linie deutender Pfeil dargestellt, der die Eintrittsbereiche der vier solaren PÜRaZeT kennzeichnete. Der bezeichnete Punkt kam schnell näher. Die Flotte verzögerte mit Höchstwerten. Schon wurde der Pfeil durch vier Sechsecke ersetzt, die wiederum aus würfelförmigen Kästen bestanden. Dabei handelte es sich um die Projektoren für die Gravitationsfelder, die das künstliche Wurmloch erzeugten, und um die Injektoren für exotische Materie, welche die Raumzeitverzerrung daran hinderte, zu kollabieren.

Das Flaggschiff des Zhort steuerte das zweite PÜRaZeT an. Der von ihm befehligte Verband folgte. Durch das Sechseck war ein blauer Planet zu erkennen. Über einem seiner Pole schwebte das andere Ende des künstlichen Wurmlochs, das nur den Zweck hatte, die sechs Lichtstunden zwischen dem kosmischen String und dem Zielplaneten auf wenige Meter zu verkürzen.

Sanft glitt das Schiff des Zhort durch die künstliche Raumzeitverzerrung und befand sich im gleichen Moment fünftausend Kilometer oberhalb der irdischen Antarktis. Die Ortungsstationen meldeten die ersten gegnerischen Schiffe, die zum großen Glück der Mohak – so waren sie eine leichte Beute – nach wie vor in der dichten Atmosphäre unmittelbar über dem Erboden schwebten. Das nächstgelegene befand sich im Südosten eines relativ kleinen Kontinents.

Die Geschütze des Flaggschiffs sandten ihre Granaten im Sekundentakt zu dem erkannten Ziel. Jede von ihnen hatte die Sprengkraft mehrerer hundert Megatonnen herkömmlichen TNTs. Der gesamte südöstliche Teil des kleinen Kontinents verschwand unter grellen Blitzen, die allmählich durch aufsteigende Detonationswolken ersetzt wurden, die sich in den oberen Schichten der Stratosphäre abflachten.

Der Verband umrundete den halben Planeten, wobei noch einige Dutzend Salven auf neue Ziele abgegeben wurden. Auf dem westlichen Teil der größten Landmasse des Planeten maß man die bei Weitem größte Dichte gelandeter Raumschiffe an.

Es war sogar eins der gefürchteten aldebaranischen Superschlachtschiffe darunter. Der Zhort ließ sofort das Feuer darauf eröffnen.

Während sich der Verband des Herrschers auf Europa konzentrierte, stießen die nachfolgenden Gruppen zunächst nach Nordamerika und den nördlichen Teil Asiens vor. Die später eintreffenden Pulks würden sich um die bereits auf ihrem Weg nach Norden beschossenen, aber noch nicht hinreichend vernichteten südlicheren Ziele kümmern.

*

Der Boden des wohl luxuriösesten Bunkers auf beziehungsweise *unter* der Erde schwankte, begleitet von einem urweltlichen Grollen. Wertvolle Gemälde fielen von den Wänden, in denen sich bedrohliche Risse bildeten.

Thomson war völlig überrascht. Sein Blick wanderte durch den prunkvollen Raum. Seine blonde Gespielin stand wie zur Salzsäule erstarrt vor einer antiken Sitzgruppe. Ihr Gesicht war zu einer Grimasse verzerrt, die ihm das Mädchen vollkommen fremd erscheinen ließ. Aus den Augenwinkeln sah der Bankier seine Leibwächter durch den Raum huschen, um unter Pulten und Tischen Deckung zu suchen.

Staub rieselte von der Decke. Das Licht flackerte mehrmals, stabilisierte sich aber nach kurzer Zeit. *Die autarke Energieversorgung ist angesprungen,* stellte Thomson gedanklich fest, während er unter dem Pult mit den zahlreichen Bildschirmen ebenfalls in Deckung ging.

Aus seiner Perspektive konnte er gegenüber jene Bildschirme sehen, die die verschiedenen Fernsehprogramme zeigten. Ein Sender nach dem anderen fiel aus und wurde durch weißes Rauschen ersetzt.

*Haben die Aldebaraner von unserem bevorstehenden Angriff Wind bekommen, weshalb sie nun einen Präventivschlag ausfüh-*

*ren?* Thomson verwarf den Gedanken sofort wieder. Der Feind wäre jederzeit in der Lage gewesen, das Leben auf der Erde auszuradieren – was er wohl kaum ausgerechnet in dem Moment tun würde, in dem er unter der terranischen Bevölkerung wertvolle Kräfte zu rekrutieren gedachte.

*Oder ist Perkins durchgeknallt? Hat er die Beherrschung verloren und seine Atombomben auf die Aldebaraner geworfen, während die noch am Boden waren?*

Das Schwanken und Rumoren schwächte allmählich ab. Der Bankier kroch unter dem Pult hervor und betrachtete die darüber aufgestellten Bildschirme. Einer davon zeigte den Befehlsraum des Strategic Command. Die Verbindung bestand also immer noch. Auch dort schien das Chaos zu regieren. Menschen rannten durcheinander, Regale waren umgestürzt und der Raum lag teilweise im Dunkeln, weil offensichtlich ein paar Lampen ausgefallen waren.

In all dem Durcheinander erblickte Thomson General Perkins. Über ein Symbol auf dem berührungsempfindlichen Bildschirm aktivierte er die direkte Kommunikation. Nunmehr war er auf dem Hauptbildschirm der Befehlszentrale überlebensgroß zu sehen und natürlich zu hören.

»Perkins!«, rief der Clan-Chef aufgebracht. »Was geht da vor? Haben Sie Idiot die Nuklearwaffen etwa am Boden eingesetzt?«

Das Tohuwabohu in der Befehlszentrale legte sich. Dutzende Blicke richteten sich auf den so unvermittelt auf dem Schirm aufgetauchten Mann. Der General trat vor und begab sich zu einem Kommunikationspult unmittelbar vor dem riesigen Monitor. Dort beugte er sich vor und drückte den Knopf, der das Mikrophon aktivierte.

»Die Explosionen wurden nicht von uns verursacht. Das müssen die Aldebaraner gewesen sein.«

»Sind die verdammten Hunde denn gestartet, bevor die Bomben detonierten?«

»Nein, eigentlich...«

»Dann reden Sie nicht so einen hirnverbrannten Unsinn! Oder glauben Sie im Ernst, die Aldebaraner hätten sich selbst mitsamt den Millionen Rekruten in die Luft gejagt? Wenn sie uns hätten beschießen wollen, wären sie erst abgeflogen und hätten dann mit dem Bombardement begonnen. Sind Sie wirklich ganz sicher, General, dass nicht einer Ihrer Supersoldaten die Nerven verloren und schon mal fleißig nuklear drauflos geballert hat?«

»Das kann ich definitiv ausschließen. Ich habe die Codes für die Zünder noch nicht freigegeben. Und ohne die Codes knallt's nun mal nicht.«

Für einen Augenblick ärgerte sich Thomson über die flapsige Ausdrucksweise Perkins'. Was er sich selbst ständig herausnahm, gestand er dem General noch lange nicht zu. Doch der Bankier beherrschte sich. Die Klärung der Ursache dieser Katastrophe hatte Vorrang vor persönlichen Befindlichkeiten.

»Ja, und woher, zum Teufel, kommen dann die Explosionen? Wenn weder die Aldebaraner noch wir dafür verantwortlich sind, wer legt dann gerade alles in Schutt und Asche?«

Thomson war sich bewusst, dass Detonationen, die seinen Bunker zum Schwanken bringen und Risse in den Wänden erzeugen konnten, an der Oberfläche mit Sicherheit keinen Stein auf dem anderen gelassen hatten.

»Sobald wir etwas darüber erfahren, lasse ich es Sie wissen.«

Der General wandte sich wieder seinen Mitarbeitern zu und ließ zunächst einmal überprüfen, welche Kommunikationsverbindungen zu weiteren Befehlszentren, Militärflughäfen, Schiffen und U-Booten noch funktionierten. Bereits wenige Minuten später konnte er mit den Informationen aufwarten, die er dem Bankier versprochen hatte.

»Mister Thomson? Können Sie mich hören?«, sprach er in das Mikrophon des Kommunikationspultes und wartete geduldig, bis das Antlitz des Clan-Chefs auf dem Hauptbildschirm erschien.

»Und? Was haben Sie herausgefunden?«

»Einige unserer AWACS[16] haben eine ganze Flotte seltsamer Raumschiffe auf dem Radar, die sich in den obersten Schichten der Atmosphäre über den gesamten Planeten verteilen. Diese Schiffe sehen anders aus als die aldebaranischen. Sie sind dreieckförmig mit ebenfalls dreieckförmigen Aussparungen am Heck. Die Fremden beschießen die aldebaranischen Schiffe – in der Nähe unserer Großstädte, von denen nicht mehr viel übrig bleiben dürfte.«

»Das müssen diese Mohak sein, von denen die Aldebaraner berichtet haben. Ich hielt das für eine Finte, um unsere besten Köpfe vor dem Hintergrund einer angeblichen Bedrohung besser rekrutieren zu können. Doch offensichtlich gibt es den geschilderten galaktischen Krieg wirklich.«

Thomsons Gesichtszüge nahmen einen nachdenklichen Ausdruck an. Der Bankier hatte nun keinen Grund mehr, an den Schreckensgeschichten über das grausame Volk der Mohak zu zweifeln. So sehr er die Aldebaraner in den vergangenen Jahrzehnten bekämpft hatte, denn immerhin gefährdeten sie das auf Geld und Korruption basierende weltweite Herrschaftssystem der Clans, so sehr wurde er sich nun darüber bewusst, dass der Erde die Vernichtung und den wenigen Überlebenden Tod oder Sklaverei drohte, wenn es dem Todfeind, den Aldebaranern, nicht gelang, die eroberungswütigen Echsen wieder zu vertreiben

*

»Alarmstart!«, schrie General von Holte, der Erste Offizier der Rommel. »Eine Flotte der Mohak ist durch unser eigenes PÜRaZeT über Terra erschienen. Die Lurche haben sofort das Feuer auf unsere Schiffe eröffnet. Sydney ist bereits dem Erdboden gleich. Unser dortiger Kreuzer wurde komplett zerstört.«

---

[16] Airborne Early Warning and Control System, ein luftgestütztes, radarbasierendes Frühwarn- und Aufklärungssystem.

Das Superschlachtschiff vollführte ein Manöver, das innerhalb der Atmosphäre eines dicht besiedelten Planeten eine Ungeheuerlichkeit darstellte: Es beschleunigte mit vollem Schub in Richtung des rettenden Weltraums. Die oben verdrängten und unten nachströmenden Luftmassen erzeugten auf der Oberfläche einen Sturm, gegen den ein Orkan ein laues Lüftchen war. Der Überschallknall ließ Gebäude noch in Dutzenden Kilometern Entfernung erzittern.

Überall auf Terra starteten die Raumschiffe mit Höchstbeschleunigung. Jedes von ihnen hatte Zehntausende, die Superschlachtschiffe sogar Hunderttausende von Rekrutierten an Bord.

Die ROMMEL befand sich bereits in zehn Kilometern Höhe, als die ersten Granaten der Mohak in ihre Reflektoren schlugen. Die entstehenden Druckwellen, die aus Gründen der Impulserhaltung auf die Reflektorgeneratoren übertragen wurden, ließen die Schiffszelle schwingen wie eine Glocke. Auf dem Boden wischten sie innerhalb von Sekunden Berlin vom Erdboden. Die Gebäude wurden förmlich pulverisiert, nachdem sie durch die thermische Strahlung auf einige tausend Grad erhitzt worden waren.

»Einhundertzwanzig Prozent!«, sagte von Holte, der mit verschlossenem Gesichtsteil auf dem Navigatorensessel saß und das Riesenschiff per Gedankensteuerung in Sicherheit zu bringen suchte. Seine Zahlenangabe bezog sich auf den Belastungsgrad der Reflektoren, die, Gott sei Dank, von den Werken immer etwas überdimensioniert ausgeliefert wurden. Doch eine nächste Salve würde die ROMMEL nicht verkraften, zumindest dann nicht, wenn sie in dieser niedrigen Höhe verbunden mit einem relativ hohen Luftdruck auftreffen würde.

Die folgenden Treffer ließen das Schwingen der Schiffszelle auf die Mägen der Besatzung übergehen. Die extrem gut ausgebildeten Soldaten konnten verhindern, dass sie sich übergaben, in den engen Quartieren der Rekrutierten spielten sich jedoch ziemlich ekelige Szenen ab.

»Einhundertvierzig Prozent!«

*Erstaunlich, wir leben noch,* fügte Unaldor gedanklich hinzu.

Immer schneller werdend pflügte sich der Gigant durch die Reste der Atmosphäre und erreichte schließlich den freien Weltraum. Nun feuerten endlich auch die gewaltigen Geschütze des solaren Flaggschiffs. Drei Sonnen entstanden in Erdnähe, als zwei Kreuzer und ein Zerstörer der Echsen lautlos detonierten.

Unaldor ließ sich per Gedankenbefehl auf Flottenrundruf schalten. »An alle Schiffskommandeure! Terra ist mit höchster Beschleunigung sofort zu verlassen! In einem unkoordinierten Kampf haben wir keine Chance gegen den zahlenmäßig überlegenen Feind, außerdem müssen wir den Mars schützen. Dort leben mehr als drei Milliarden Menschen, und die Industriekapazität des Roten Planeten ist für den weiteren Verlauf dieses verfluchten Krieges nun einmal entscheidend!

Mein Befehl lautet: Kämpfe vermeiden und zum Sammelpunkt Zeta-18 im Orbit des Mars absetzen!

An die Kommandeure der terranischen Stützpunkte: Verhalten Sie sich ruhig. Auf keinen Fall den Standort preisgeben, indem Sie unüberlegt das Feuer eröffnen. Aus Gründen der Geheimhaltung vor den Terranern sind unsere Stützpunkte hervorragend getarnt, weshalb die Echsen sie nicht so schnell aufstöbern werden. Ich fordere Unterstützung beim Imperator an und werde Sie da alle raushauen, versprochen.«

Natürlich war sich Unaldor darüber im Klaren, dass er mit diesem Befehl die nicht zur Dritten Macht gehörenden Menschen auf Terra zunächst ihrem Schicksal überließ. Doch dieser grausame Krieg hatte schon ganz andere Opfer von der aldebaranischen Menschheit gefordert. Der Verlust von sechs Milliarden Menschen auf Terra, von denen die meisten noch nicht über das Stadium archaischen Aberglaubens und primitiven Weltbildern hinausgekommen waren, wog weitaus weniger schwer als die Vernichtung des Mars mit seiner hochentwickelten Bevölkerung und seinen unersetzlichen Produktionsstätten.

Derartige Überlegungen, in denen Menschen und Produktionsstätten gegeneinander aufgerechnet wurden, waren in diesem gnadenlosen galaktischen Krieg leider unumgänglich.

*

»Sie fliehen!« Die Stimme des Ortungsoffiziers überschlug sich fast – für einen Mohak mehr als ungewöhnlich.

»Wie hoch sind die Verluste der Weißhäute?«, hakte der Zhort nach.

»Fünfundsiebzig Schiffe wurden vernichtet, wobei wir nur zehn Ausfälle zu beklagen haben. Die Überraschung war, wie von Eurer Unfehlbarkeit vorausgesagt, perfekt.«

»Sollen wir die Verfolgung der Feindflotte aufnehmen?«, mischte sich Pentalz Foratz in das Gespräch ein. Er war ein enger Vertrauter des Zhort und hatte die Aufgabe, die Befehle des absolutistischen Herrschers weiterzugeben.

»Nein. Wir kümmern uns zuvorderst um Terra. Unser primäres Ziel bei dieser Operation ist die entscheidende Schwächung der gegnerischen Rüstungsproduktion.« Der Zhort fletschte die Zähne. »Und unsere Überraschung ist nach unserem erfolgreichen ersten Schlag nun keine mehr. Folglich werden wir die etwas mehr als zweihundert verbliebenen Feindschiffe in einer offenen Raumschlacht besiegen, was wohl kein Problem sein dürfte. Es spielt dabei keine Rolle, ob wir dies sofort oder erst in zwei oder drei Tagen tun. Wir können uns voll und ganz darauf konzentrieren, in den terranischen Kommandozentren möglichst viel über die aldebaranische Kriegsplanung zu erfahren.«

Der Zhort zeigte nun die Entsprechung eines überheblichen Lachens, das für einen Menschen kaum von dem vorherigen Zähnefletschen zu unterscheiden gewesen wäre. »Bombardierung Terras fortsetzen. Konzentration auf Ballungszentren!«

*

Seine einzige Wahrnehmung bestand aus einer bodenlosen Schwärze, in die eine Kette von Lichtpunkten spiralförmig hineinfloss. Dieser Eindruck des Fließens wurde von einem auf- und abschwellenden Rauschen verstärkt. Doch da war noch etwas anderes. War das nicht ein Weinen? Das Schluchzen von Monika? Ein Stöhnen von Herbert?

Oberst Ralf Müller zwang sich, die Augen aufzureißen. Grauer Himmel und brennendes Land wirbelten um ihn herum, und in all dem Chaos sah er seine beiden Kinder, schreiend, festgeschnallt auf ihren Sitzen. Links davon hing Katrin in den Gurten, rechts die drei terranisch-aldebaranischen Soldaten.

Der Rundumbildschirm arbeitete wieder einwandfrei, von einigen schwarzen Flecken abgesehen. Das Superschlachtschiff war nicht mehr zu sehen. Stattdessen standen mehrere pilzförmige Wolken in der Landschaft, die weit über die Flughöhe der sich überschlagenden Flugscheibe hinausragten. In der Tiefe fraßen sich gigantische Flammen nach allen Seiten hin durch die Stadt.

Die Andruckabsorber waren mit dem gewaltigen Schlag, der dem Kleinstraumschiff urplötzlich versetzt worden war, nur für kurze Zeit überfordert gewesen. Inzwischen arbeiteten sie wieder störungsfrei, anderenfalls hätte Ralf beim Überschlagen und Trudeln der Flugscheibe die auftretenden Fliehkräfte gespürt.

In diesem Moment stabilisierte sich der Flug der Vril. Der graue Himmel nahm nun den Platz ein, den Müller als oben empfand. Unten breitete sich die brennende Wüste aus, die wohl einmal Berlin gewesen war.

»Abfrage eingehende Meldungen«, ordnete der Leutnant an.

Die metallisch klingende Stimme des bioelektronischen Rechners antwortete mit dem Flottenbefehl Unaldors, sich beim Mars zu sammeln. Noch während das Bordgehirn die kompletten Anweisungen wiedergab, kontrollierte der Leutnant über seinen VR-Helm die Systeme der Vril.

»Können wir uns zu einem Stützpunkt durchschlagen?«, erkundigte sich Ralf Müller.

»Keine Chance. Die Leistung des Haupttriebwerks reicht nicht, um die Vril in der Luft zu halten. Ich kann nur hoffen, dass noch genügend Kraft vorhanden ist, uns einigermaßen sanft herunterzubringen.«

Sie näherten sich dem Boden – sprich: brennende Ruinen, durcheinandergewirbelte Fahrzeuge und kochender Asphalt. Leutnant Wolke versuchte, die Vril über das Inferno hinwegzusteuern. In Fugrichtung war eine ausgedehnte Wasserfläche zu sehen.

»Der Tegeler See«, sagte Ralf mit rauer Stimme.

Die Vril raste auf brennende Bürogebäude und Hallen zu, die unmittelbar vor dem Ufer in die Höhe ragten. Wolke verzögerte mit dem kläglichen Rest an Leistung, den die stark in Mitleidenschaft gezogenen Triebwerke noch hergaben.

Leicht angewinkelt schlug die Flugscheibe auf eine in Flammen stehende Hallendecke und wurde wie ein flach aufs Wasser geworfener Stein wieder in die Höhe geschleudert. Die Hallendecke brach ein. Mit trotz alledem noch funktionierenden Reflektoren jagte die Vril mitten durch ein lichterloh brennendes Bürogebäude. Ein Ruck presste die Passagiere in ihre Gurte. Auf der anderen Seite des Gebäudes kam das Raumschiff glühende Trümmer mit sich reißend wieder heraus und krachte in eine kleine, von brennenden Bäumen bewachsene Halbinsel in unmittelbarer Nähe des Ufers.

Der Rundumbildschirm erlosch auf der Stelle, doch die Andruckneutralisatoren vollbrachten ein letztes Wunder, indem sie den Aufprall für die Insassen erträglich machten.

»Alle raus!«, rief Leutnant Wolke und hieb auf den Zentralverschluss der Gurte.

Ralf packte sich jeweils eines seiner Kinder unter den Arm, die beiden Feldwebel halfen Katrin. Der Leutnant stürmte voraus und betätigte den Öffnungsmechanismus im Schleusenraum.

»Nichts!«, resignierte er, als die Schleusenrampe keine Anstalten machte, sich zu öffnen. »Die gesamte Hülle der Vril ist verbogen. Kehren Sie zurück in die Zentrale. Ich sprenge uns den Weg frei.«

Während die anderen wieder über die Wendeltreppe stürmten, löste Wolke eine Vril-Granate von seinem Waffengürtel und stellte sie gedanklich auf eine niedrige Sprengkraft und eine Verzögerung von zehn Sekunden ein. Dann machte er, dass er wegkam. Oben stellte er befriedigt fest, dass bereits alle auf dem Boden lagen und ihre Köpfe mit den Armen schützten; er warf sich ebenfalls hin. Kurz darauf fuhr ein ohrenbetäubender Knall durch das erzitternde Kleinraumschiff.

Wolke erhob sich sofort vom Boden und rannte zurück zum Schleusenraum. »Alles in Ordnung! Die Schleuse ist offen!«, rief er nach oben.

Er nahm sein Magnetfeldgewehr von der Schulter, betrat die Uferböschung und sicherte nach allen Seiten. Es folgten erst Ralf mit den beiden Kindern – Monika auf seinen Armen, Herbert auf dem Rücken –, dann die beiden Feldwebel mit Katrin.

Die durch die brennenden Bäume verursachte Hitze war mörderisch. Ralf schritt zielstrebig ins kühlende Wasser, bis nur noch sein Kopf herausragte. Die Kinder hielten sich an ihm fest.

Wolke und die beiden Feldwebel reichten Katrin ihre Magnetfeldgewehre. Anschließend rannten die drei Soldaten zurück in die Flugscheibe. Wenige Sekunden später kamen sie mit zwei weiteren Magnetfeldgewehren und zwei Kampfanzügen mit Helmen zurück. Sie deponierten die Dinge unmittelbar am Ufer, wo Katrin die anderen Gewehre abgelegt hatte, kurz bevor sie ebenfalls ins Wasser gestiegen war. Noch einmal eilten die Soldaten ins Wrack und schleppten drei kleinere Kisten heraus.

»Vril-Granaten«, erklärte Wolke, motiviert durch den fragenden Blick Müllers. »Ziehen Sie die Kampfanzüge an.«

Ralf ging ein paar Schritte zurück in seichteres Wasser, bis seine Kinder dort stehen konnten, und setzte sie ab. Anschließend entledigte er sich seiner nassen Kleidung bis auf die Unterhose.

Katrin tat es ihm gleich, wobei die Soldaten anstandshalber in eine andere Richtung schauten.

Der Kampfanzug passte Ralf wie angegossen. Katrin musste allerdings die Ärmel und Hosenbeine raffen, was der flexible Stoff jedoch ohne größere Probleme ermöglichte.

»Setzen Sie die Helme auf«, sagte Wolke. »Geben Sie den Gedankenbefehl ›Verbinden!‹. Der Helm geht nun eine Verbindung mit dem Anzug ein, ebenso wie Ihre Stiefel und Handschuhe.«

Fasziniert stellte Ralf fest, dass ihm die Hitze außer am ungeschützten Gesicht nichts mehr ausmachte.

»Geben Sie den Befehl ›Gesichtsteil verschließen‹.«

Aus dem Helm schoben sich zwei Hälften, die sich vor Mund und Nase vereinigten. Für einen Moment war es dunkel, dann flammte vor den Augen des Paares der Bildschirm auf der Innenseite des Gesichtsteils auf.

»Per Gedankenbefehl können Sie die Helligkeit des Bildschirms regeln, auf Nachtsicht und sogar auf Infrarot umschalten.«

Katrin und Ralf testeten die genannten Optionen und mussten feststellen, dass nichts leichter zu erlernen war als eine Technologie, die auf Gedankensteuerung basierte.

»So – und nun kommen wir zum großartigsten Teil der Kampfanzüge. Im Rückentornister befindet sich ein Mikro-Vril-Triebwerk, mit dessen Hilfe Sie fliegen können. Sie brauchen einfach nur zu denken, wo's hingehen soll oder ob Sie schneller oder langsamer fliegen wollen. Probieren Sie's einfach aus.«

Wie von Geisterhand bewegt erhoben sich die beiden Neulinge und schwebten auf den See hinaus. Es war ein im wahrsten Sinne des Wortes erhebendes Gefühl, frei wie ein Vogel fliegen zu können, indem man den Flug einfach durch die eigenen Gedanken steuerte.

Trotzdem konnten Katrin und Ralf diese Technologie, die jeden, der sie zum ersten Mal benutzte, in Euphorie versetzte, nicht genießen. In etwa fünfzig Metern Höhe blickten sie über die Baumkronen. Sie sahen ein Bild der totalen Vernichtung. Gen

Südosten, wo sich einst Berlin erstreckt hatte, tat sich eine brennende Geröllwüste auf. Schwarze Rauchschwaden stiegen in den grauschwarzen Winterhimmel. Die pilzförmigen Explosionswolken der Einschläge zerfaserten bereits merklich.

Plötzlich wurde die Landschaft erneut in gleißendes Licht getaucht. Hätten sich nicht die Gesichtsteile ihrer Helme automatisch verschlossen, wären die beiden »Flugschüler« auf der Stelle erblindet.

Im Süd- und Nordosten hoben sich zwei kolossale Glutbälle vom Boden und begannen, die typische Pilzform auszubilden. Erneut blitzte es zweimal hintereinander auf. Ralf wandte sich um und sah, wie im Süd- und Nordwesten zwei gigantische glühende Pilze entstanden. Das Licht der Detonationen ließ den Himmel in einem gespenstischen Rot erstrahlen.

»Kommen Sie sofort wieder herunter!«, hörte der Bundeswehr-Oberst die Stimme von Leutnant Wolke. »Die bisherigen Zerstörungen waren wohl nichts weiter als der Beschuss unserer gelandeten Schiffe. Nun beginnen die Mohak mit flächendeckender Vernichtung.«

Das Paar ließ sich, so schnell es den Ungeübten möglich war, auf die Uferböschung unmittelbar neben dem Leutnant herabsinken. Die Druckwellen trafen ein, waren aber erträglich, da die Detonationen in einigen Dutzend Kilometern Entfernung stattgefunden hatten.

Die beiden Feldwebel hatten sich zu den Kindern ins Wasser begeben, um sie daran zu hindern, wieder an Land zu steigen. Dort wo sie waren, hatten sie die größten Überlebenschancen, falls weitere Mohak-Granaten einschlagen würden – bei einer Entfernung von weniger als zehn Kilometern würde ihnen jedoch selbst das Wasser nicht mehr helfen können.

»Woher wissen Sie, dass die Mohak für den Beschuss verantwortlich sind?«, fragte der Oberst den neben ihm stehenden Offizier.

»Weil es keine andere Erklärung gibt. Nur Mohak können unsere Flotte zur Flucht veranlasst und Unaldor bewogen haben, die

Kommandanten unserer irdischen Stützpunkte zur Zurückhaltung aufzufordern. Irdische Mächte hätten ihre Nuklearwaffen niemals ins Ziel gebracht, die wären vorher von unseren Schiffen abgeschossen worden.«

»Wir müssen weg von der Oberfläche.«

»Die Gebäude brennen – die Keller können wir also vergessen.«

»Begeben wir uns in die Kanalisation.«

»Das klingt nach einer guten Idee. Hendriks! Gustafs! Nehmt die Kinder auf den Rücken! Wir fliegen ein paar hundert Meter nach Nordosten. Dort stand einmal ein Wohngebiet mit nicht besonders hohen Häusern. Wir dringen in die Kanalisation ein.«

Herbert und Monika ließen sich von den beiden Feldwebeln Huckepack nehmen. Dann hoben die beiden Soldaten aus dem Wasser des Tegelsees ab und stiegen rund einhundert Meter auf, um die Kinder beim Überfliegen der Bäume nicht zu großer Hitze auszusetzen. Immerhin war die nasse Kleidung der beiden ein zusätzlicher Schutz. Der Leutnant folgte zusammen mit dem Ehepaar.

Unvermittelt teilte sich die von den jüngsten Detonationen immer noch rötlich strahlende Wolkendecke. Zum Vorschein kam ein riesiger metallener Körper von dreieckiger Form.

»Ein Schlachtschiff der Mohak!«, stellte Wolke anhand der Dimensionen des Giganten fest.

Von drei auf der Unterseite angebrachten Drehtürmen lösten sich sechs blauglühende Strahlen: die Schussbahnen von Granaten. Fast gleichzeitig ging am westlichen Horizont eine grell strahlende Sonne auf, die sich Augenblicke später in sechs Glutbälle teilte. Die Einschläge waren so weit entfernt, dass sie die sieben Flüchtlinge nicht gefährden konnten – bis der Knall des Abschusses bei ihnen eintraf. Beide Kinder verloren auf der Stelle ihr Gehör, und die Druckwelle ließ die fünf Fliegenden wie welke Blätter durch die Luft wirbeln. Eisern hielten die Feldwebel die Beine der Kinder in ihren Armbeugen und stabilisierten ihren Flug, ohne einen der kleinen Passagiere auf ihrem Rücken zu verlieren.

An der Unterseite des Flaggschiffs öffneten sich mehrere Schleusen, aus denen helles Licht nach außen drang. Wie Sandkörner rieselten Tausende von Gestalten mit zwei Armen, zwei Beinen und einem unverkennbaren Schwanz heraus.

»Die Echsen führen ein Landeunternehmen durch«, hörten die anderen die Stimme des Leutnants aus ihren Helmlautsprechern. »Weiß der Teufel, was sie damit bezwecken.«

»Das will ich – ehrlich gesagt – gar nicht wissen«, entgegnete Hendriks trocken. »Wir sollten möglichst schnell verschwinden, bevor die noch auf uns aufmerksam werden.«

Die kleine Gruppe landete zwischen zwei brennenden Häuserreihen auf der Straße. Müller und Wolke ergriffen einen Gullydeckel und wuchteten ihn auf den Asphalt. Hendriks ließ zunächst die kleine Monika in die entstandene Öffnung gleiten, anschließend folgte Herbert. Die tauben Kinder stiegen an metallenen Sprossen hinab. Anschließend machten sich Katrin, dann Ralf und schließlich die Soldaten an den Abstieg.

Unten angekommen kümmerte sich Katrin zunächst um ihre weinenden Kinder.

»Mami, ich höre nichts mehr!«, schrie Herbert, wobei ihm unaufhörlich Tränen über die Wangen liefen. Seine Mutter drückte ihn und seine Schwester an sich.

»Ich weiß, dass es furchtbar ist, wenn die eigenen Kinder verletzt werden«, sagte Gustafs mit geöffnetem Gesichtsteil. »Ich kann Ihnen jedoch versichern, dass geplatzte Trommelfelle für die aldebaranische Medizin eine Lappalie sind.«

Wolke war oben damit beschäftigt, den Gullydeckel über den Asphalt zu ziehen, um den Kanalschacht zu verschließen. »Achtung!«, rief er. »Ein paar Mohak fliegen in unsere Richtung! Sie scheinen uns entdeckt zu haben! Haut ab!«

Hendriks und Gustafs – als die geübteren Flieger – packten sich wieder die Kinder auf den Rücken und schwebten in die knapp mannshohe Kanalröhre hinein. Diese Art der Fortbewegung war deutlich schneller, als sich auf den eigenen Füßen durch den rutschigen Betontunnel zu bewegen.

Ralf hörte, wie oben der Gullydeckel einrastete, und folgte dann Katrin. Der Leutnant ließ sich in den Schacht hinabgleiten und nahm die Verfolgung seiner Gefährten auf.

Der vorausfliegende Hendriks nahm mehrere Abzweigungen, bis sie schließlich in einen rund vierhundert Quadratmeter großen rechteckigen Raum gelangten, dessen Boden mit Brackwasser bedeckt war. Rundum an den Wänden zog sich ein schmaler Betonsteg entlang. Die Tiefe des Beckens war nicht abzuschätzen.

»Hier warten wir erst einmal ab!«, entschied Wolke.

Hendriks und Gustafs platzierten die beiden Kinder auf dem Steg. Ihre Mutter kümmerte sich sofort um sie. Die vier Männer positionierten sich ebenfalls auf dem Steg, in unmittelbarer Nähe zum Kanalrohr, aus dem sie soeben gekommen waren.

»Rechnen Sie damit, dass uns die Mohak hier finden?«, fragte Ralf den Leutnant.

»Ich will Ihnen ja keine Angst machen...«

»Sie machen mir keine Angst. Schließlich bin ich ebenfalls Soldat und habe bereits einige Dutzend Kampfeinsätze hinter mir.«

»Aber ohne Ihre Familie, um die Sie sich jetzt sorgen.«

»Das sollte Sie nicht daran hindern, mir die Wahrheit zu sagen.«

»Also gut. Die Kampfanzüge lassen keine Wärmestrahlung unserer Körper nach draußen, es gäbe also keine Wärmesignatur, anhand derer uns die Mohak verfolgen könnten – wenn wir Ihre Kinder nicht bei uns hätten. Ich kann nur hoffen, dass die durchnässte Kleidung die Signatur ihrer Körper soweit abschwächt, dass die Mohak sie nicht anmessen können.«

»Wie sind die Echsen überhaupt auf uns aufmerksam geworden?«

»Logischerweise überwachen sie das Gebiet ihrer Landung und das Umfeld von ihrem Schlachtschiff aus. Von dort aus muss uns wohl einer der Lurche entdeckt haben, bevor wir im Kanalschacht verschwanden. Dieser Mistbock hat uns dann einen Trupp auf den Hals gehetzt.«

»Was machen wir, wenn die bis hierher vordringen?«

»Wir ballern sie über den Haufen, was sonst?«

»Wäre es nicht besser, wir begeben uns in Kriegsgefangenschaft?« Die grausame Natur des Feindes war Ralf noch nicht hinlänglich bekannt.

In diesem Punkt half ihm der Leutnant unsensibel mit beißendem Spott auf die Sprünge. »Wenn es für Sie annehmbar ist, dass wir zunächst gefoltert, verhört und anschließend verspeist werden, können Sie diese Option natürlich in Erwägung ziehen.«

Der Oberst sah ein, dass der Kampf, den er nur zu gerne vermieden hätte, einfach nicht zu vermeiden war. »Sie hatten noch keine Gelegenheit, mir die Funktionsweise des Magnetfeldgewehrs und der Vril-Granaten zu erklären.«

»Das ist fast so leicht wie das Fliegen.« Wolke grinste humorlos. »Über eine drahtlose Schnittstelle stehen Sie mit dem Gewehr in Verbindung. Sie können per Gedankenbefehl die Geschossgeschwindigkeit und die Kadenz[17] einstellen. Die höchste Geschossgeschwindigkeit beträgt dreitausend Kilometer pro Sekunde. Wenn Sie mit dieser Einstellung innerhalb einer Atmosphäre schießen, glüht die Luft durch die Reibungshitze blau auf. Das hat den Vorteil, dass Sie wie beim Schießen mit Leuchtspurmunition genau erkennen, wohin Sie treffen. Ein weiterer Vorteil ist natürlich das Höchstmaß an Vernichtung, das Sie mit dieser hohen Geschossgeschwindigkeit erreichen. Es hat aber eben auch den Nachteil, dass Sie Ihren Standort preisgeben. Wenn Sie also nicht entdeckt werden wollen, halten Sie die Geschossgeschwin-

---

[17] Anzahl Schüsse pro Sekunde.

digkeit unter einem Kilometer pro Sekunde – das ist selbst auf weite Distanzen für den ungepanzerten Gegner tödlich.

Bei den Granaten verhält es sich ebenso: Sobald Sie eine in die Hand nehmen, können Sie per Gedankenbefehl die Sprengkraft und die Zeitspanne einstellen, nach deren Ablauf das hübsche Ding detoniert.«

»Wie hoch ist die *maximale* Sprengkraft einer Handgranate?«

»Rund eine Megatonne herkömmlichen TNTs – genug, um eine Großstadt dem Erdboden gleichzumachen.«

»Heilige Scheiße!« Entsetzen stand dem Oberst ins Gesicht geschrieben.

Erneut setzte der Leutnant sein Grinsen auf. »Ja, diese Information erschreckt jeden, der zum ersten Mal davon...«

Ein leises Schleifgeräusch im Kanalschacht erweckte seine Aufmerksamkeit. Jetzt begriff er, worauf sich das Entsetzen seines Gesprächspartners bezog: Eine unüberschaubare Anzahl von Mohak raste mithilfe von Flugaggregaten durch die enge Röhre.

»Kontakt!«, sprach Wolke mit leicht gehobener Lautstärke, hielt sein Magnetfeldgewehr in den Kanal und drückte ab. Blauglühende Geschossbahnen jagten – viel zu schnell, um mit bloßem Auge verfolgt werden zu können – dem Feind entgegen und töteten mehrere Echsen auf der Stelle. Alle Nachrückenden zogen sich sofort in Seitengänge zurück und eröffneten ihrerseits das Feuer. Die Geschosse des Gegners schlugen in die Rückwand des Raumes, wo sie fußballgroße Löcher in die Betonwand rissen.

Hendriks, Gustafs und Müller hielten ihre Gewehre nun ebenfalls in die Röhre und schossen mit niedriger Kadenz, um Munition zu sparen.

Plötzlich wurde Gustafs das Gewehr durch einen Glückstreffer des sicherlich ebenso ungezielt schießenden Feindes aus den Händen gerissen. Er wurde leicht verletzt und fluchte lauthals mit schmerzuntermalter Stimme. Sein Gewehr landete in der stinkenden Brühe.

Gustafs watete unverdrossen in das nur vierzig Zenitmeter tiefe Becken und fischte seine Schusswaffe wieder heraus. Es war jedoch auf den ersten Blick erkennbar, dass sie nicht mehr zu benutzen war. Daraufhin begab sich der Feldwebel zu Katrin, in geduckter Haltung, damit er unterhalb des Bodens des Schachtes blieb, in dem die Echsen steckten.

»Geben Sie mir Ihr Gewehr und ziehen Sie sich mit den Kindern zurück!« Er deutete auf einen Kanalisationsschacht in einer Seitenwand des Raumes.

Neu bewaffnet begab er sich zu seinen Kameraden, zu denen für ihn zweifellos auch der Bundeswehroberst zählte.

Das Feuer der Echsen wurde immer intensiver, sie waren in der Überzahl.

»Rückzug!«, ordnete Wolke an und deutete nun ebenfalls auf den Schacht in der Seitenwand.

Die Männer stellten das Feuer ein und folgten dem Befehl. Im Seitenschacht legten sie sich nebeneinander auf den Boden und warteten mit angelegten Gewehren darauf, dass sich die Echsen am Ausgang der Röhre in der Stirnwand zeigten. Noch immer schlugen deren Geschosse in die Rückwand und pulverisierten den Beton.

»Sobald wir die Lurche erblicken, schießen wir mit niedriger Energie, damit die nicht sofort wissen, woher unsere Schüsse kommen«, ordnete der Leutnant an.

Dann war es so weit. Der erste Echsenschädel lugte vorsichtig aus der Röhre – aber nicht vorsichtig genug. Vier Einschläge trafen ihn gleichzeitig und verwandelten ihn in einen unschönen Belag auf der Schachtwand.

Mehrere Echsen hielten nun ihre Gewehre aus der Röhre, um in die ungefähre Richtung zu feuern, aus der der Beschuss gekommen sein musste. Die vier Soldaten hatten wegen der Ungenauigkeit des gegnerischen Feuers alle Zeit der Welt, genau zu zielen. Gewehre wurden aus Echsenhänden und Gewehre samt Händen von Echsenarmen gerissen.

Sekunden später flog ein Dutzend Mohak in den Beckenraum. Die Hälfte von ihnen war tot, bevor sie sich orientieren konnten. Die andere Hälfte eröffnete jedoch gezieltes Feuer auf den Schacht, in dem sich die Menschen verkrochen hatten. Weitere Grünhäutige stürmten vor und intensivierten den Beschuss.

Splitter zerberstenden Betons prasselten auf die Männer herunter. Katrin zog sich mit den Kindern tiefer in den Gang zurück und bog an der nächsten Kreuzung rechts ab.

Eine Kugel der Echsen traf den Helm Gustafs'. Sein Kopf fiel sofort mit dem Gesichtsteil nach unten auf den Boden. Eine Rauchfahne kräuselte sich aus dem Einschussloch.

»Wir haben keine Chance«, stellte Wolke mit emotionsloser Stimme fest. »Folgen Sie Ihrer Frau, Müller. Hendriks und ich halten die Drecksviecher eine Weile auf.«

»Ich kann Sie doch nicht hier zurücklassen!«

»Wenn wir zusammenbleiben, gehen wir alle drauf, so oder so. Vielleicht gelingt es uns, die Arschlöcher so lange zu beschäftigen, bis die Wärmesignatur Ihrer Kinder nicht mehr anmeßbar ist.«

Der Oberst verabschiedete sich wortlos durch einen Schlag auf die Schultern seiner erst vor Kurzem gewonnenen Kameraden, die er nun wieder verlor.

Des einen Leid, des andern Freud: »Dank« Gustafs' Tod bekam Katrin ihr Magnetfeldgewehr zurück.

*

»Was ist mit den aldebaranischen Schiffen?«, fragte Thomson, nachdem ihm klar geworden war, dass es sich bei den Angreifern um Mohak handelte. »Sind alle von den Echsen vernichtet worden?«

»Teils, teils«, entgegnete der per Videophonat zugeschaltete General Perkins. »Die Aldebaraner starteten laut den Beobachtungen unserer AWACS mit ungeheurer Beschleunigung. Die meisten Schiffe konnten in den Weltraum entkommen, rund ein Fünftel wurde jedoch noch innerhalb der Atmosphäre vernichtet.« Der General zuckte mit den Schultern. »Was danach im Weltraum geschah, entzieht sich dem Ortungsbereich unserer Aufklärungsflugzeuge.«

*Verdammt! Hoffentlich verduften die Aldebaraner und ihre irdischen Lakaien nicht zu einem ihrer Stützpunkte im All und lassen uns hier mit den Echsen allein!,* überlegte der Bankier.

»Setzen Sie die Hälfte unserer Nuklearwaffen gegen die Mohak ein, General«, entschied er. »Halten Sie die andere Hälfte zurück – die brauchen wir nach einem Sieg möglicherweise noch, falls sich die Aldebaraner hier wieder blicken lassen.«

»Verstanden, Sir. Die Vorbereitungen sind ja bereits erledigt – ursprünglich, um die Aldebaraner zu bekämpfen. Den Atomraketen ist es egal, gegen wen sie abgeschossen werden.«

Der General wandte sich ab, um die notwendigen Befehle zu geben. Drei Minuten später jagten die ersten ICBMs aus ihren Bunkern und aus den vor der Küste kreuzenden U-Booten. In den ländlicheren Gegenden der USA reckten sich weiße Rauchfahnen mit heller, von den Raketentriebwerken verursachter Glut an den Spitzen immer weiter in den schmutzigen grauschwarzen Himmel.

Von allen Seiten näherten sich die atomare Sprengköpfe tragenden Raketen den über amerikanischem Territorium schwebenden Schiffen der Mohak. Zusätzlich waren zehn der insgesamt zwanzig Tarnkappenbomber des Typs Northrop B-2, über die die Airforce verfügte, aufgestiegen, um ihre Marschflugkörper mit nuklearen Sprengköpfen möglichst nahe an die Ziele heranzubringen.

Blauglühende Geschossbahnen standen plötzlich überall im Land am winterlichen rauchgeschwärzten Himmel. Die Granaten der Mohak erwischten die anfliegenden ICBMs mühelos, denn die Raketen bewegten sich im Vergleich zu den Geschossen der Echsen wie eine Schnecke im Vergleich zu einer Gewehrkugel.

Die B-2 blieben zunächst unbehelligt. Offensichtlich waren sie von den Radar-Systemen der Mohak noch nicht entdeckt worden. Erst als sie die Bombenschächte öffneten und die Marschflugkörper freigaben, wurden sie für die Invasoren aus dem All sichtbar. Erneut zuckten blaue Strahlen von den Raumschiffen zu den Tarnkappenbombern und den Marschflugkörpern, die sie in glühende Wolken verwandelten. Zwanzig[18] tapfere amerikanische Piloten verloren innerhalb der gleichen Sekunde ihr Leben – und die Airforce die Hälfte ihrer sündhaft teuren B-2.

Thomson verfolgte das Drama auf einem seiner Bildschirme, der die Radarechos der ICBMs, der feindlichen Raumschiffe und die GPS-Daten der Tarnkappenbomber anzeigte. Von einer Sekunde zur anderen verschwanden die Punkte, die die Radarechos darstellten. Wenig später geschah das Gleiche mit den GPS-Daten der Tarnkappenbomber.

Der Bankier starrte ungläubig auf den Bildschirm. Er hatte damit gerechnet, dass der Angriff der amerikanischen Streitkräfte auf den technologisch überlegenen Gegner aus dem Weltraum nicht einfach werden würde, aber dass es zu überhaupt keinem Schlagabtausch kam, dass die Mohak die irdischen Waffen mit offensichtlicher Leichtigkeit einfach ausschalteten, bevor auch nur eine von ihnen zum Einsatz kam, hatte er nicht erwartet.

Ein Gefühl der Niedergeschlagenheit machte sich in dem mächtigsten Mann der Erde breit. Die Aldebaraner hatten sich aus dem Staub gemacht oder waren ausgelöscht worden, und die irdischen Waffen versagten vollständig gegen die Echsen. Was nützte ihm all sein Geld, die Billionen, die er nötigenfalls kurzfristig locker machen konnte, gegen einen dermaßen überlegenen Gegner?

Die Aussichtslosigkeit seiner Lage wurde noch einmal gesteigert, als der gesamte Bunker erneut zu schwanken begann – heftiger als beim ersten Mal. Die bereits existierenden Risse in den Wänden verbreiterten sich. Seine blonde Gespielin kreischte

---

[18] Jede B-2 hat eine aus zwei Mann bestehende Besatzung.

schrill und die Leibwächter verzogen sich wieder unter die Pulte. Bruchstücke brachen von der Betondecke und rissen Teile der Holzverkleidung mit sich. Thomson dachte einen Moment darüber nach, aufrecht stehend das Ende hinzunehmen, doch dann besann er sich anders und begab sich ebenfalls unter die einigermaßen Sicherheit spendenden stabilen Pulte.

Das Schwanken des Bunkers und das damit verbundene tiefe Grollen schwächte sich für wenige Sekunden ab, nur um danach noch stärker zurückzukehren.

*Das ist das Ende!,* diagnostizierte Thomson. In der Mitte des einst geschmackvoll eingerichteten Raumes löste sich ein tonnenschweres Bruchstück von der Decke und zerquetschte das Pult, unter das seine Gespielin abgetaucht war. Erst jetzt wurde dem Bankier bewusst, dass sie unaufhörlich gekreischt hatte. Nun war sie für immer still. Was blieb, war das dumpfe bedrohliche Grollen.

Fast von einer Sekunde auf die andere war der Spuk vorbei. Der Staub im Bunker legte sich nur langsam. Thomson kroch unter dem Pult hervor. Er nahm ein paar verschwommene Lichtpunkte wahr, dort, wo er die Bildschirme wusste.

*Unglaublich! Die Stromversorgung funktioniert immer noch. Ich muss Fredericson* – das war der Mann, der die Bunkeranlage unterhalb des Wolkenkratzers entworfen hatte – *dafür unbedingt meine Anerkennung aussprechen,* dachte der Bankier. Unmittelbar danach kam ihm zu Bewusstsein, dass Fredericson mit an Sicherheit grenzender Wahrscheinlichkeit nicht mehr lebte.

Thomson tastete sich zu dem Bildschirm vor, der das Kommandozentrum des Strategic Command gezeigt hatte. Er hoffte inständig, dass die Glasfaserleitung, die er vom Bunker bis zu dem mehrere hundert Kilometer entfernten Strategic Command in großer Tiefe unterirdisch hatte verlegen lassen, nicht beschädigt war.

Allmählich schälte sich ein klares Bild aus dem Dunst. Durch den Staub, der ihm in den Augen brannte, sah Thomson das

Kommandozentrum zwar nur verschwommen, aber immerhin: Es war noch da!

Auch dort lag jede Menge Staub in der Luft, doch wegen der Höhe des Raumes schien seine Konzentration niedriger zu sein als in Thomsons Schutzbunker. Er sah verstreute Gesteinsbrocken, umgestürzte Möbel, einen herabgefallenen modernen Kronleuchter sowie Menschen am Boden, von denen sich einige langsam erhoben.

»Perkins! Können Sie mich hören?«

Nichts. Es kam kein Laut von der anderen Seite.

*Perkins!* Wieder nichts.

In einem fort wiederholte Thomson seinen Versuch, Kontakt zu bekommen, bis endlich der massige Oberkörper des Generals, der das Mikrophon aktivierte, in den Aufnahmebereich rückte. Von dem Moment an hörte der Bankier die Schreie von Verletzten und Rufe von Leuten, die Ordnung in das Durcheinander bringen wollten. Der Staub in seinem eigenen Bunker lichtete sich langsam und die Leibwächter scharten sich vollzählig hinter ihm.

Mit brüchiger Stimme erstattete der General Bericht:

»Dic Mohak haben unser Land in Minuten in Schutt und Asche gelegt. Jede größere Stadt ist mit Bomben oder Granaten zerstört worden, die ein Mehrfaches der Sprengkraft unserer stärksten Atombomben hatten.«

»Hat dieses Vernichtungsfeuer nur die Vereinigten Staaten oder auch den Rest der Welt getroffen?«

»Einige wenige AWACS haben die fürchterlichen Druckwellen überstanden, die meisten wurden allerdings vom Himmel gefegt. Die Überlebenden melden, dass die Mohak selbst in Afrika alle größeren menschlichen Siedlungen bombardiert haben. Um es kurz zu machen: Der Angriff der Echsen war ein Vernichtungsschlag gegen die gesamte Menschheit – und zwar weltweit.«

»Was schlagen Sie vor?«

»Nichts! Da gibt es nichts mehr vorzuschlagen. Wir haben keine Chance gegen die Mohak, die uns offensichtlich ausrotten wollen. Wir können nicht mehr tun, als in unseren Bunkern zu bleiben, bis uns die Nahrung ausgeht oder bis die Aldebaraner zurückkommen und die Echsen vertreiben.«

Thomson überlegte ein paar Sekunden. »Haben Sie Funksprüche der Echsen auffangen können?«

»Natürlich! Die senden ununterbrochen, sogar unverschlüsselt. Verstehen können wir deren Sprache jedoch nicht.«

Erneut ließ der Bankier ein paar Sekunden verstreichen, in denen er angestrengt nachdachte. »Aber vielleicht verstehen die uns. Ihre Computertechnik wird der unseren weit voraus sein, also wird es ihnen wahrscheinlich leichtfallen, unsere Sprache zu entschlüsseln. Legen Sie mich auf den stärksten Sender, zu dem Sie Zugang haben, und senden Sie auf der Frequenz der Mohak. Geben Sie mir Bescheid, wenn Sie so weit sind. Ich will versuchen, mit den Echsen zu verhandeln.«

*

Der Kommunikationsoffizier des Zhort wandte sich an seinen Herrscher, der in der Zentrale des Flaggschiffs stand und befriedigt auf die Bildschirme starrte, die unzählige Pilzwolken zeigten, welche von der Oberfläche Terras bis in die obersten Schichten der Stratosphäre reichten.

»Wir empfangen einen eingehenden Funkspruch der Weißhäute. Der Sprecher behauptet, der Beherrscher Terras und ein Feind des Imperiums zu sein.«

»Was soll der Unfug? Wenn der sogenannte Beherrscher Terras ein Feind des Imperiums wäre, hätte er den Imperator wohl kaum mit dieser für menschliche Verhältnisse riesigen Anzahl von Schiffen mitsamt Besatzungen beliefert.«

Der Kommunikationsoffizier fühlte sich durch die Worte des Zhort angegriffen und beugte sich sicherheitshalber unterwürfig herunter, bis sein Kopf den Boden berührte. Erst dann wagte er es, weiterzusprechen.

»Im Gegensatz zu Eurer Unfehlbarkeit bin ich nicht befähigt, die Absichten der Weißhäute zu beurteilen. Deshalb beschränke ich mich darauf, lediglich die reinen Informationen an Euch weiterzureichen, Huldvoller. Der angebliche Beherrscher Terras bittet um Kontaktaufnahme.«

Der Zhort liebte es, Gespräche mit geschlagenen Feinden zu führen – besonders dann, wenn sie ihn um ihr Leben anflehten, was die Weißhaut sicherlich tun würde.

»Stellen Sie die Kreatur auf den Hauptbildschirm und schalten Sie einen Translator dazwischen.«

Wenige Sekunden später erschien ein Mann auf dem Bildschirm, dessen Schädeldecke von einem schütteren blonden Haarkranz eingerahmt war. Die Rechner hatten die vergleichsweise primitiven Video-Kodices der Amerikaner in Sekundenschnelle entschlüsselt, weshalb einer Bildübertragung nichts im Wege stand.

*

Als das grüngeschuppte Haupt, von dem violette Seide über die Wangen herabfiel, auf Thomsons Bildschirm erschien, machte er instinktiv einen Schritt rückwärts. Die Bestie fletschte ihre dolchartigen Zähne – zumindest empfand der Bankier das Grinsen des Zhorts so –, was dem Mann wenig vertrauenerweckend erschien.

»Was willst du, Mensch?«, kam es aus den Lautsprechern des Bildschirms. Es war deutlich zu erkennen, dass die Worte nicht synchron mit den Bewegungen der Lippen des Mohak waren. Der Bankier war intelligent genug, dies auf die perfekte Arbeit eines automatischen Übersetzers zurückzuführen.

»Mein Name ist Gerald Thomson. Ich bin der Vorsitzende der Clanführer, die diesen Planeten beherrschen.«

»Terra ist Teil des Imperiums. Der Herrscher ist demnach der Imperator, der wiederum seine Macht auf planetare Gouverneure wie dich delegiert. Wir wissen mehr, als du denkst – von unseren Kriegsgefangenen. Du kannst uns also nicht für dumm verkaufen.« Aus den Lautsprechern klang etwas, das wahrscheinlich ein Lachen sein sollte.

Zahllose Gedanken schossen Thomson gleichzeitig durch den Kopf. Beispielsweise wunderte er sich darüber, dass eine fremdartige Intelligenz überhaupt lachen konnte; dies erschien dem Bankier für einen Außerirdischen viel zu menschlich. Zudem fragte er sich, ob die Echse tatsächlich eine derartig flapsige Formulierung wie »für dumm verkaufen« gewählt hatte oder ob dies eine »Interpretation« des automatischen Übersetzers war. Ganz offensichtlich ging der Grüngeschuppte davon aus, die Erde sei ein Planet des Imperiums. Die Echse wusste demnach nicht, dass die Aldebaraner erst vor Kurzem offiziell auf der Erde in Erscheinung getreten waren und dass sich die terranische Menschheit unabhängig vom Imperium entwickelt hatte[19]. Dadurch eröffneten sich für den mächtigsten Mann der Erde natürlich ungeahnte Möglichkeiten.

»Sie irren sich. Terra ist nicht Teil des Imperiums. Im Gegenteil – wir widersetzen uns den kolonialen Ambitionen des Imperators.«

»Warum? Ihr seid doch aldebaranische Kolonisten.«

»Nein!«, wagte Thomson den Zhort zu unterbrechen, nicht ahnend, dass der ein derartiges Vergehen von Artgenossen gewöhnlich mit der Todesstrafe ahndete. »Die terranische Menschheit hat sich unabhängig von den Aldebaranern entwickelt. Wir sind ein freies Volk und weigern uns standhaft, Teil dieses totalitären Imperiums zu werden.«

»Rede keinen Unsinn, Mensch! Euer Angriff mit euren primitiven Waffen auf uns hat bewiesen, dass ihr euch niemals der Ko-

---

19 Thomson weiß natürlich nicht, dass bereits vor mehr als zehntausend Jahren Siedler des untergegangenen Ersten aldebaranischen Imperiums die Erde besucht und sie damals »Lemur« genannt hatten.

lonialisierung durch das Imperium widersetzen könntet, selbst wenn der Rest deiner Geschichte wahr sein sollte – was ich allerdings bezweifle. Du versuchst nichts weiter, als durch diese an den Haaren herbeigezogene Geschichte dein kümmerliches Leben zu verlängern.«

»Wären wir Teil des Imperiums, hätten wir nicht solche ›primitiven Waffen‹!«, konterte der Bankier. »Wir hätten mittels massiver Gegenwehr verhindert, dass Sie unsere Heimatwelt in Stücke schießen!«

Das war ein Argument, dem sich der Zhort nicht verschließen konnte. Er war hergekommen, um den größten Rüstungsplaneten des Imperiums zu vernichten, doch jetzt schien es so, dass er gerade im Begriff war, die Bevölkerung einer rückständigen, erst vor wenigen hundert Jahren ins industrielle Zeitalter eingetretenen Welt total auszurotten. Was für eine sinnlose Zeitverschwendung!

»Wo wurden die nicht unerheblichen aldebaranischen Flotten gebaut, die nach Auskunft unserer Kriegsgefangenen von Terra stammen und dem Imperator eine sehr wertvolle Hilfe sind?«, fragte der Zhort direkt heraus.

»Warum sollte ich Ihnen das sagen?« erwiderte Thomson mit einem triumphierenden Lächeln auf den Lippen. Instinktiv setzte er, wie immer bei Verhandlungen, sein »Pokerface« auf, obwohl ihm das bei einem Mohak vermutlich nichts nutzte. »Sie töten mich sowieso, also nehme ich mein Wissen mit ins Grab.«

»Verstehe ich dich richtig? Du willst als Gegenleistung verschont werden?«

»Nicht nur das. Außerdem verlange ich, dass Sie diesen Planeten wieder bewohnbar machen. Durch den Beschuss Ihrer Raumschiffe wurde draußen etwas ausgelöst, das wir ›nuklearer Winter‹ nennen. Staub- und Rußpartikel gelangen durch die Detonationen und die darauffolgenden Brände in die oberen Schichten der Atmosphäre und verdunkeln die Sonne. Beim Stand Ihrer fortschrittlichen Technologie verfügen Sie sicherlich über Möglichkeiten, die Atmosphäre zu reinigen.«

Erneut klang das Geräusch aus den Lautsprechern, das wohl ein Lachen sein sollte. »So groß ist das Sol-System nun auch wieder nicht, als dass wir nicht in kürzester Zeit herausfinden könnten, wo derart gigantische Flotten gebaut werden.«

»Der vierte Planet!«, flüsterte der Kommunikationsoffizier und hielt sicherheitshalber das Mikrophon mit der rechten Klaue bedeckt. »Dorthin ziehen sich die überlebenden Aldebaraner zurzeit zurück. Dies meldeten vor wenigen Sekunden unsere Aufklärer. Einer davon ging nah genug an den Planeten heran, um Aufnahmen riesiger Werften machen zu können.«

Der Zhort lächelte zufrieden – eine Geste, die ein Mensch natürlich nicht hätte interpretieren können. »Wir wissen, wo die Flotten gebaut werden«, wandte er sich an die seltsame Weißhaut, die vorgab, Terra zu beherrschen. »Wenn du uns also sonst nichts zu bieten hast, sehe ich keine Grundlage für weitere Verhandlungen.«

»Ich weiß, wo sich sämtliche Stützpunkte der Aldebaraner in unserem System befinden.«

Das war natürlich eine glatte Lüge. Thomson wusste zwar einigermaßen, wo sich die antarktische Basis der zum Imperium gehörenden Dritten Macht befand, er konnte jedoch nicht sagen, wo genau die weiteren Stützpunkte auf dem Meeresboden, den chilenischen Anden, dem Himalaya und unter dem Eis der Arktis verborgen waren. Noch viel weniger hätte er Auskunft darüber geben können, wo die imperialen Stützpunkte auf Luna sowie den Jupiter- und Saturnmonden lagen.

»Gut!«, sagte der Zhort. »Fangen wir mit Terra an. Wo haben sich die aldebaranischen Truppen verkrochen?«

»Ohne verbindliche Zugeständnisse bin ich nicht bereit, diese Informationen freizugeben.«

»Das verstehe ich. Ich biete dir an, deinen kümmerlichen Planeten in Ruhe zu lassen, sobald wir ihn von den Aldebaranern gesäubert haben.«

»Welche Garantien können Sie mir bieten? Wer sagt mir, dass Sie Terra nicht anschließend zu einer Kolonie der Mohak machen und mein Volk, beziehungsweise das, was noch davon übrig ist, versklaven?«

»Es gibt keine Garantien – außer einer: Wenn du nicht kooperierst, Mensch, werde ich die Reste deines Volkes an meine Soldaten verfüttern.«

Thomson traute dem Mohak nicht über den Weg. Die Wahrscheinlichkeit, dass der Grünhäutige sein Wort hielt, war äußerst gering. Aber wenn er dem Geschuppten den Standort der aldebaranischen Basis in der Antarktis verriet, würden die Echsen mit Sicherheit dort angreifen. Möglicherweise würde die imperiale Flotte ihren bedrängten Kameraden in der Antarktis zur Hilfe kommen. Was gab es Besseres, als wenn sich zwei Feinde bekriegten? Eine Taktik, die die Clans schon unendlich oft in der Vergangenheit angewandt hatten, indem sie mächtige Völker, die ihnen hätten gefährlich werden können, aufeinander gehetzt hatten.

»Einverstanden! Ich nenne Ihnen zunächst den Standort der wichtigsten Basis auf Terra, danach sehen wir weiter. Der aldebaranische Stützpunkt liegt in und unterhalb des Mentzelbergs in der Antarktis. Er ist Teil des Otto-von-Gruber-Gebirges, das wiederum der nordöstliche Teil des Wohlthatmassivs ist.«

Thomson nannte dem Zhort die Koordinaten des Berges und erklärte ihm kurz das geodätische System, sodass die Angaben für die Echsen verständlich waren.

»Im Zentrum des Massivs liegt ein ganzjährig zugefrorener See, den wir Untersee nennen. Er ist von fünf Gipfeln umgeben. Der östlichste Gipfel ist der Mentzelberg.«

»Wir werden uns das anschauen«, sagte der Zhort. »Falls das eine Fehlinformation oder eine Falle ist, werde ich dich finden. Unser Zusammentreffen wird dann für dich ziemlich unerfreulich sein.« Mit diesen Worten unterbrach er die Verbindung.

*

Unaufhörlich prasselten Betonsplitter auf Leutnant Wolke und Feldwebel Hendriks herab. Mittlerweile hatten sie zahlreiche Mohak getötet, die sich zu weit in den Beckenraum vorgewagt hatten. Mindestens ein Dutzend gefallene Echsen lagen in dem brackigen Wasser.

Wolke löste eine Granate von seinem Waffengürtel und stellte sie per Gedankenbefehl auf niedrige Sprengkraft ein. Dann warf er sie in den Beckenraum, möglichst nahe an den Schacht, in dem die Mohak kauerten.

Eine kräftige Detonation fegte durch die Kanalisation und verteilte das Schmutzwasser an den Wänden und an der Decke. Für einen Moment erstarb das wütende Feuer der Echsen auf den Röhreneingang, der den beiden Soldaten als Unterschlupf diente. Hendriks robbte sofort ein paar Zentimeter vor, um freies Schussfeld auf die Röhre der Echsen zu bekommen. Schon raste der blauglühende Strahl seiner Geschosse aus dem Magnetfeldgewehr und pulverisierte den Tunneleingang. Lange konnte er den Dauerbeschuss allerdings nicht aufrechterhalten, wollte er nicht zu viel von seiner wertvollen Munition vergeuden.

Einen Gegner traf er auf diese Weise nicht, denn nach der Detonation der Granate hatten sich die Mohak sofort tiefer in die Röhre zurückgezogen. Das Einzige, was er durch sein Feuer erreichte, war, den Echsen ein Zurückschießen unmöglich zu machen – leider nur für kurze Zeit. Kaum hatte er den Beschuss eingestellt, krochen die Mohak-Ratten wieder aus ihrem stinkenden Loch und deckten den Eingang zur gegnerischen Zuflucht erneut mit einem Kugelhagel ein. Es war eine Pattsituation entstanden, die solange stabil bleiben würde, bis eine Seite keine Munition mehr hatte.

Diese Seite würde zweifellos die der beiden imperialen Terraner sein.

»Immerhin konnten wir den Müllers und ihren Kindern ein paar Minuten Vorsprung verschaffen«, sagte Hendriks.

Der Leutnant nickte nur wortlos.

Eine Fluchtmöglichkeit bestand für die Soldaten nicht. Würden sie sich weiter in die Kanalisation zurückziehen, hätten sie keine reelle Chance, bis zur nächsten Abzweigung zu gelangen. Die Mohak würden vorrücken und bräuchten dann nur noch in die Röhre zu feuern, um ihre Widersacher wie auf dem Präsentierteller abzuschießen.

Dicht hinter den Terranern brach plötzlich mit ohrenbetäubendem Donner ein großes Stück der Betonröhre aus der Decke. Wolke wirbelte herum und sah durch die entstandene Öffnung mehrere Mohak oben auf der Straße. Die Echsen wollten die beiden Soldaten durch das entstandene Loch hindurch eliminieren. Doch Wolke war schneller. Mit einer Kadenz, die es unmöglich machte, die einzelnen Schüsse akustisch aufzulösen, nahm er die Gewehrschützen unter Feuer. Der glühende Strahl seiner Geschosse zerfetzte mehrere der Angreifer...

... bis Nachrückende in den Kampf eingriffen.

Die erste Garbe der Mohak trennte Wolke das rechte Bein ab. Blut spritzte im Rhythmus seines Herzschlags auf den schmutzigen Boden der Kanalröhre. Seltsamerweise verspürte er keine Schmerzen. Fast ungläubig betrachtete er die zerfetzten Überreste seines Beines.

Im Bruchteil einer Sekunde, was ihm wie Minuten vorkam, dachte er an seine hübsche Verlobte, die Frau, von der er sich sicher war, dass er sie heiraten wollte. Er sah ihre grünen Augen und das von rotbraunem Haar umspielte Gesicht so nahe vor sich, als wäre sie tatsächlich an diesem verfluchten Ort, um sich von ihm zu verabschieden.

»Solltest du dich jemals wieder verlieben, Schatz«, murmelte der Leutnant, »nimm bloß keinen Soldaten – unsere Lebensspanne ist verdammt kurz.«

Wolke spürte, wie Hendriks seine Hände ergriff und etwas hineindrückte. Das Gesicht seines Mädchens löste sich auf, und er starrte auf den runden, nur wenig mehr als ein Kilogramm schweren Stahlkörper, den sein Kamerad und er jetzt gemeinsam festhielten.

Hendriks ließ das Gesichtteil seines Helms aufgleiten. Er wollte diese Welt noch ein letztes Mal mit eigenen Augen betrachten. Wolke tat es ihm nach.

»Die Müllers sind inzwischen weit genug weg«, stellte Hendriks fest.

Der Leutnant nickte. »Sieg und Ehre dem Imperator!«

»Sieg und Ehre dem Imperator!«, wiederholte Hendriks voller innerer Überzeugung.

Zusammen drückten sie auf den Auslöseknopf der Vril-Granate, deren Verzögerung auf Null und auf eine Sprengkraft von einer Kilotonne herkömmlichen TNTs eingestellt war. Der entstehende Glutball schoss mehrere hundert Meter durch alle Gänge der Kanalisation, riss die Decke auf und ließ Dutzende der ohnehin bereits brennenden Wohnblöcke über ihnen wie Kartenhäuser zusammenbrechen.

# Kapitel 3: Die Rache des Zhort

Bereits auf dem Flug zum Mars hatte Unaldor eine Verbindung zu Imperator Sargon II. herstellen lassen. Auf dem Hauptbildschirm des unmittelbar neben der Zentrale gelegenen Kommunikationsraumes blickte ihm das geistliche und weltliche Oberhaupt des Imperiums mit müden Augen entgegen.

Der solare Gouverneur verzichtete auf Höflichkeitsfloskeln und begann sofort mit der Schilderung der Lage. »Die Mohak haben das solare System angegriffen. Unvermittelt sind sie durch unser eigenes PÜRaZeT über Terra aufgetaucht und haben unsere Flotte beschossen. Durch die ungleich heftigere Wirkung des Beschusses innerhalb der Atmosphäre habe ich fünfundsiebzig Schiffe verloren, bevor meine Flotte in den Weltraum entkommen konnte. Wir sammeln uns nun in der Nähe des Mars, um diesen wichtigsten aller imperialen Rüstungsplaneten zu schützen und um die Rekrutierten abzusetzen.

Die Mohak haben derweil mit der flächendeckenden Zerstörung Terras begonnen. Es ist wohl nur eine Frage der Zeit, bis den dummen Echsenschädeln dämmert, dass sie den falschen Planeten angreifen.«

Unaldor machte eine kleine Pause, um tief durchzuatmen. »Meine verbliebenen etwas mehr als zweihundert Schiffe kommen gegen die Mohak, deren Flotte rund tausend Schiffe umfasst, nicht an – zumal wir ausnahmslos mit kampfunerfahrenen Besatzungen in die Schlacht ziehen müssten. Sämtliche gut ausgebildeten terranischen Soldaten befinden sich zurzeit an Ihrer Seite, mein Imperator, um das Mohak-Reich endgültig zu vernichten.

In der Nähe des Mars würden wir immerhin von den planetaren Abwehrfestungen und den Raumforts auf Phobos und Deimos[20] Unterstützung erhalten. Doch um den Rüstungsplaneten Mars

[20] Die beiden Monde des Mars. Ihr Name bedeutet im Griechischen »Furcht und Schrecken«.

nicht zu gefährden und um auf der Erde zu retten, was noch zu retten ist, bitte ich Sie um Hilfe.«

»Ich habe mich bereits gewundert, warum uns im Reich der Echsen so wenig Widerstand entgegengebracht wird, treuer Kamerad. Bisher haben sich uns in den zwanzig Systemen, die wir angegriffen und vollkommen zerstört haben, nur etwa siebenhundert feindliche Raumer entgegengestellt. Zum ersten Mal kämpften wir in der Überzahl gegen die Mohak, mit dem Ergebnis, dass die meisten ihrer siebenhundert Schiffe inzwischen als Plasmawolken durch den Raum ziehen. Jetzt wissen wir, wo die über tausend weiteren Kampfschiffe der Echsen abgeblieben sind.«

Obwohl es sich um eine Bildübertragung handelte, war der Blick des Imperators für Unaldor leicht zu interpretieren. Niemals würde dieser Mann einen Kameraden im Stich lassen.

»Abgesehen davon, dass es eine Selbstverständlichkeit ist, Ihnen eine Hilfsflotte zu entsenden, bietet sich uns nun die einmalige Gelegenheit, den verbliebenen Rest der Mohak-Flotte auf einen Schlag zu vernichten. Das wäre der endgültige Sieg der Menschheit in diesem grauenhaften Krieg.«

Der solare Gouverneur ahnte, was momentan in dem Mann mit den schulterlangen hellblonden Haaren und den aristokratischen Gesichtzügen vorging: Einhundertfünfzig Jahre lang hatte der Imperator in jeder Sekunde mit der Sorge um den Fortbestand der Menschheit leben müssen. Die Mohak hatten keinen Zweifel daran gelassen, dass es ihnen nicht um die Versklavung oder die Vertreibung der Menschen ging, sondern um deren Ausrottung. Möglicherweise würde die bevorstehende letzte Schlacht als Beginn des dauerhaften Friedens für die imperialen Welten in die Geschichtsbücher der vereinigten Menschheit eingehen. Unaldor wusste, dass es nichts gab, was sich dieser wohl fähigste aller bisherigen Imperatoren sehnlicher wünschte.

»Wie lauten Ihre Befehle, Erhabener?«

»Mein lieber Freund – dass Sie ein solcher sind, haben Sie mir bewiesen, als Sie die Machtfülle Ihrer solaren Organisation in meine Hände legten –, wir arbeiten erst seit Kurzem zusammen, deshalb können Sie nicht wissen, dass mir die Bezeichnung ›Erhabener‹ Unbehagen bereitet.«

»Bitte entschuldigen Sie, Imperator.«

»Da gibt es nichts zu entschuldigen, Sie können meine Eigenarten schließlich nicht riechen.« Sargon II. lachte offen. Überhaupt wirkte er trotz seiner Müdigkeit deutlich gelöster als noch vor ein paar Tagen. »Ziehen Sie sich, wie Sie es bereits eingeleitet haben, in die unmittelbare Nähe des Mars zurück. Falls Sie dort angegriffen werden, setzen Sie den Mohak so viel Widerstand entgegen wie Sie können. Derweil mache ich mich persönlich mit fünf Schlachtschiffverbänden auf den Weg und werde in rund fünf Stunden bei Ihnen eintreffen. Damit meine ich, wir werden das PÜRaZeT des Mars nehmen und somit unmittelbar zwischen Ihren Schiffen auftauchen. Lassen Sie derweil über die Kontrollstation Terra das dortige PÜRaZeT abschalten, damit der Feind keine Möglichkeit hat, zu entkommen.«

»Nur fünf Stunden?« Dem solaren Gouverneur war klar, dass der Imperator sämtliche die fünf Schlachtschiffverbände betreffenden Operationen unverzüglich würde abbrechen müssen, um derart schnell über dem Mars erscheinen zu können.

»Ich werde im Orbit des Mars abwarten«, sagte Unaldor mit ruhiger, tiefer Stimme. »Wenn die Mohak angreifen, fangen wir sie ab – und zwar in Wirkreichweite der planetaren Abwehrfestungen und der Raumforts auf den beiden Monden. Falls uns der Gegner nicht angreift, warten wir auf die Ankunft Ihrer Flotte, Imperator, und nehmen uns dann gemeinsam die Invasoren bei Terra vor.«

»Genauso stelle ich mir das vor, Raummarschall[21]. Wir sehen uns in fünf Stunden.«

---

[21] Unaldor wurde nach der Übergabe der Dritten Macht an Imperator Sargon II. zum Gouverneur des solaren Systems und zum Raummarschall der aldebaranischen Flotte ernannt.

Nach einer knappen Verabschiedung unterbrach der Imperator die Verbindung und gab die notwendigen Befehle. Er zog die Kampfgruppe Karadon, die aus vier Schlachtschiffverbänden bestand, aus den laufenden Angriffen auf die Mohak-Systeme ab und beorderte sie zum Stringknoten Zeta 12,18, über den man das Sol-System direkt erreichen konnte. Zusätzlich unterstellte er einen Schlachtschiffverband seinem eigenen Kommando, mit dem er ebenfalls zu besagtem Stringknoten aufbrach.

*

»Das PÜRaZeT kollabiert!« Die Stimme des Ortungsoffiziers klang aufgeregt – etwas, das der Zhort überhaupt nicht leiden konnte. Ein Mohak hatte immer Herr der Lage zu sein. Deshalb schlug der Herrscher die rechte Klaue auf die Schnauze des Schwätzers. Der Unglückliche stolperte und ließ sich absichtlich auf den Boden fallen. Bestimmt hätte es die Wut des höchsten aller Mohak nur noch gesteigert, wenn er bemerkt hätte, dass sein Schlag gar nicht ausgereicht hatte, um den Ortungsoffizier von den Füßen zu holen.

»Und nun berichte noch einmal, aber in einem Ton, der sich für einen Offizier geziemt.«

Der Geschlagene richtete sich langsam auf. Bei seinen folgenden Worten vermied er es, die Lippen zu öffnen, um seine Zähne zu verbergen. Wer mit dem Zhort sprach und die Zähne zeigte, dem wurden für diese Unverschämtheit im günstigsten Fall die Beißerchen mit einer Zange einzeln entfernt – ohne Betäubung.

»Das PÜRaZeT kollabiert. Es ist abgeschaltet worden, Unfehlbarer.«

»Seltsam«, murmelte der Zhort mehr zu sich selbst als zu den umstehenden IkPentalz und dem hinzugestoßenen Ortungsoffizier. »Der Feind müsste doch froh sein, wenn wir hier wieder abziehen. Stattdessen hindert er uns daran, indem er das künstliche Wurmloch zum kosmischen String abschaltet?« Seine Stimme war laut und fest. »Was, meint ihr, IkPentalz, könnte der Hintergrund für diese seltsame Handlung des Gegners sein?«

Ein besonders großes Exemplar von Mohak bewegte am Besprechungstisch den Arm in die Höhe. Der Zhort nickte auffordernd.

»Offensichtlich will uns der Gegner zum vierten Planeten locken, den sie Mars nennen, damit wir das dortige PÜRaZeT benutzen. Weil sie in Mars-Nähe über mehr Abwehrkräfte verfügen, lauern sie uns da garantiert auf.«

Der Zhort wischte die Bemerkung des Pentalz mit einer unwirschen Handbewegung zur Seite. »Mit zweihundert Schiffen und den sicherlich vorhandenen planetaren Abwehrfestungen wollen die Weißhäute eintausend Schiffe unter dem direkten Kommando des Zhort aufhalten? Lächerlich!«

»Vielleicht wissen die Aldebaraner noch nicht, dass Sie, Unfehlbarer, an Bord dieser Flotte sind und das Kommando selbst führen«, versuchte der stattliche Mohak seine Theorie zu untermauern und dem Herrscher gleichzeitig Honig ums Maul[22] zu schmieren.

Ein anderer Pentalz hob die Hand. Wiederum gab der Zhort durch ein leichtes Nicken sein Einverständnis.

»Die Aldebaraner planen wahrscheinlich, das Reich endgültig niederzuwerfen, indem sie unsere Flotte komplett vernichten, und zwar hier! Durch das Abschalten des PÜRaZeT wollen sie uns in diesem System binden, bis Verstärkung eintrifft – über das PÜRaZeT des Mars. Gemeinsam mit den dort bereits wartenden Schiffen werden sie sich uns zum Kampf stellen.«

Der Zhort war beeindruckt. Pentalz Taratrox war offensichtlich einer der fähigsten Soldaten im Oberkommando. Der Herrscher nahm sich vor, ihn zukünftig häufiger in Entscheidungen mit einzubeziehen.

---

[22] Im übertragenen Sinne. Mohak, als reine Fleischfresser, würden Honig auf ihrem Maul als ausgesprochen ekelhaft empfinden.

Nur so konnte es sein: Dieser verfluchte Imperator wollte die Präsenz der nach den Verlusten der vergangenen Schlachten verbliebenen Mohak-Flotte im Sol-System nutzen, um den endgültigen Sieg davonzutragen. Zhorts Drüsen schütteten eine intensive Dusche jenes Hormons aus, das bei einem Mohak für den Jagdabbruchreflex sorgte.

*Was, wenn die verfluchten Aldebaraner genau das tun, was der Pentalz voraussagte – und Erfolg damit haben?*, fragte er sich in einem Gedankenselbstgespräch. *Du hast in diesem langen Krieg gegen die weit unterschätzten Weißhäute immer auf schier unerschöpfliche Ressourcen zurückgreifen können. Das ist jetzt anders. Wenn du diese tausend Schiffe verlierst, steht niemand mehr zwischen dem Feind und den Brutplaneten. Die Weißhäute werden ihren bereits begonnenen Vernichtungsfeldzug gegen dein Volk ungebremst fortsetzen, und in wenigen Tagen werden alle vierhundertachtundachtzig besiedelten Welten entvölkert sein. Das wäre dann das Ende deiner Spezies, Überheblicher!*

Der Zhort versuchte mit aller Gewalt, die Ausschüttung des Hormons, die man am ehesten mit einer menschlichen Panikattacke vergleichen konnte, vor den IkPentalz zu verbergen. Sein Denkvermögen schien regelrecht eingefroren zu sein. Er brauchte dringend Hilfe von seinen Beratern, was er allerdings niemals zugeben würde.

»Wie lautet dein Vorschlag, Taratrox?«, erkundigte er sich wie beiläufig. »Wie sollen wir deiner Meinung nach auf diesen vermeintlichen Plan des Gegners reagieren?«

Erneut bewies der Pentalz seine Klugheit. »Wir haben zwei Möglichkeiten. Erstens: Wir greifen den Mars umgehend an. Solange die dortige Flotte nicht mit ihrer Verstärkung vereint ist, können wir sie dank unserer Überzahl problemlos vernichten. Die viel zu spät eintreffende Verstärkung wird dann ohne die Wachflotte erneut in der Unterzahl sein. Anschließend kümmern wir uns um den Mars und nehmen dem Imperium seinen wichtigsten Rüstungsplaneten.

Zweitens: Die Option Nummer eins birgt immer noch ein gewisses Restrisiko. Wir könnten trotz unserer Überlegenheit besiegt werden. Deshalb sollten wir auf Nummer Sicher gehen und uns mit der Vernichtung Terras begnügen. Danach fliegen wir durch den freien Raum bis zum kosmischen String und von dort zurück ins Reich, um unsere bedrohten Systeme zu schützen. Auf eigenem Territorium liefern wir dem Gegner einen langwierigen Verteidigungskrieg, in dessen Verlauf wir zu alter Stärke zurückfinden werden.«

Von der Präferenz der zweiten Option durch Taratrox war der Zhort tief beunruhigt – das roch zu sehr nach Flucht. Wenn schon sein bester Pentalz Abhauen als die beste aller Strategien einschätzte, sah es wirklich nicht gut aus für das Reich.

Die Hormondrüsen des Zhort arbeiteten jedenfalls auf Hochtouren. Nur mit Mühe konnte er sich auf den Beinen halten. Schwarze Schleier tanzten vor seinen gelben, senkrecht geschlitzten Katzenaugen. Es dauerte mehrere Sekunden, bis er sich wieder einigermaßen gefangen hatte...

**Nein** – ein Sieg der Weißhäute konnte und durfte nicht sein! Der langwierige Rückzug durch den freien Raum bis zum String signalisierte den Besatzungen seiner Schiffe nichts anderes als: *Der Zhort hält den Gegner für überlegen und verdrückt sich!* Die Auswirkungen auf die Moral seiner Truppen wären verheerend!

Der Herrscher nahm eine Position ein, in der ein Mohak normalerweise ein Beutetier angriff: Er ließ seine Wirbelsäule vom Kopf bis zur Schwanzspitze eine zum Boden horizontale Position einnehmen, streckte die Arme vor und öffnete seine Klauen und sein Maul.

»Ruft unsere Jagdkommandos zurück, fürs Vergnügen haben wir jetzt keine Zeit mehr! Wir schießen noch ein paar Granatensalven auf die Überlebenden ab, zerstören den aldebaranischen Stützpunkt in der Antarktis – und anschließend greifen wir den Mars an und vernichten die dortige Flotte mitsamt dem Planeten!

Danach soll diese verfluchte Verstärkung ruhig kommen. Wir werden sie gebührend empfangen.«

*

»Was sollen wir nur tun? Wir können doch nicht ewig in der Kanalisation bleiben.« Katrin hatte den Gesichtsteil ihres Helmes zurückgefahren. Ralf sah in ihre feuchten grünen Augen. In ihrem Blick lag weniger die Sorge um das eigene Schicksal, vielmehr drückte er Angst um das Wohlergehen ihrer beiden Kinder aus.

»Herbert und Monika brauchen etwas zu essen«, sagte sie. »Wir müssen an die Oberfläche.«

»An die Oberfläche? Da steht immer noch alles in Flammen und es treiben Heerscharen von Mohak ihr Unwesen. Nicht genug, dass sie uns bombardiert haben, nun wollen die Drecksviecher auch noch den wenigen Überlebenden an den Kragen!«

Müller hätte sich nicht erlaubt, sich in Gegenwart seiner Kinder derart schonungslos auszudrücken, hätten sie ihn hören können. Doch ihre Trommelfelle waren bei dem Bombardement der Mohak zerfetzt worden. Für die aldebaranische Medizin keine große Sache, hatte es geheißen – allerdings mussten sie dafür erst einmal wieder auf Angehörige der Dritten Macht stoßen.

Plötzlich fuhr eine heftige Erschütterung durch das Tunnelsystem. Die Gesichtsteile der Kampfanzüge der Eltern verschlossen sich automatisch. Risse bildeten sich in den Betonröhren. Staub rieselte von der Decke.

Rotglühende Helligkeit breitete sich aus, wurde immer intensiver, kam immer näher... Müllers Magen verkrampfte sich. Er ahnte, dass dies das Ende des Leutnants und der beiden Feldwebel war – und auch das seiner Familie, falls sie sich nicht beeilten.

»Schnapp Dir Monika, schnell!«, rief er und klemmte sich den schreienden Herbert unter den Arm. So schnell es seine erst kürzlich erworbenen Flugkünste zuließen, schoss er durch die Kanalisation dem nächsten Aufstieg entgegen. Katrin folgte ihm dichtauf.

Unterhalb des Ausgangs bog Ralf scharf senkrecht nach oben ab. Während er Herbert mit der Linken umklammert hielt, schützte er mit dem rechten Unterarm seinen eigenen Kopf. Mit hoher Geschwindigkeit jagte er empor und krachte hart gegen den Gullydeckel, den er auf diese unkonventionelle schmerzhafte Weise aus der Fassung hob.

Es war wie ein Schuss ins Blaue. Hätte ein Auto draußen auf dem Kanaldeckel gestanden, hätte ihm der Aufprall den Schädel gespalten.

Nach dem Zusammenstoß glaubte Ralf für einen Moment, sein rechter Arm sei gebrochen. Ein stechender Schmerz schoss vom Handgelenk über den Ellbogen bis in die Schulter – wie durch die Adern fließendes glühendes Metall. Erst als er feststellte, dass er seine Finger bewegen konnte, wusste er, dass er noch einmal davongekommen war.

Katrin entkam der Flammenhölle, die sich Sekunden später in der Kanalisation austobte, buchstäblich im letzten Augenblick.

Fast überall brannten Ruinen, nur wenige abseits stehende Gebäude blieben von den Flammen verschont – doch auch ihnen sah man die Folgen der Druckwellen an, die über die Großstadt hereingebrochen waren.

Über dem Zentrum Berlins schwebte in einigen Kilometern Entfernung immer noch das dreieckförmige schwarze Schlachtschiff der Echsen unterhalb einer dunkelgrauen Wolkendecke. Ohne die verschiedenfarbigen Positionslichter wäre es trotz seiner Größe und dem gespenstischen Lichtschein der Brände kaum zu erkennen gewesen. Es war ein schauriges, unwirkliches Bild – ein Eindruck, der von gelegentlich durch die düsteren Wolken zuckenden Blitzen verstärkt wurde.

»Dort!« Ralf deutete auf ein am Ende der Straße stehendes zweieinhalbgeschossiges Gebäude, aus dem keine Flammen loderten. Das Dach war jedoch vollständig abgedeckt, die unverkleideten Balken des Spitzdachs waren zu sehen. Die Glasscheiben sämtlicher Fenster hatten den Druckwellen ebenfalls nicht standgehalten. »Vielleicht finden wir einen schützenden Keller – und etwas zu essen.«

Ohne eine Entgegnung seiner Frau abzuwarten, machte sich der Oberst auf den Weg, wobei er mit seinem Magnetfeldgewehr ständig nach allen Seiten sicherte. Zum Glück waren nirgendwo Mohak zu sehen, weder Landungstruppen am Himmel noch Suchtrupps am Boden.

Vorsichtig näherte sich das Paar mit je einem Kind auf dem Rücken dem weitgehend unversehrten Gebäude. Die Fassade bestand aus grün angestrichenem Rauputz, der teilweise rußgeschwärzt war, mit eingelassenen weißen Fensterrahmen. Durch einen davon schwebte Ralf, nachdem er seinen Sohn abgesetzt hatte, hinein ins Erdgeschoss.

Er fand sich in einem ehemaligen Wohnzimmer wieder. Im spärlichen Licht der umliegenden brennenden Gebäude erkannte er einen flachen Tisch, umgestürzte Sitzmöbel und eine am Boden liegende Wasserpfeife. An der dem Fenster gegenüberliegenden Wand hing ein gerahmtes Foto, das offenbar keinen Kratzer abbekommen hatte. Es zeigte den aktuellen Präsidenten der Türkei. Unmittelbar davor lag die angekokelte türkische Landesflagge auf dem Boden.

Der Oberst bahnte sich einen Weg durch das Chaos und gelangte in den angrenzenden Flur. Unterhalb des eingefassten Treppenhauses entdeckte er eine braune Holztür – offensichtlich der Zugang zum Keller. Ralf öffnete sie. Gedämpftes Licht drang zu ihm herauf. Am unteren Teil der Treppe blitzte es kurz auf, begleitet von einem trockenen Knall und einem dumpfen harten Schlag gegen seine Brust, der ihn zurücktorkeln ließ.

*Verdammt!,* fluchte Ralf Müller im Stillen. *Jemand hat auf mich geschossen! Gut, dass mein Kampfanzug das abkann!*

»Ich bin ein Freund«, rief er durch die offenstehende Kellertür, »auf der Flucht vor den Echsen! Meine Kinder brauchen etwas zu essen und Ruhe.«

Unten war das Stimmengemurmel zweier diskutierender Männer zu hören.

»Zeigen Sie sich!«, verlangte jemand mit eindeutig türkischem Akzent.

Mit gebotener Vorsicht näherte sich Müller erneut der Treppe, wobei er die beiden Hälften des Gesichtsteils in den Helm fahren ließ. Unten stand ein Mann mit angeschlagener Pistole. Ralf hob seine Hände, um seine Friedfertigkeit zu demonstrieren; sein Magnetfeldgewehr hing über seiner Schulter.

»Wie viele seid ihr?«

»Zwei Erwachsene und zwei Kinder!«

»Kommt herunter!«

Ralf blickte über seine Schulter nach hinten. Katrin stand, alarmiert durch den Schuss, im Rahmen der Wohnzimmertür.

»Ich hole die Kinder«, sagte sie, verschwand kurz und tauchte nur wenige Sekunden später wieder mit Herbert und Monika auf.

Die beiden Kinder stierten apathisch mit glasigen Augen und nahezu unbeweglichen Mienen ins Nichts. Es war deutlich zu erkennen, dass die zurückliegenden Anstrengungen und Aufregungen zu viel für die Kleinen gewesen waren.

Der Oberst stieg als Erster die Treppe herunter. Der Mann am unteren Ende senkte die Waffe. »Sie sind einer von den guten Außerirdischen, stimmt's? Sonst trügen Sie wohl nicht deren Uniform.«

»Ich bin einer von denen, die sich den guten Außerirdischen, den Aldebaranern, anschließen wollten – als plötzlich der Schlamassel mit den bösen Außerirdischen, den Mohak, losging.«

Mit diesem aufs Wichtigste komprimierten Satz hatte es Müller auf den Punkt gebracht.

»Ich bin Achmed«, stellte sich der hochgewachsene schlanke Türke vor. Seine Augen funkelten im flackernden Kerzenlicht, während er seine Rechte ausstreckte, die Müller ergriff.

»Ralf Müller. Diese drei sind meine Frau Katrin und unsere Kinder Monika und Herbert.« Er deutete hinter sich auf seine Familie, die sich noch auf der Treppe befand.

»Kommen Sie, kommen Sie!«, forderte Achmed alle gastfreundlich auf. »Hier sind Sie erst einmal sicher.«

Er führte die vier durch einen Kellerflur mit mehreren Holzschränken in einen großen Raum, dessen Fenster mit schwarzen Stoffvorhängen abgedunkelt waren. An den Wänden standen Regale mit Konserven, auf dem Boden war ein Gaskocher aufgestellt worden. Von »strategisch verteilten« Sitzkissen aus blickten fünf Kinder, ein Mann und zwei Frauen mit Kopftüchern den Eintretenden entgegen. Eine der beiden Frauen sprang sofort auf und kümmerte sich um Monika und Herbert. Sie führte die beiden auf ein freies Kissen und reichte ihnen je einen Teller mit angenehm duftendem Eintopf, wahrscheinlich aus einer Konservendose.

»Wie viel wissen Sie über die Mohak?«, fragte der zweite Türke, der sich ebenfalls zur Begrüßung erhoben hatte. »Was wollen die hier? Warum zerstören diese Bestien alles?«

Am Zittern seiner Stimme merkte Ralf, dass dieser Mann, ein gedrungener stämmiger Südländer mit dichtem Haarschopf und dunklem Schnurrbart, nicht über das stabile Nervenkostüm von Achmed verfügte.

»Ich weiß leider auch nicht mehr als Sie, nur das, was die Aldebaraner über unsere Fernsehkanäle gesendet haben – *bevor* die Echsen hier auftauchten.«

»Es kann doch kein Zufall sein, dass die Mohak praktisch zur gleichen Zeit eintrafen, in der die Aldebaraner sich uns zu erkennen gaben. Ich sage Ihnen, das ist ein abgekartetes Spiel, um die Erde zu entvölkern. Die Mohak erledigen die Drecksarbeit für die Aldebaraner.« Das Zittern in der Stimme des Türken nahm stetig zu.

»So ein Quatsch!«, entgegnete Ralf kopfschüttelnd. »Die Mohak und die Aldebaraner befinden sich seit hundertfünfzig Jahren im Krieg. Sie sind Todfeinde!«

»Das behaupten jedenfalls die Aldebaraner.«

Der Oberst hatte keine Lust, sich weiter mit dieser abstrusen Verschwörungstheorie zu beschäftigen. Stattdessen wandte er sich an Achmed. »Könnten Sie meiner Frau und mir auch etwas von dem Eintopf abgeben?«

»Aber selbstverständlich. In Zeiten wie diesen müssen wir alle zusammenhalten.« Ein freundliches, ungekünsteltes Lächeln begleitete die Worte des Gastgebers.

Die Gruppe saß etwas mehr als eine Stunde um den Gaskocher herum und spekulierte darüber, wann die Aldebaraner dem Spuk endlich ein Ende bereiten und die Echsen fortjagen würden. Dass die Aldebaraner möglicherweise nie mehr zurückkamen, fand in dem Gespräch keine Berücksichtigung, die Hoffnung starb bekanntlich zuletzt.

Allen war klar, dass die Vorräte im Keller nur für wenige Wochen reichten. Und danach? Auf einer zerstörten Welt mit umherstreifenden blutrünstigen Riesenechsen gab es für die Spezies Mensch keinen Platz mehr, sie waren im Vernichtungsplan der Mohak ganz sicher nicht vorgesehen.

Der stämmige Türke, der sich widerwillig mit dem Namen Erduan vorgestellt hatte, blieb auffallend schweigsam.

Von oben war ein Poltern zu hören. Es folgten Schritte. Achmed und Ralf waren sofort auf den Beinen und stürmten zur Kellertreppe.

Die Kellertür wurde aufgerissen. Ralf erkannte von schräg unten den Kopf einer Echse, die ins Halbdunkel spähte. Mit einer Handbewegung bedeutete der Oberst seinem Begleiter, sich zurückzuziehen. Anschließend positionierte er sich im Türrahmen zum Vorratsraum und zielte mit seinem Magnetfeldgewehr auf die Treppe.

Lange musste er nicht warten, der erste Mohak machte sich bereits an den Abstieg. Zwei weitere folgten. Als Echse Nummer eins die letzte Stufe erreichte, zog Müller den Abzug durch. Der blaue Strahl der Geschossbahnen strich über die Körper aller drei Echsen und verwandelte sie in ein Gemisch aus roter Masse und zerfetzten Kampfanzügen.

Ralf stürmte vor. Unmittelbar neben ihm schlug eine von der Kellertür abgefeuerte Garbe in die Wand. Er riss sein Magnetfeldgewehr hoch und zog erneut durch.

Es grenzte an ein Wunder, dass er den Schützen traf, bevor dieser eine genauer gezielte zweite Salve abgeben konnte. Die Überreste der Echse polterten die Treppe herunter und gesellten sich zu denen ihrer Artgenossen.

Eine Sekunde später schlug ein faustgroßer kugelförmiger Metallgegenstand dumpf auf die drittletzte Treppenstufe und prallte von dort wie ein Ball gegen die Wand. Ralf reagierte blitzschnell. Er stieß sich kräftig ab, drehte seinen Körper mitten im Sprung und fing die Handgranate auf, noch bevor sie den Boden erreichte. Mit dem Rücken landete er auf den Überresten der Mohak, wobei er den Sprengkörper schwungvoll, aber gut gezielt zurück nach oben warf – durch die offenstehende Kellertür in den Hausflur.

»Return to sender!«, brummelte Müller einen Elvis-Refrain.

Es krachte ohrenbetäubend! Grelle Glut jagte die Treppe hinunter und hüllte den Oberst vollkommen ein. Ohne seinen Kampfanzug wäre er auf der Stelle tot gewesen. Die Mohak hatten die Sprengwirkung der Handgranate auf ein Maß reduziert, das sie selbst nicht gefährdet hätte – hätte Müller den »lieben Gruß« nicht umgehend beantwortet.

»Das nächste Mal bindet gefälligst eine Schleife um euer vermaledeites Geschenk«, knurrte er heiser, während er sich aufrichtete.

Er war mit einer zentimeterdicken Schicht aus Staub und Schutt bedeckt. Weiter oben war die Decke beziehungsweise der Boden des Flures eingestürzt. Der Bundeswehrsoldat lauschte angestrengt, doch von dort kamen keine verdächtigen Geräusche mehr. Anscheinend hatte er alle ins Haus eingedrungenen Mohak mit ihrer eigenen Waffe erledigt – so etwas nannte er ausgleichende Gerechtigkeit.

Erleichtert stieß er die Luft aus seiner Lunge, was im geschlossenen Helm ein tiefes Rauschen erzeugte. Kaum war es verklungen, war es auch schon vorbei mit der Entwarnung. Die Explosion lockte weitere Mohak an den Ort des Geschehens, die sich oben geräuschvoll einen Weg durch das Chaos bahnten.

Hastig zog sich Ralf in den Vorratsraum zu den anderen zurück und spähte vorsichtig um die Ecke. Die nachrückenden Mohak schwebten mit Flugaggregaten durch das Sprengloch in die Tiefe. Dabei feuerten sie wild in alle Richtungen. Die Luft wurde durchschnitten von den Splittern des Verputzes und des dahinter verbauten Gesteins der Kellerwände.

*Aus!,* dachte der Oberst. *Die schaffe ich nicht allein.*

Plötzlich zischte eine Geschossbahn an ihm vorbei, zerfetzte den hässlichen Schädel einer unvorsichtigen Echse und zwang die anderen in Deckung. Ralf blickte kurz nach hinten und sah Achmed mit Katrins Magnetfeldgewehr in den Händen. Offenbar hatte sie ihm einen Schnellkurs verpasst, denn schon feuerte der Türke souverän die nächste Salve ab.

Die Echsen erwiderten das Feuer – gezielt auf die Quelle des Widerstands. Ihre Geschosse schlugen in die Wand und verwandelten sie in steinerne Schrapnelle, die gegen Ralfs Kampfanzug prasselten. Achmed torkelte aus zahlreichen Wunden blutend zurück.

Weitere Echsen schwebten durch das Loch in der Decke und spielten das Lied vom Tod. Es würde nur noch Sekunden dauern, bis die Geschosse die Mauer durchschlugen und die Schutzsuchenden im Vorratsraum niederstreckten.

Mehrere Holzschränke im Kellerflur fingen durch die glühendheißen Geschossbahnen Feuer. Der dichte Qualm schränkte die Sicht von Sekunde zu Sekunde mehr ein.

Oberst Müller fand sich mit seinem Ende ab. Eine ihm selbst unerklärliche Ruhe erfüllte ihn. Fast unbeteiligt nahm er den Staub, die Gesteinsbrocken und das Aufblitzen der feindlichen Schussbahnen wahr. Das damit verbundene schrille Pfeifen und Krachen wurde von der Selbstschutzfunktion seines Verstandes immer mehr in den Hintergrund gedrängt. Sein allmählich näherrückender Tod machte ihm nichts aus, es war ihm egal, ob er starb oder weiterlebte.

Seine Gedanken weilten bei seiner Frau und seinen Kindern, die ebenfalls nur noch wenige Sekunden zu leben hatten – und das war ihm nicht egal.

*

Völlig übergangslos endete die Vernichtungsorgie. Die plötzlich eintretende Stille beunruhigte den Oberst mehr als der vorangegangene Geschosslärm. Wie im Traum bekam er mit, dass die Mohak mithilfe ihrer Flugaggregate durch das Loch in der Decke verschwanden.

*Sie ziehen sich zurück?* Das Herz des Familienvaters übersprang einen Schlag vor Freude. *Aber warum? Die hätten uns fertig gemacht.*

Der aus mehreren oberflächlichen Wunden blutende Achmed trat an seine Seite.

»Sind die tatsächlich weg? Oder ist das eine hundsgemeine Falle?«

»Tricks hatten die weiß Gott nicht mehr nötig. Ein paar Sekunden später hätten die uns ausgelöscht! Wahrscheinlich haben sie einen Befehl von oben erhalten – von ganz weit oben, aus dem All.«

»Wir müssen hier raus, sonst ersticken wir noch alle«, befürchtete Achmed.

»Ja, das müssen wir. Allerdings sollten wir noch ein paar Sekunden warten. Ich möchte vermeiden, von einem sich zurückziehenden Mohak aufs Korn genommen zu werden.«

Achmed nickte zustimmend. Eine der türkischen Frauen trat mit einem Handtuch auf ihn zu und wischte ihm das Blut und den Staub von Gesicht und Händen.

Ralf blickte hinter sich in den Raum und sah durch den dichten Qualm Katrin auf dem Boden hocken, mit den beiden Kindern in den Armen. Wegen des beißenden Rauchs hielten sich alle Tücher vor Mund und Nase.

Ralf schwebte empor und riskierte einen Blick durch das Loch in der Decke. Mit dem Magnetfeldgewehr im Anschlag hielt er Ausschau nach eventuell auf der Lauer liegenden Echsen. Achmed nahm derweil die halbkaputte Treppe nach oben. Seine Familienangehörigen folgten ihm plus Katrin, Monika und Herbert.

In Windeseile sicherte Ralf das Erdgeschoss.

»Hier ist niemand mehr! Ihr könnt rauskommen!«, rief er den anderen zu, die sich noch auf der Kellertreppe befanden. Mittlerweile wurde die Sicht im Erdgeschoss ebenfalls immer schlechter. Schwarzer Qualm drang durch das Loch im Flurboden und durch die offene Kellertür.

Der Oberst schwebte durch eins der beiden Wohnzimmerfenster auf die Straße, nachdem er sich überzeugt hatte, dass mit hoher Wahrscheinlichkeit keine Mohak in der Nähe waren. Erst in einigen hundert Metern Entfernung sah er ein paar Dutzend Echsen über die Brände hinweg in Richtung des dunklen Schattens ihres Schlachtschiffs fliegen.

Nach und nach versammelten sich die anderen um den ehemaligen Bundeswehroffizier und genossen die trotz der allgegenwärtigen Brände halbwegs atembare Luft, die wie eine Erfrischung im Vergleich zu dem Qualm im Keller wirkte.

Gerade als die Gruppe neue Hoffnung schöpfte, lösten sich blaue Strahlen von dem in mehreren Kilometern Entfernung schwebenden Riesenschiff. Dort, wo die Strahlen den Boden berührten, blitzte es grell auf und es entstanden mächtige Glutbälle.

Müller wusste, was das zu bedeuten hatte. Er rannte zum nächsten Gullydeckel. »Katrin! Komm! Und schließe den Helm!«

Kraftvoll riss er den schweren Deckel aus der Fassung und warf ihn weit von sich. Katrin war mit den Kindern bereits neben ihm. Die beiden türkischen Familien folgten dichtauf.

Aus den Augenwinkeln sah Ralf mehrere Glutbälle, die sich bis in die dunklen Wolken aufblähten und immer weiter an Größe gewannen. Er packte seine beiden Kinder und ließ sie einfach in den offenen Kanalschacht fallen – besser, sie brachen sich ein paar Knochen, als dass sie starben.

Der erste kolossale Feuerball erreichte die multikulturelle Gruppe. Auf dem Innenbildschirm des geschlossenen Gesichtsteils sah Ralf für einen Moment lediglich ein konturloses Weiß. Dann wurde er von etwas Gewaltigem gepackt und davongeschleudert. Für den Bruchteil einer Sekunde spürte er einen grauenvollen Schmerz, der seinen gesamten Körper erfasste. Übergangslos wurde das Weiß auf dem Helmbildschirm zu einem undurchdringlichen Schwarz.

In der letzten Sekunde vor seinem Ableben ging Oberst Müller das Zitat eines total unbegabten jungen Poeten durch den Kopf:

*Das bewusste Sein wird zu einem unbewussten Nichts, mitgerissen vom Strom des Vergessens. (Knut Schmitz)*

# Kapitel 4: Die Rueckkehr

Die Selbstverständlichkeit, mit der General Tudalur üblicherweise Informationen preisgab, stand in einem merkwürdigen Widerspruch zu seiner hartnäckigen Weigerung, mit Elnan, dem Präsidenten des solaren Geheimdienstes Thule, zu kooperieren. Tudalur hatte den Vorschlag Elnans, ihn zur Heimatwelt der Neocapellaner zu begleiten, als »Verrat an Präsident Pentar« abgetan.

»Verrat an der Lüge ist Rechtschaffenheit«, konterte Elnan daraufhin. »Ich schlage Ihnen nichts anderes vor, als mit mir und meinen Männern nach Fersolin XIII aufzubrechen, um dort gemeinsam die Wahrheit zu ergründen.«

Dabei handelte es sich keineswegs um den dreizehnten Planeten einer Sonne, sondern um einen der Monde des Gasplaneten Fersolin, der seine Bahn um die zentrumsnahe Sonne Neocapella zog.

Dieses von Elnan und der Besatzung der ORION entdeckte alte Siedlungssystem der Capellaner war mehr als erstaunlich. Es verfügte über vierundsechzig Planeten. Allein in der Lebenszone der Sonne existierten acht Gasriesen wie Fersolin und Seralin, auf dessen drittem Mond die Unterredung stattfand. Insgesamt kreisten fünfundzwanzig Monde mit lebensfreundlicher Sauerstoff-Stickstoff-Atmosphäre um die acht Giganten. Noch erstaunlicher war die Tatsache, dass zwischen je zwei Gasriesen ein weiterer Planet die Sonne Neocapella umlief – jeder Einzelne aus festem Gestein bestehend, vier- bis fünfmal so groß wie Terra, allerdings mit wesentlich geringerer Dichte.

Mittlerweile wussten die Expeditionsteilnehmer um Elnan, dass es sich um sieben künstliche Planeten handelte, die aus dem Material von Asteroidenfeldern zusammengesetzt worden waren, um in ihren riesigen Hohlräumen das mächtigste Waffensystem der bekannten Galaxis zu züchten: die Yx.

»Alles was ich habe, inklusive der Tatsache, dass ich noch am Leben bin, verdanke ich Pentar«, sagte Tudalur mit tiefer Überzeugung in der Stimme. »Das ist die Wahrheit, die ich nicht zu verraten bereit bin.«

Der Expeditionsleiter blieb äußerlich ganz ruhig. Innerlich kochte er jedoch. Wie konnte man nur so verbohrt sein?

»Vor einhundertvierundvierzig Jahren schmiedeten Pentar und der Industrielle Baldan ein Komplott gegen Imperator Sargon II., in dessen Verlauf Baldan ein Giftattentat auf den Imperator ausführte«, schilderte er. »Baldan wurde jedoch enttarnt und verhört. Er gab Pentar als seinen Komplizen preis. Pentar befand sich zu diesem Zeitpunkt bereits an Bord seines Schiffes, der THUL-BARAN. Sargon ließ eine Funkverbindung zu ihm aufbauen und stellte ihn zur Rede. Der Schweinehund gab seinen Verrat unumwunden zu.«

Elnan musterte sein Gegenüber eindringlich, bevor er fortfuhr.

»Ich verfüge über eine Kopie des Gesprächs zwischen Pentar und Sargon an Bord meines Schiffes, das hier ganz in der Nähe in einem sicheren Versteck auf uns wartet.«

Nachdem er eine kleine Kunstpause eingelegt hatte, kam Elnan auf den perfiden Plan Pentars zurück.

»Natürlich war Pentar klar, dass er innerhalb des Imperiums nun ein Gejagter sein würde. Folglich tischte er der Besatzung der THUL-BARAN die ungeheuerliche Lüge auf, dass das Imperium die damaligen Kämpfe gegen die Mohak samt und sonders verloren hätte und dass die Echsen das Imperium überrennen würden. Auf Basis dieser Lüge schlug er allen vor, zu den Siedlungswelten der alten Capellaner zu fliehen. Zuvor vernichtete er die über Terra befindliche KEMBULA, weil sich an Bord seine letzten Mitwisser aufhielten, unter anderem sein einstiger Mitarbeiter Unaldor. Pentar hatte eine Bombe in der KEMBULA verstecken lassen, die er per Funkimpuls zündete. Pech für den Verräter, dass sich ein Teil der Besatzung bereits auf Terra befand und der Vernichtung entging.«

Ein triumphierendes Lächeln umspielte Elnans Züge.

»Die Überlebenden, zu denen auch ich gehöre, bauten mit Unterstützung der zum Teil von den Alt-Aldebaranern abstammenden Terraner eine gewaltige Militärmacht auf, um dem bedrängten Imperium im Kampf gegen die Mohak zur Seite zu stehen.«

Der Präsident des solaren Geheimdienstes schaute dem ihm gegenüberstehenden General in die Augen, als wolle er ihn hypnotisieren.

»Pentar hat das Imperium verraten, wollte den Imperator und die komplette Besatzung der KEMBULA ermorden und hat die Besatzung seines eigenen Schiffes auf das Übelste betrogen, indem er allen vorgaukelte, ihre Angehörigen seien bereits tot oder dem Tode geweiht. Wollen Sie diese Verbrechen einfach so hinnehmen, General?«

»Ich würde diese Verbrechen niemals hinnehmen, wenn sie denn wahr wären«, entgegnete Tudalur vollkommen ungerührt.

»Na gut! Dann begleiten Sie uns wenigstens bis zu meinem Schiff. Dort lege ich Ihnen die entsprechenden Beweise für meine Behauptungen vor. Falls Sie dann immer noch von der Unschuld Pentars überzeugt sind, lasse ich Sie frei.«

Der General lächelte hintergründig. »Das ist ein akzeptabler Vorschlag. Ich begleite Sie – und nehme Sie bei Ihrem Ehrenwort. Falls Sie mich nicht überzeugen, lassen Sie mich gehen. Meine Freilassung könnte ohnehin kaum Schaden anrichten. Pentar von Ihrer Anwesenheit hier auf Seralin III zu berichten, ist nicht notwendig – diese Information besitzt er schon lange.«

»Wir sind uns also einig. Ich muss allerdings darauf bestehen, dass Ihre Frau Jutilia uns begleitet, denn ich möchte vermeiden, dass sie unseren kleinen Ausflug frühzeitig ausplaudert, was dazu führen könnte, dass die ORION in ihrem Versteck aufgespürt wird.«

»Selbstverständlich.«

Die Aldebaraner verließen das Arbeitszimmer des Generals und gelangten auf eine Galerie, die das Treppenhaus des zweigeschossigen Gebäudes umlief.

»Sie gestatten, dass meine Frau und ich uns vorher ankleiden?«, fragte Tudalur mit spöttischer Stimme.

Major Friedrichs begleitete das Ehepaar zusammen mit zwei seiner Soldaten ins Schlafzimmer, das ebenfalls direkt über die Galerie betreten werden konnte. Keine zwei Minuten später traten die fünf wieder heraus – der General in seiner grauen Uniform mit schwarzen Stiefeln und seine Frau in einer eng anliegenden hellblauen Kombination, die ihre sehenswerte Figur betonte.

Über die Treppe gelangten sie ins Erdgeschoss. Elnan und seine Kameraden aktivierten die Metamaterialien auf ihren extrem aufwändig hergestellten Kampfanzügen, wodurch sie von einer Sekunde auf die andere unsichtbar wurden. Ein außenstehender Betrachter hätte nur noch den General und dessen Frau gesehen, die mit merkwürdig steifen Schritten ihr Domizil verließen.

Durch den Ausgang ging es weiter in den prachtvollen Garten des Anwesens, dessen exotische Pflanzen im Licht der langsam einsetzenden Dämmerung noch fremdartiger wirkten.

Ein Schotterweg aus türkisfarbenem Material führte zu einem gepflasterten Platz, auf dem der Gleiter des Generals geparkt war. Friedrichs stieg mit zwei Soldaten in den Fond des eleganten Fahrzeugs, während sich das Ehepaar vorn hinsetzte.

Sekunden später hob der graue Gleiter (mit je einem roten Pentagramm auf den Seiten) ab. Elnan und seine verbliebenen Begleiter folgten mittels der Vril-Aggregate ihrer Kampfanzüge.

In einer Höhe von dreihundert Metern verließ die Gruppe das Dorf an dem malerischen Sandstrand und überflog die sanft ansteigende Insel. Rote Gräser und violette baumartige Strukturen prägten das Bild. Nach zwei Kilometern ließen sie die Steilküste, gegen die sich die Wogen des Meeres mit tosender Gewalt brachen, hinter sich.

Zehn Flugminuten später erreichten der Gleiter und die unsichtbar dahinter fliegenden Soldaten die Küstenlinie des Kontinents. Unter ihnen breitete sich eine eintönige, von roten Gräsern bedeckte Landschaft aus, die von industriellen Gebäudekomplexen, welche mit kilometerlangen Röhren verbunden waren, unterbrochen wurde: Schlachthöfe, in denen elefantengroße Sechsbeiner zu Futter für die im Zentrum der Zuchtwelten brütenden »Mütter« der Yx verarbeitet wurden.

Hin und wieder begegnete ihnen ein anderer Gleiter, denn diese Fahrzeuge hatten auf Seralin III eine ähnliche Bedeutung wie Autos auf Terra. Entsprechend gab es auch keine Anfragen irgendeiner Zentrale an Tudalur, wohin er unterwegs war.

Das Gebirge, in dem die ORION versteckt lag, schälte sich langsam am Horizont aus dem Dunst des Morgens. Major Friedrichs dirigierte Pentars hündischergebenen General auf direktem Wege über die Schlucht, in der das Raumschiff verborgen lag, und bedeutete ihm, den Gleiter hineinzusteuern.

Die an Bord des Experimentalraumers verbliebene Mannschaft hatte die Annäherung des fremden Fluggeräts natürlich längst bemerkt und die Metamaterialien auf der Wandung der ORION aktiviert. Dementsprechend hatten die Insassen des Gleiters und die mithilfe ihrer Kampfanzüge folgenden Soldaten den optischen Eindruck, in eine leere Schlucht hinabzugleiten.

Elnan nahm mit äußerst schwacher Sendeleistung Kontakt zum Piloten Rolf Jenkins auf, den er in seiner Abwesenheit zum Kommandanten des Schiffs ernannt hatte.

»Hallo Rolf! Wir sind's. Es besteht keine Gefahr. Du kannst die Ausrichtung der Metamaterialien wieder abschalten.«

Unter ihnen wurde eines der schönsten Schiffe des Imperiums sichtbar. Es hatte eine dreieckige Grundform, wobei die zum abgerundeten Bug führenden Seiten nach innen gebogen waren. Von vorn betrachtet hatte die ORION einen linsenförmigen Querschnitt. Keinerlei Erhebungen oder Aufbauten waren zu erkennen. Die im sichtbaren Zustand wie blankpoliertes Silber glänzende Oberfläche wirkte wie aus einem Guss.

Der Gleiter Tudalurs landete unmittelbar neben dem Stolz des solaren Geheimdienstchefs. Die ebenfalls wieder sichtbar gewordenen Soldaten flogen direkt in die geöffnete Schleuse im Unterboden des Schiffes, das trotz seiner Größe – es maß immerhin einhundertzwanzig Meter Länge – mit sagenhaften zwölftausend g beschleunigen konnte.

Friedrichs und die beiden Soldaten führten das Ehepaar Tudalur über die Schleusenrampe ins Innere. Das Druckschott stand offen. Dahinter befand sich der Längsgang, an den die Labors und die Mannschaftsunterkünfte grenzten. Vorn, am Ende des Ganges, gelangte man ins Cockpit mit den Sitzen des Piloten und des Copiloten. Dahinter waren vier Sechserreihen bequemer Sessel verbaut, für Passagiere, die den Flug der ORION mit eigenen Augen miterleben wollten. Schließlich waren Wände, Decken und Boden des Cockpits mit einem Rundumbildschirm ähnlich dem der Vril-Flugscheiben überzogen, was den Eindruck vermittelte, frei im Raum zu schweben.

Elnan und Professor Silberheim, einer der genialsten, aber auch abenteuerlustigsten und gleichzeitig zynischsten Wissenschaftler der Dritten Macht, warteten bereits auf Tudalur und seine Begleitung.

»Bitte folgen Sie mir«, begrüßte der Geheimdienstchef seine Gäste.

»Nettes Schiffchen«, entgegnete der General – eine Bezeichnung, die Elnan nicht unbedingt in Begeisterung versetzte. Immerhin: Der hohe Offizier der Streitkräfte Pentars leistete bisher nicht den geringsten Widerspruch.

Elnan führte das Ehepaar in einen rund vierzig Quadratmeter großen Raum, der mit mehreren Regalen, voll mit Rechnern und Analysegeräten, einem System zur Gehirnstrominduktion und Bildschirmen an den Wänden ausgestattet war. Major Friedrichs betrat das Labor ebenfalls in Begleitung von zwei Soldaten, um zu verhindern, dass sich der Gast eventuell zu Dummheiten hinreißen ließ. Als Letzter folgte Professor Silberheim, der sich ganz gegen seine Gewohnheit auffallend schweigsam verhielt.

»Ich werde Ihnen gleich ein paar Bild- und Tondokumente über die weitere Entwicklung des Imperiums nach dem Aufbruch der

Thul-Baran zeigen.« Elan hatte mit Bedacht das Wort »Aufbruch« anstelle des sicherlich zutreffenderen Wortes »Flucht« verwendet. »Doch zunächst einmal möchte ich Ihnen das Gespräch zwischen Pentar und dem Imperator nicht vorenthalten.«

Der Chef des solaren Geheimdienstes gab dem Rechnersystem des Labors den kurzen mündlichen Befehl, die entsprechende Datei herauszusuchen und auf einem der Bildschirme abzuspielen. Auf der linken Hälfte war das Abbild Pentars, auf der rechten der Imperator zu sehen. Sargon forderte den Verräter auf, seine Offiziere in den Funkraum zu beordern. Pentar, dem daraufhin natürlich bewusst wurde, dass seine Intrige aufgeflogen war und er von seinen eigenen Offizieren auf Befehl des Imperators festgenommen werden sollte, wurde ausfallend und beleidigend. Er drohte damit, eines Tages als Eroberer ins Imperium zurückzukehren.

Elnan, der dem Gespräch konzentriert lauschte, musste sich eingestehen, dass diese vor fast einhundertfünfzig Jahren ziemlich unrealistische Ankündigung Pentars durch die im Neocapella-System gefundenen Machtmittel möglicherweise kurz vor der Verwirklichung stand.

»Dies ist nicht die Aufzeichnung eines Gesprächs zwischen dem Imperator und Pentar, sondern eine Fälschung«, kommentierte Tudalur stur wie ein Maulesel.

»Aus welchem Grunde sollten wir uns die Mühe machen, eine derartige Fälschung herzustellen?«, fragte ihn Elnan, obwohl er sich die Antwort eigentlich denken konnte.

»Damit ich mich von Pentar abwende und Ihnen dabei helfe, selbst die Macht im Neocapella-System zu ergreifen.«

»Aber das ist doch absurd. Wir sind loyale Bürger des Imperiums...«

»Eines Imperiums, das seit einhundertvierundvierzig Jahren nicht mehr existiert! Akzeptieren Sie das endlich!«

Elnan schüttelte den Kopf. Tudalurs Haltung war für ihn keine gesunde Skepsis, sondern eher Borniertheit, fast schon Beschränktheit.

»Na gut!«, seufzte er. »Ich zeige Ihnen nun Aufnahmen von den damals siegreich verlaufenen Schlachten um Maulack und Mohak-Dor. Anschließend können Sie den Bau unserer Ischtar-Festungen miterleben, mit deren Hilfe wir uns die Echsen bis heute vom Hals halten[23].«

Er gab kurz die entsprechenden Kommandos, woraufhin die ausgewählten Filme abgespielt wurden. Seine Befürchtung im Hinblick auf die engstirnige Reaktion Tudalurs bestätigte sich umgehend.

»Ich wüsste keinen Grund, warum ich diese Machwerke nicht ebenfalls für Fälschungen halten sollte.«

*Der Knallkopf erinnert mich an die sogenannten Demokraten auf Terra, für die nicht wahr sein kann, was nach ihrer Ideologie nicht wahr sein darf,* stellte Major Friedrichs gedanklich fest.

Indem er ihm beruhigend die linke Hand auf den rechten Oberarm legte, wurde Elnan von Professor Silberheim an einer scharfen Erwiderung gehindert.

»Bitte mäßigen Sie sich, Elnan«, sagte der Professor auf Deutsch, damit Tudalur ihn nicht verstand. »Ich schätze, mit dem General stimmt etwas nicht – so blöd kann doch kein Mensch sein. Seit der Vorführung von Pentars Autobiographie und den damit verbundenen Kommentaren Tudalurs hege ich den Verdacht, dass der gute Mann konditioniert wurde.«

»Konditioniert?«

»Dabei handelt es sich um eine im Imperium verbotene Methode, die im Rahmen einer Gehirnstrominduktion verwendet wird, nicht etwa, um die Probanden etwas zu lehren, sondern um ein bestimmtes Denkmuster derart dominant werden zu lassen, dass der Betroffene es wider besseres Wissen nicht abschütteln kann. Falls meine Vermutung zutrifft, wurde der General auf sklavische Loyalität gegenüber Pentar konditioniert.«

---

23 Elnan weiß nichts vom Einsatz der Kontrubana, mit der sich die Mohak den Weg ins Imperium freischossen. Dies alles geschah nach seinem Aufbruch in Richtung des galaktischen Zentrums.

»Um etwas Derartiges zu erreichen, braucht man kein System zur Durchführung einer Gehirnstrominduktion, sondern lediglich eine unaufhörliche Berieselung durch die Medien, wie es laut unseren Studien seit vielen Jahrzehnten auf Terra gehandhabt wird«, mischte sich Friedrichs ein.

»Ja, ja, aber das ist langwieriger und wesentlich unzuverlässiger als eine Gehirnstrominduktion«, entgegnete Silberheim und strich sich mit der Rechten über seine schneeweiße Bürstenfrisur. »Wir haben allerdings die Möglichkeit, meine Vermutung zu bestätigen beziehungsweise zu widerlegen.«

»Wie das?«, fragte Elnan.

»Indem wir die Gehirnstrommuster des Generals auslesen, während wir ihn zum Gegenstand der Konditionierung, also Pentar, befragen und nach implementierten Denkschemata suchen.«

»Und so was lässt sich mit einer Gehirnstromanalyse nachweisen?«, hakte Elnan nach.

»Selbstverständlich, denn die konditionierten Denkschemata passen nicht zu den natürlichen Denkmustern des Probanden und heben sich dementsprechend deutlich davon ab.«

»Schön und gut«, sagte Friedrichs nachdenklich. »Und was könnten wir unternehmen, sollten wir bei Tudalur tatsächlich eine Konditionierung feststellen?«

»Ich kann unseren Gehirnstrominduktor ein wenig frisieren, sodass er verbotene Konditionierungen ermöglicht – und dadurch in den Zustand versetzt wird, umgekehrt bestehende Konditionierungen entfernen zu können. Aber bitte nicht weitersagen! Für so etwas kommt man bei uns normalerweise in den Knast.«

»Nicht ›man‹ – nur Sie, Herr Professor, weil wir Ihnen alles in die Schuhe schieben werden, sollten wir erwischt werden.«

Silberheim wusste, dass Friedrichs seine Worte nicht ernst meinte, als er entgegnete: »Schon klar, Sie werden leugnen, mich zu kennen.«

»Versuchen wir's!«, entschied Elnan und wandte sich nun wieder auf Aldebaranisch an Tudalur: »Meine Kameraden und ich sind der Meinung, dass Sie konditioniert wurden und deshalb jegliche Beweisführung zum Verrat Pentars ablehnen werden, unabhängig davon, wie erdrückend diese Beweise sind. Deshalb möchte ich Sie auffordern, dort«, der Geheimdienstchef deutete auf das Gerät, das aus einem bequemen Sessel und einem an der Rückenlehne befestigten Galgen bestand, von dem ein halbkugelförmiger metallisch glänzender Helm an einem Kabelstrang herabhing, »Platz zu nehmen, damit wir konditionierte Denkschemata erkennen und gegebenenfalls entfernen können.«

»Sind Sie wahnsinnig geworden?« Die Augen des Generals und die seiner Frau hatten sich vor Schreck geweitet. »Sie wollen keine Konditionierung bei mir entfernen, sondern mir eine verpassen – und zwar eine, die mich gegen Pentar aufbringt.«

Elnan gab Friedrichs einen Wink. Der Major packte zusammen mit einem der beiden Soldaten die Arme Tudalurs, während der andere Jutilia daran hinderte, ihrem Mann zur Hilfe zu eilen.

Die kräftigen Männer schleiften den heftig strampelnden und unflätige Flüche ausstoßenden General zum Gehirnstrominduktor und pressten ihn in den Sessel.

Professor Silberheim hatte das Labor kurz verlassen und kehrte mit einem Injektionsgerät zurück. Er presste es gegen den Hals des sich immer noch heftig wehrenden Tudalur, dessen Bewegungen wenige Sekunden später erstarben. Lediglich seine tiefblauen Augen zeigten nach wie vor ein wütendes Funkeln.

»Ich habe seine Skelettmuskulatur lahmgelegt«, kommentierte der Professor seine Vorgehensweise. »Herzschlag, Atmung und Denkvorgänge werden davon nicht beeinflusst.« Anschließend stülpte er dem General den metallisch schimmernden Helm über den Kopf und begab sich zu einem der Bildschirme. »Gehirnstromanalyse starten«, befahl er dem Laborrechner.

Ein leises Summen war beim Einschalten des Induktors zu hören. Auf dem Bildschirm entstand eine graphische Benutzeroberfläche zur weiteren Bedienung des Gehirnstrominduktors und zur Darstellung der Messergebnisse.

»Warum glauben Sie nicht, dass Pentar ein Verräter ist?«, fragte Silberheim den General. Dabei betrachtete er eine schematische Darstellung des Paralysierten. Die momentan aktiven Hirnregionen wurden rot eingefärbt.

»Pentar ist ein Verräter!«, fuhr der Professor fort. »Pentar hat Baldan angestiftet, den Imperator mit einem vergifteten Getränk umzubringen. Pentar hat die Mannschaft der THUL-BARAN belogen. Das Imperium wurde nicht vor einhundertvierundvierzig Jahren von den Mohak überrannt.« Es folgten noch einige weitere Aufzählungen, an die Tudalur aufgrund seiner Konditionierung nicht glauben *konnte*.

»Gefunden!«, verkündete Silberheim nicht ohne Stolz. »Das Muster der Konditionierung ist erkannt!«

»Und? Glauben Sie, dass Sie den Eingriff in den Verstand des Generals rückgängig machen können?«, fragte Elnan besorgt.

»Wie gesagt, dazu muss ich ein paar Veränderungen am Induktor vornehmen. Das wird ein paar Minuten dauern.« Der Professor wandte sich wieder dem Bildschirm zu. »Quellcode des Induktor-Programms anzeigen.«

Ein zweiter Bildschirm unmittelbar neben dem, der die Ergebnisse des Induktors anzeigte, wurde aktiv. Noch in der gleichen Sekunde wurde der Quelltext des Steuerprogramms sichtbar.

Silberheim durchsuchte die Zeilen, die für die Umstehenden nichts als ein verwirrendes Kauderwelsch darstellten. »Hier ist es: Die Routine zur Begrenzung der Feldstärke des Induktors. Diese Begrenzung wurde eingebaut, um Konditionierungen zu vermeiden. Ich ersetze das Unterprogramm nunmehr durch einen Rücksprungbefehl ins Hauptprogramm.« Wieder an den Bildschirm beziehungsweise den Laborrechner gewandt ordnete er an: »Induktionsprogramm kompilieren!«

Eine halbe Minute später war das modifizierte Programm fertig und in den Arbeitsspeicher des Induktors geladen. Danach las der Professor die abgespeicherte Datei ein, die das Konditionierungsmuster zeigte.

»Neuronale Verknüpfung lösen!«

Auf dem Bildschirm entstand unterhalb der Darstellung von Tudalurs Gehirn mit dem rot eingezeichneten Konditionierungsmuster ein Fortschrittsbalken, der langsam von links nach rechts mit blauer Farbe gefüllt wurde. Gleichzeitig wurde das Rot der angezeigten Konditionierung immer schwächer, bis es schließlich ganz verschwunden war.

Der Professor erhob sich, wechselte die Ampulle des Injektionsgerätes und presste es ein zweites Mal gegen den Hals des Generals. Es war deutlich zu sehen, dass das wütende Funkeln in dessen Augen verschwunden war. Stattdessen konnten die Anwesenden ein nicht unerhebliches Maß an Verwirrung bei Tudalur feststellen, denn der General erinnerte sich natürlich an die ihm vorgespielten Videodateien – an das Gespräch Pentars mit dem Imperator, an die gewonnenen Schlachten und an den Bau der Ischtar-Festungen. Er fing an, diese für ihn brisanten Informationen komplett neu zu bewerten.

»Es gibt wirklich keinen vernünftigen Grund, warum Sie all diese Videobeiträge gefälscht haben sollten«, murmelte er.

»Verräter!«, schrie seine Frau mit vom Zorn gerötetem Gesicht.

»Ich denke, da ist noch eine ›Behandlung‹ fällig«, stellte der Professor trocken fest.

Die Wirkung des Gegenmittels setzte ein und die Lähmung verschwand aus den Gliedern des Generals. Seine Augen funkelten erfreut, aber auch zutiefst bewegt, als er sagte: »Das Imperium existiert also noch! Der Imperator lebt!« Er erhob sich, ging auf Elnan zu und reichte ihm die Hand.

»Ja! Und es befindet sich in einem verzweifelten Abwehrkampf gegen die Mohak. Wir sind hier, weil wir Hilfe brauchen«, erklärte der Thule-Chef.

»Was kann ich tun?«

»Wir müssen die sicherlich vorhandenen Konditionierungen bei den anderen hohen Offizieren Pentars beseitigen. Nur so können wir den Diktator stürzen.«

Mit deutlichem Missfallen beobachtete Tudalur, wie seine Frau gewaltsam auf den Gehirnstrominduktor gesetzt wurde – eine Behandlung, die ihr Flüche entlockte, welche keineswegs damenhaft waren. Doch der General wusste, dass diese Behandlung notwendig war. Er ließ sich von Professor Silberheim jeden einzelnen Schritt erklären. Auf diese Weise erstarben seine letzten Zweifel. Sein Stimmungsumschwung war nicht etwa das Resultat einer durch Silberheim ausgeführten Konditionierung, sondern – im Gegenteil – durch die Beseitigung einer solchen bewirkt worden.

»Wir müssten den gesamten Generalstab gefangen nehmen und anschließend entsprechend behandeln«, sagte Tudalur unvermittelt, nachdem er zwei Minuten die Aktionen Silberheims verfolgt hatte. »Das wäre machbar – wenn wir uns beeilen.«

Elnan war verwirrt. »Findet denn in naher Zukunft eine Generalstabsversammlung statt?«

»Ja, Pentar hat für heute Nachmittag eine solche anberaumt.«

»Wo?«

»In Pentalon.«

»Was ist das?«

»Die Hauptstadt der Zentralwelt des Neocapella-Systems: Pentalan – der neunte Planet Neocapellas.«

»Also dieser Pentar scheint ein echtes Problem mit seiner Geltungssucht zu haben, wenn er die Zentralwelt *und* deren Hauptstadt nach sich benennen lässt«, trug Friedrichs zu dem Gespräch bei.

»Offiziell war das eine Entscheidung des Parlaments, doch mir ist nun klar, dass selbige von Präsident Pentar gesteuert wurde«, erwiderte Tudalur.

»Parlament?« Silberheim schüttelte ungläubig den Kopf.

»Ja. Die Bewohner des Systems wählen alle vier Jahre die Zusammensetzung des Parlaments, das wiederum den Präsidenten wählt und Gesetze erlässt.«

»Und dieses Parlament wählt seit fast einhundertfünfzig Jahren immer den gleichen Präsidenten?«, hakte der Professor nach.

»Das ist kaum anders als auf Terra: Egal welche Parteien in einem Land gewählt werden, an der grundsätzlichen Politik der Regierung ändert sich nichts«, merkte Friedrichs zu der Frage des Professors an. »Somit kann man ebenso gut immer denselben Kandidaten wählen.«

»Um eine politische Karriere zu machen, bedarf es grundsätzlich des Wohlwollens Pentars. Folglich kommen nur diejenigen ins Paralament, die dem Präsidenten gegenüber loyal sind.« Tudalur blickte nachdenklich in die Runde. »Es ist schon erstaunlich, wie frei ich jetzt über diese Dinge reden kann – die ich bis heute verdrängt habe, weil ich den Gedanken daran als Verrat empfand.«

»Das geht mir auch so!«, sagte Jutilia während sie sich »geheilt« vom Sitz des Gehirnstrominduktors erhob.

»Wie kommen wir an die Teilnehmer der Generalstabssitzung heran?«, kam Elnan wieder auf das ursprüngliche Thema zurück. »Nehmen sie überhaupt körperlich daran teil oder handelt es sich um eine Holo-Konferenz?«

»Alle Teilnehmer werden körperlich anwesend sein. Wo auch immer sie sich aufhalten, sie gelangen über Wurmlöcher ohne lokale Projektoren in das Regierungsgebäude in Pentalon.«

»Könnten wir durch diese Wurmlöcher ein Einsatzkommando einschleusen?«, wollte Major Friedrichs wissen.

»Nein. Die physikalische Masse wird beim Durchgang durch die Wurmlöcher exakt bestimmt. Sobald sie signifikant von der Masse des jeweiligen Teilnehmers abweicht, wird automatisch Alarm ausgelöst. Die einzige Chance besteht darin, unbemerkt auf Pentalan zu landen und dann mit den Tarnanzügen ins Regierungsgebäude einzudringen.«

»Moment, Moment, Moment!«, intervenierte der Professor aufgeregt. »Allein der Flug quer durch dieses riesige Sonnensystem bis nach Pentalan ist ein unkalkulierbares Risiko. Wir haben herausgefunden, dass die Yx die Orion trotz unserer Tarnvorrichtung orten können. Und selbst wenn wir ungeschoren auf Pentalan ankommen und unbemerkt in das Regierungsgebäude eindringen, können wir nicht fröhlich in die Generalstabsitzung spazieren und alle Anwesenden festnehmen. Mal angenommen, auch das klappt: Wie sollen wir die Generäle und den Verräter ungesehen aus dem Gebäude herausbekommen und zur ORION verschleppen? Besser wäre, einen Gehirnstrominduktor in das Regierungsgebäude hineinzubringen, zwecks Behandlung an Ort und Stelle, doch auch das schaffen wir niemals.«

Tudalur lächelte. Er hatte einen Joker, von dem der Wissenschaftler natürlich nichts ahnen konnte.

»Die Wurmlöcher sind permanent stabil und enden in einem Raum unmittelbar neben dem Sitzungszimmer. Falls es Ihnen also gelingt, den Generalstab gefangen zu nehmen, könnten Sie die Generäle und Pentar durch eines der Wurmlöcher, zum Beispiel jenes, durch das man auf die Insel mit meinem Haus gelangt, entführen. Wenn gleichzeitig jemand von Ihnen in den Keller des Regierungsgebäudes eindringt und eine Bombe mit Zeitzünder hinterlegt, werden nach Auslösung der Explosion sämtliche dort befindlichen Generatoren zur Herstellung der Wurmlöcher unmittelbar nach der Entführung zerstört. Die Verbindung wird abrupt abgeschnitten.«

Der General ahmte mit dem Zeige- und Mittelfinger der Rechten eine Schere nach.

»Die Wachtruppen, die sicherlich nach der Entführung automatisch alarmiert werden, können uns auf diesem Wege dann nicht mehr verfolgen. Sie werden vermutlich die auf Seralin III stationierten Truppen anweisen, uns aufzuspüren, doch bis dahin müssten wir die Beseitigung der Konditionierungen längst durchgeführt haben. Danach stehen die Offiziere, ebenso wie ich, auf Ihrer Seite – auf der richtigen Seite.«

»Das hört sich wirklich nach einem ausgezeichneten Plan an«, sagte Elnan mit einer Mischung aus Begeisterung und Entschlossenheit. »Und Sie, General Tudalur, sollten sich jetzt wieder zusammen mit Ihrer Frau nach Hause begeben – nicht dass unser kleiner Ausflug noch irgendjemandem auffällt.«

Der General nickte zustimmend.

Silberheim gab den beiden ihre »persönlichen Agenten« zurück – zwei nanotechnologische Geräte, die, im Gehörgang platziert, ihren Trägern die Kommunikation mit dem auch im Neocapella-System gebräuchlichen Universalnetz ermöglichten, über das selbstverständlich auch ganz profan telefoniert werden konnte. »Für den Fall, dass etwas Außergewöhnliches passiert, bei dem eine Entdeckung durch Abhören eh keine Rolle mehr spielt, können wir Sie jederzeit erreichen, General.«

Tudalur wandte sich an Elnan. »Vielen Dank, dass Sie meine Frau und mich von dieser Gehirnwäsche befreit haben. Als Zeichen meiner Dankbarkeit und meiner Loyalität dem Imperator gegenüber gebe ich Ihnen den Zugangscode zum Regierungsgebäude.«

»Wie bitte? Den haben Sie bei sich?«

»Er ist auf meinem persönlichen Agenten gespeichert – ein überaus schlechtes Versteck, weshalb man dort niemals danach suchen würde. Wir verwenden noch immer die gleichen Kommunikationsprotokolle wie vor hundertfünfzig Jahren, also kann ich meinem Agenten befehlen, Verbindung zu Ihrem Laborrechner aufzunehmen und ihm den Code zu übermitteln. Zusätzlich schicke ich Ihnen hinreichende Daten über die geologische Beschaffenheit Pentalans und die Lage der Hauptstadt Pentalon sowie des Regierungspalastes.«

Der General platzierte das Miniaturgerät in seinem Gehörgang, während Silberheim die Kommunikation mit dem Rechner freigab. Eine Sekunde später kannte er den Code.

»Meinen besten Dank«, sagte Elnan, nachdem der Professor den Empfang der Daten bestätigt hatte. »Das erleichtert die Sache natürlich ungemein.«

»Für den Fall, dass Sie die Aktion abbrechen und fliehen müssen, wäre es für das Imperium von unschätzbarem Vorteil, über die neocapellanische Technologie Bescheid zu wissen«, ergänzte Tudalur. »Außerdem sind detaillierte Informationen über die Zivilisation der Neocapellaner, Einzelheiten über die Planeten und Monde des Systems, Bevölkerungszahlen, militärische Stärke und so weiter bestimmt extrem hilfreich.«

»Und all diese Informationen können Sie uns beschaffen?«

»Selbstverständlich. Pentar hat gegenüber den Mitgliedern des Generalstabs keine Geheimnisse, wenn man einmal von dem Wissen um die Natur der Blutmeister absieht. Warum sollte er uns auch Details über die neocapellanische Technologie oder über das Sonnensystem vorenthalten? Schließlich sind wir, so glaubt er, alle konditioniert und deshalb hundertprozentig loyal.«

»Haben Sie eine Erklärung dafür, warum er dann ausgerechnet die Informationen rund um die Blutmeister geheim hält?«

»Nein. Darüber weiß ich absolut nichts. Ich kann mir nur zusammenreimen, dass diese ominösen Blutmeister die Macht Pentars gefährden könnten, weshalb er vermeiden will, dass irgendetwas darüber – und sei es durch einen dummen Zufall – in aus seiner Sicht falsche Hände gerät.« Tudalur richtete seinen Blick auf den Professor. »Ich schlage vor, dass Sie mich zu meinem Heim begleiten. Mein Hausrechner hat alle Daten über unsere Technologie, Neocapella und die Yx gespeichert.«

Silberheim nickte begeistert. Für ihn war es wie Weihnachten, Geburtstag und Ostern gleichzeitig, den Einblick in eine Hochtechnologie zu erhalten, die der aldebaranischen weit voraus war.

»Ich komme mit!«, sagte Major Friedrichs. »Sonst verirrt sich der gute Professor noch auf dem Rückweg, weil er von Wurmlöchern ohne lokale Projektoren träumt.«

Silberheim quittierte die Bemerkung mit einem herablassenden »Schweig-Kretin!«-Blick. Tudalur, dessen Frau und Elnan grinsten breit. Was sich neckte, liebte sich bekanntlich.

Der Expeditionsleiter verabschiedete das Paar herzlich. General Tudalur wünschte den neuen Freunden viel Erfolg bei der geistigen Befreiung seiner Kameraden. Das Paar verließ die ORION über die immer noch geöffnete Schleusenrampe und stieg zusammen mit Silberheim und Friedrichs in den Gleiter.

Elnan hoffte auf ein baldiges Wiedersehen mit Tudalur – nach vollbrachter Tat, wenn es ihm und seinen Männern gelungen war, in die Generalstabsitzung einzudringen und deren Teilnehmer zu entführen. Würde zudem auch noch Pentar gefangen genommen und neutralisiert werden, hätte das Imperium am Ende der Aktion machtvolle Verbündete im Kampf gegen die Mohak.

So weit das Wunschdenken...

*

Die Orion hob sanft ab. Der Professor und der Major waren vor einer Stunde zurückgekehrt. Silberheim zog sich mit den neugewonnenen Daten sofort ins Labor zurück.

Langsam glitten die zerklüfteten Wände der Schlucht an dem Prototypen vorbei, der von einem Moment zum anderen unsichtbar wurde, noch bevor das obere Ende der Schlucht erreicht war. Anschließend beschleunigte der Pilot Rolf Jenkins den Raumer mit moderaten Werten, um nicht durch ein Aufglühen der Atmosphäre auf sich aufmerksam zu machen.

Ohne Schwierigkeiten erreichte das kleine, aber technisch äußerst fortschrittliche Schiff den Weltraum. Jenkins gab jetzt vollen Schub auf die vier mächtigen Vril-Triebwerke und beschleunigte mit sagenhaften zwölftausend g.

Der graubraune Gasriese Seralin zog rasch vorüber. Jenkins steuerte die Orion auf den direkten Kurs nach Pentalan.

Die Soldaten in der Ortungszentrale klebten förmlich mit ihren Augen an den Bildschirmen. Dutzende Raumschiffe unterschiedlicher Größe wurden angemessen, doch unter ihnen befand sich keiner der gefürchteten Cassadaren – eine dreihundert Meter lange, tropfenförmige Yx-Variante, die durchaus in der Lage war, die getarnte Orion zu entdecken, vorausgesetzt, das gentechnologisch geschaffene »lebende« Raumschiff wandte ihr die Front zu.

Der weitere Flug verlief ereignislos. Lediglich herkömmliche Raumer wurden geortet. Von den gefährlichen Cassadaren ortete man Gott sei Dank keine Spur. Langsam wurde der leuchtende Punkt, auf den die ORION zusteuerte, zu einer blauen Kugel, die stetig anwuchs und schon bald den gesamten Frontteil des Rundumbildschirms bedeckte.

Der Planet kreiste in etwas mehr als zwei Lichtstunden Entfernung um seine Sonne.

»Sieht aus wie die Erde«, kommentierte Jenkins.

»Was ja auch kein Wunder ist, bei einem Sauerstoffplaneten, der von weiten Ozeanen und ein paar Kontinenten bedeckt ist, Rolf«, entgegnete Elnan, der auf dem Copilotensitz saß. »Sumeran sieht ähnlich aus.«

»Wo soll ich runtergehen?«

»Im Gebirge fünfzig Kilometer nordwestlich von Pentalon. Nach Auskunft Tudalurs befinden sich dort einige Schluchten, die groß genug sind, um die ORION darin zu verstecken. – Verdammt, wir kriegen Besuch!«

Von der Oberfläche des Planeten schossen plötzlich vier dunkle Punkte zur ORION hinauf, die schnell zu Cassadaren heranwuchsen – und eine bekannte Stimme erklang aus den Lautsprechern: »Denken Sie nicht einmal daran, zu fliehen!«

Pentar!

»Falls Sie mit mehr als zehn g beschleunigen oder verzögern, wird innerhalb Ihres kleinen Schiffchens eine Vril-Bombe detonieren. So weit die schlechten Nachrichten... Die gute: Sie würden schneller verdampfen, als Ihr Nervensystem den Schmerz übertragen könnte.«

Mit einem gehässigen Lachen unterbrach der Verräter kurz seine Ausführungen.

»Ich sende Ihnen nun einen Peilstrahl, dem Sie folgen und an dessen Ursprung Sie landen werden, verstanden? Dort erwartet Sie mein Empfangskomitee.«

»Wie haben Sie uns geortet?«, funkte Elnan auf der gleichen Frequenz zurück. »Und was haben Sie mit uns vor?«

»Wir, beziehungsweise die alten Capellaner, haben das biologische Ortungsverfahren der Cassadaren technologisch nachvollzogen. Es wäre zwar zu aufwändig und zu teuer, traditionelle Raumschiffe damit auszurüsten, doch in der Umlaufbahn um Pentalan kreist ein Satellit mit einer solchen Anlage, der von meiner Leibgarde betrieben wird. Dieser geheime Satellit hat Sie bereits vor fünf Minuten geortet und Ihre Koordinaten an den Flottenstützpunkt Pentalan III weitergeleitet, auf dem sich vier Cassadaren befanden.«

Pentar legte eine kurze Pause ein. Er schien zu überlegen, ob und in welchem Umfang er die zweite Frage beantworten sollte.

»Ich beabsichtige, Sie lediglich gefangen zu nehmen und nach den gegenwärtigen Verhältnissen im Imperium zu befragen.«

»Und was passiert, nachdem Sie uns ›befragt‹ haben?« Der Spott in Elnans Stimme war nicht zu überhören.

»Den Mitgliedern Ihrer Mannschaft werde ich anbieten, sich mir anzuschließen. Sie, Elnan, erwartet allerdings ein Verfahren vor einem ordentlichen Gericht, in dem Sie sich für die Schäden verantworten müssen, die Sie auf Seralin III und vor allem *auf* beziehungsweise *in* Glutomax angerichtet haben. So, nun haben wir genug geredet. Folgen Sie dem Leitstrahl, landen Sie und verlassen Sie vollzählig das Schiff. Und noch etwas: Schalten Sie ruhig Ihre Tarnvorrichtung aus – die nutzt Ihnen eh nichts mehr.«

Pentar unterbrach die Verbindung. Jenkins blickte fragend in Elnans Richtung.

»Ich bin mir nicht sicher, ob Pentar das Beschleunigungsvermögen der ORION bekannt ist«, meldete sich Professor Silberheim von der Sitzreihe unmittelbar hinter den beiden Piloten.

»Ich habe nicht vor, mich dem Schwein zu ergeben«, ergänzte Friedrichs.

Die beiden Professoren für galaktische Geschichte, Bendalur und Arlor, machten ähnliche Äußerungen.

»Wir riskieren es!«, entschied Elnan und fuhr an Jenkins gewandt fort: »Folgen Sie zunächst dem Peilstrahl. Auf mein

Zeichen hin beschleunigen Sie mit den vollen zwölftausend g Richtung Planetenoberfläche. Dort können die Cassadaren nicht mehr auf uns feuern, wenn sie nicht verheerende Verwüstungen auf der Planetenoberfläche in Kauf nehmen wollen. Da es sich um die dicht besiedelte Zentralwelt von Pentars Reich handelt, wird der Verräter den Beschuss nicht riskieren. Wir umrunden den Planeten in geringer Höhe, so schnell wie unsere Reflektoren es zulassen. Auf der anderen Seite von Pentalan ziehen Sie dann hoch und wir verschwinden im Weltraum – na ja, wenn alles gut geht.«

Jenkins steuerte die ORION per Gedankensteuerung den Peilstrahl entlang, der als rote Linie vom Bordrechner auf dem Rundumbildschirm dargestellt wurde. Etwa dreihundert Kilometer oberhalb der Planetenoberfläche gab Elnan das Zeichen.

Die Nase des Spezialschiffs kippte nach unten. Vier energiereiche Neutrinostrahlen schossen mit Lichtgeschwindigkeit aus den Triebwerken und katapultierten die ORION auf die Planetenoberfläche zu, die rasend schnell größer wurde...

Hinter ihnen entstand eine neue Sonne im Weltraum. Die Cassadaren hatten eine oder mehrere Bomben an der Stelle materialisiert und gezündet, an der sich das Schiff vor dem Bruchteil einer Sekunde noch befunden hatte.

Bereits eineinhalb Sekunden, nachdem die Triebwerke mit Vollschub gezündet worden waren, richtete Jenkins das Schiff parallel zur Planetenoberfläche aus. Die Navigationstriebwerke reduzierten die hohe vertikale Geschwindigkeitskomponente, die durch die kurze Beschleunigungsphase erreicht worden war, bis in einer Höhe von fünfhundert Metern auf Null.

Jenkins ließ die Haupttriebwerke nur insgesamt zwei Sekunden mit Vollschub laufen. Danach reduzierte er die Leistung auf den Wert, der nötig war, die bereits erreichten knapp achthunderttausend Kilometer pro Stunde zu halten.

Wie ein grell leuchtender Komet jagte die ORION durch die Atmosphäre, einen kilometerlangen Schweif aus glühenden Gasen hinter sich herziehend. Jenkins drückte das Raumschiff ständig herunter, damit es nicht tangential zur Oberfläche in den Weltraum hinausschoss und stattdessen der Krümmung der Planetenoberfläche folgte.

Die auf dem Rundumbildschirm zu sehende unter ihnen hinweg rasende Landschaft war Erzeugnis des Bordrechners, zusammengestellt aus Radarmessungen und angereichert mit Farben, die der Wirklichkeit nach Meinung des Rechners möglichst nahe kamen. Eine direkte Sicht war durch die sonnenheiß glühenden Luftschichten unmöglich. Ohne ihre Reflektorfelder, die mit über fünfzig Prozent belastet wurden, hätte sich die ORION innerhalb eines Sekundenbruchteils in einen Klumpen geschmolzenen Metalls verwandelt, der sofort zu einem glühenden Funkenregen zerstäubt worden wäre.

Hinter dem rasenden Raumschiff wurde durch das entstandene Vakuum das Oberflächenmaterial in die Höhe gerissen. Grauenhafte Stürme entstanden entlang der Flugbahn der ORION. Eine zwei Kilometer breite Schneise der Verwüstung zog sich wie eine hässliche Narbe über den Planeten.

Nach neunzig Sekunden Flug war die gegenüberliegende Seite erreicht. Elnan hatte die ganze Zeit über den Ortungsschirm im Auge behalten. Er ortete ein halbes Dutzend Flugkörper im Weltraum, die mehr als fünfzig Meter maßen. Drei davon hatten die Größe von Cassadaren – doch ob es sich auch um welche handelte, darüber gab die Radarortung keine Auskunft.

»Hochziehen!«, befahl der Thule-Chef.

Jenkins richtete die Nase der ORION senkrecht nach oben. Die Vibrationen im Schiff steigerten sich ins Unermessliche. Elnan glaubte schon, es würde auseinanderbrechen. Aber eine Sekunde später befanden sie sich im Weltraum. Der Planet fiel immer schneller hinter ihnen zurück.

Jenkins gab erneut Vollschub und ließ das Raumschiff mithilfe der Navigationstriebwerke einen Zickzackkurs fliegen. Mehrere Glutbälle entstanden in der Nähe, denen er geschickt auswich.

»Cassadaren«, bemerkte Silberheim, eine sachliche Feststellung ohne jede Gefühlsregung in der Stimme.

Auf dem Ortungsschirm waren drei Flugkörper zu sehen, die der Orion folgten, aber immer weiter zurückblieben. Die Cassadaren konnten mit maximal sechstausend g beschleunigen – ein phantastischer Wert für »Schiffe« dieser Größe –, doch um dem Experimentalschiff Elnans folgen zu können, wäre ein doppelt so hohes Beschleunigungsvermögen notwendig gewesen.

»Wir schaffen es!«, meinte Friedrichs, wobei er über Elnans Schulter hinweg auf den Ortungsschirm blickte.

In diesem Moment explodierte unmittelbar vor ihnen der Weltraum. Die Orion schoss direkt in die mehrere Millionen Grad heiße Plasmawolke, die eine nur wenige Kilometer vor dem Schiff materialisierte Vril-Bombe erzeugt hatte.

Die Reflektoren wurden eine Sekunde lang mit zweihundert Prozent belastet, dann brachen sie zusammen. Ein kräftiger Ruck ging durch das Schiff, als die Reflektorgeneratoren aus den Verankerungen gerissen wurden.

Doch die schnell expandierende Plasmawolke kühlte sich ebenso schnell ab. Sie wirkte mit nur noch etwas mehr als fünftausend Grad auf die Schiffshülle ein. Die unsichtbar machenden Metamaterialien wurden zuerst abgeschmolzen. Anschließend verlor die Orion einige Millimeter des Unitall-Stahls ihrer Wandung. Letztlich schoss das nun nicht mehr silbrig glänzende, sondern jetzt pechschwarze Schiff aus der Plasmawolke heraus.

»Puh, ich dachte schon, unser letztes Stündlein hätte geschlagen!«, bemerkte Friedrichs.

»Ja, es sieht wohl so aus, als müsste ich mir Ihre hochintelligenten Bemerkungen noch länger anhören«, entgegnete Silberheim voller Ironie – und Erleichterung.

»Müssen Sie nicht, schlucken Sie Zyankali«, konterte der Major.

Elnan lächelte. Die beiden Männer verarbeiteten durch ihr Wortgefecht, dass sie um Haaresbreite dem Tod entronnen waren. Jedem das Seine.

Hinter dem Schiff ließen die Cassadaren ein paar weitere künstliche Sonnen entstehen, aber es war offensichtlich, dass sich die ORION aus der Reichweite herausbewegte, innerhalb derer die organischen Raumschiffe ihre Bomben materialisieren lassen konnten.

»Ziemlich genau dreihunderttausend Kilometer«, stellte der Professor fest.

»Was ist damit?«, erkundigte sich der Major ratlos.

»Die Reichweite für die Baryogenese durch Fouriersynthese der Neutrinostrahlung der Cassadaren.«

»Bedeutet?«

»Die Cassadaren senden gerichtete Neutrinostrahlung aus, die am Zielort derart superponiert wird, dass dieser Vorgang die Baryogenese auslöst. Auf diese Weise entstehen Atome, aus denen wiederum die Vril-Bomben bestehen.«

»Wenn Sie mir nicht sofort sagen, was Ihr dämliches Kauderwelsch zu bedeuten hat, verabreiche ich Ihnen eine Tracht Prügel!«

»Die Cassadaren können nur höchstens dreihunderttausend Kilometer weit ballern. Jetzt kapiert, Sie ungebildeter rückständiger Primat?«

»Geht doch! Warum nicht gleich so?« Der Gesichtsausdruck Friedrichs' hätte zufriedener nicht sein können.

Elnan räusperte sich, was die beiden Kontrahenten daran hinderte, ihre Streitereien fortzuführen.

»Wir sind noch mal entwischt. Doch tarnen können wir uns nicht mehr – was uns zwar nicht gegen eine Entdeckung durch Cassadaren geschützt hat, aber ganz nützlich wäre, um ungesehen auf einem Planeten zu landen. Unseren ursprünglichen Plan, die Generäle zu entführen und ihre Konditionierungen zu beseitigen, müssen wir vorerst aufgeben. Hat jemand Vorschläge bezüglich unserer weiteren Vorgehensweise?«

»Die Reflektoren sind zum Teufel«, sagte Jenkins mit ruhiger Stimme. »Unsere Triebwerke sind jedoch unbeschädigt. Wir können es also zurück ins Sol-System schaffen.«

»Tudalur hat uns mit wertvollen Informationen versorgt«, sagte Silberheim. »Wir wissen nun ziemlich genau, über wie viele Schiffe welchen Typs Pentars Flotte verfügt, wir wissen zudem, welche Himmelskörper des Neocapella-Systems bewohnt sind und was dort hergestellt wird, und wir kennen die Bevölkerungszahl von Pentars Reich, ja, wir wissen sogar von seinen Absichten, die Flotte der kürzlich von ihm besiegten Onstrakar unter sein Kommando zu stellen. All diese Informationen müssen auf dem schnellsten Wege Unaldor erreichen, damit er den Imperator kontaktiert und ihm von der Gefahr durch den Verräter Pentar berichtet.«

»Woher wissen Sie das über die Onstrakar?«, fragte Elnan verblüfft.

»Ich habe einen Teil des Fluges von Seralin III nach Pentalan dazu genutzt, die Daten Tudalurs zu sichten. Bei den Onstrakar handelt es sich um Methanatmer mit zwei Beinen und drei Paar Armen. Sie gehen aufrecht und sind an eine Schwere von drei Gravos gewohnt. Bis vor wenigen Wochen beherrschten Sie dreihundertdreiundfünfzig Sonnensysteme hier in unmittelbarer Nähe von Neocapella. Nun sind sie Pentars Untergebene und ihre Schiffe werden demnächst in seine Flotte integriert, so wie die Streitkräfte aller zukünftig unterworfenen Völker in die Flotte des Verräters eingegliedert werden sollen.«

»Welche ›zukünftig unterworfenen‹ Völker?«

»Pentar will genau das tun, was er Ihnen, Elnan, bei Ihrem Funkgespräch im Zentrum von Glutomax angekündigt hat: Er plant allen Ernstes, die gesamte Galaxis zu erobern, um alle Intelligenzen unter seinem Banner zu vereinen.«

»Der tickt doch nicht mehr ganz richtig!«, sagte Friedrichs kopfschüttelnd. »Ihn größenwahnsinnig zu nennen wäre noch geschmeichelt – für Pentar müsste man ein neues Wort erfinden.«

»Wir können hier im Neocapella-System mit unserer beschädigten Orion nicht mehr viel ausrichten«, stellte der Thule-Chef fest. »Brechen wir auf nach Sol, um Unaldor zu informieren.«

»Ganz meine Meinung«, pflichtete ihm Silberheim bei. »Möglicherweise plant Pentar mit seinen insgesamt siebenundzwanzig Cassadaren, seiner herkömmlichen Flotte aus Schiffen nach aldebaranischem Vorbild und der Flotte der Methanatmer, das Imperium anzugreifen. Deshalb muss Sargon schleunigst darüber informiert werden, dass der Verräter immer noch sein Unwesen treibt und über welche ungeheure Macht er inzwischen verfügt.«

»Und haben Sie auch eine Idee, wie wir schnell wieder nach Hause kommen?«, fragte Elnan. »Wenn wir dieses riesige System bis zum kosmischen String durchqueren, sind wir wochenlang unterwegs. Außerdem hat die herkömmliche neocapellanische Flotte ihre Stützpunkte auf den äußeren Welten, die würden uns erbarmungslos jagen, sobald wir in deren Nähe aufkreuzen.«

Silberheim runzelte die Stirn. »Wahrscheinlich werden nicht alle Gasplaneten mit ihren zahlreichen Monden und nicht alle Zuchtplaneten von Cassadaren bewacht. Pentar verfügt noch nicht einmal über dreißig dieser seltsamen Schiffe. Und die nach aldebaranischem Vorbild erbaute Flotte befindet sich, wie Sie ganz richtig bemerkten, auf Stützpunkten auf den äußeren Planeten des Systems. Wir konzentrieren uns ausschließlich auf die Planeten in der Lebenszone, von denen jeder über ein PÜRaZeT verfügt, das direkt zum kosmischen String führt.«

»Wenn wir uns einem PÜRaZeT nähern, wird es sicherlich abgeschaltet«, warf Jenkins ein.

»Nicht, wenn wir uns mit einem Zehntel LG[24] nähern. Dann sind wir durch, bevor sich die Soldaten Pentars entschließen, das Wurmloch abzuschalten – das ist nämlich eine Entscheidung, die ein einfacher Soldat nicht treffen darf; immerhin kann es Wochen dauern, bis das PÜRaZeT nach dem Abschalten wieder aufgebaut ist. Folglich muss er wie jeder untere Charge erst bei höherer Stelle nachfragen, was wiederum länger dauert, als wir brauchen, um das Wurmloch zu durchqueren.«

---

24 Lichtgeschwindigkeit.

»Könnte tatsächlich funktionieren. Wir versuchen es«, entschied Elnan.

*

Tudalur betrat den Konferenzraum mit gemischten Gefühlen. Einerseits empfand er immer noch Stolz vor der großartigen Leistung, die die vor einhundertvierundvierzig Jahren im Neocapella-System eingetroffenen Frauen und Männer vollbracht hatten. Die Hochtechnologie der alten Capellaner war reaktiviert worden und das Zuchtprogramm der Yx erneut angelaufen. Fünfundzwanzig Monde mit Sauerstoffatmosphäre hatte man besiedelt. Hinzu kamen fünf Planeten, zu denen die Zentralwelt Pentalan gehörte. Die Bevölkerung des kleinen Reiches betrug immerhin bereits zwei Milliarden, was ohne den massiven Einsatz künstlicher Gebärmütter unmöglich gewesen wäre.

Hinzu kamen vier Milliarden Neocapellaner – kleine, degenerierte Wesen, die psychisch vollkommen instabil und somit lebensuntauglich waren. Ohne ihre vollautomatische Industrie und ihr Heer von Robotern, die sie versorgten, wären die Zwerge mit den riesigen ovalen Köpfen und den eigroßen dunklen Augen längst ausgestorben. Nach den Erkenntnissen der Wissenschaftler waren die Neocapellaner durch die hohe Mutationsrate der alten Capellaner entstanden, die durch die harte Strahlung des gigantischen schwarzen Lochs im Zentrum der Galaxis hervorgerufen worden war.

Pentars konventionelle Flotte bestand aus zweiunddreißig Superschlachtschiffverbänden, konnte sich also mit der imperialen Flotte messen, von der der General nun wusste, dass sie noch existierte. Die Kampfkraft der konventionellen Schiffe war allerdings nichts im Vergleich zu den siebenundzwanzig Cassadaren. Zwölf von ihnen hatten ausgereicht, um innerhalb von Sekunden die Schlacht um Onstrak für Neocapella zu entscheiden.

Tudalurs Stolz über diese Errungenschaften wurde von der Gewissheit überschattet, einem gewissenlosen Verräter zu dienen, der nicht einmal davor zurückschreckte, seine engsten Mitarbeiter zu konditionieren – ein Verbrechen gegen die ureigenste aller Freiheiten: die Willensfreiheit.

Einunddreißig Generäle hatten am ovalen Besprechungstisch auf dem Dach des Regierungspalastes Platz genommen. Tudalur gesellte sich als zweiunddreißigster hinzu. Man hatte den Eindruck, in fünf Kilometern Höhe unter freiem Himmel zu sitzen, doch dies war eine Täuschung. Ein unsichtbarer Reflektorschirm spannte sich über die Dachterrasse und schützte die Offiziere und die nach dem Vorbild der imperialen Gärten angelegte Pflanzenpracht gegen die in dieser Höhe bereits empfindliche Kälte.

Nach allen Seiten erstreckte sich die in dieser Region flache Landschaft des größten Kontinents Pentalans. Obwohl aus fünf Kilometern Höhe kaum Einzelheiten zu erkennen waren, wirkte alles wie ein geplanter Park, aus dem in größeren Abständen maximal dreigeschossige Bauten in neoklassischem Stil herausragten. Hätte man sich bis zum Rand der Plattform begeben und hinabgeblickt, so hätte man die unmittelbar um den Regierungspalast herum gruppierten, ebenfalls im neoklassischen Stil erbauten bis zu drei Kilometer hohen Wolkenkratzer gesehen, die die Ministerien und Ämter des neocapellanischen Reiches beherbergten.

Das Gemurmel der Generäle verstummte. Pentar betrat in Begleitung von vier Leibgardisten über einen sich durch die bunten Pflanzen schlängelnden Weg den mit einem marmorähnlichen Kunststoff ausgelegten, nur einhundert Quadratmeter großen Platz, auf dem der Besprechungstisch aufgestellt worden war. Die zweiunddreißig höchsten Offiziere erhoben sich und schlugen die Absätze zusammen. Dabei legten sie ihre rechte Faust aufs Herz.

Alle Anwesenden trugen graue Uniformen mit roten Pentagrammen auf den Schulterklappen, schwarze Stiefel und Schirmmützen, die in der Stirnmitte ebenfalls von einem roten Pentagramm geziert wurden.

Pentar hatte auf eine Schirmmütze verzichtet und sich stattdessen einen schwarzen Umhang über die Schultern gelegt, der vorn von einer goldenen Kette gehalten wurde. Mit nur einem Meter und fünfundsechzig Zentimetern Körpergröße wirkte er vor den salutierenden hochgewachsenen Generälen etwas verloren. Sein blonder schütterer Haarkranz trug ebenfalls zu seiner wenig Respekt einflößenden Erscheinung bei. Doch seine scharfe Stimme und der fast hypnotische Blick seiner hellblauen Augen verliehen ihm ein außergewöhnliches Charisma.

»Setzen Sie sich, meine Herren.« Seine Worte klangen wie immer klar, ein wenig abgehackt, fast brutal. »Ich habe diese außerordentliche Sitzung des Oberkommandos einberufen, weil das Auftauchen des fremden Raumschiffs, das die Mutter von Glutomax vernichtete, Verwüstungen auf Seralin III anrichtete und mit ungeheurer Rücksichtslosigkeit über unsere Zentralwelt hinwegfegte, unser Handeln erfordert. Mir ist die Herkunft des Schiffs bekannt und ich kenne seinen Kommandanten.«

Pentar ließ seine Worte kurz wirken. Er war stehen geblieben und schaute mit eisigem Blick auf die am Tisch sitzenden Generäle herab. Genüsslich ergötzte er sich an der Verwunderung in ihren Augen, denn keiner von ihnen, von Tudalur einmal abgesehen, hatte damit gerechnet, dass der Präsident mehr wusste als sie selbst.

»Der Kommandant des Schiffes ist ein gewisser Elnan, mit dem ich vor einhundertvierundvierzig Jahren, also zu einer Zeit, als das Imperium noch existierte, zusammengearbeitet habe, zwecks Auswertung der Daten, die wir nach der Entdeckung der Überreste des Ersten Imperiums auf Tangalon erhalten hatten. Dank einer Liste der vor mehr als zehntausend Jahren durch Aldebaran besiedelten Systeme und der Welten der capellanischen Auswanderer fanden wir alle schließlich unsere neue Heimat.

Wir schickten Sonden in die Systeme der alten Aldebaraner und ermittelten, dass selbige durch den damaligen Krieg gegen die Yx vollkommen entvölkert worden waren. Keine Ausnahme ohne Regel: Auf dem dritten, ›Lemur[25]‹ genannten Planeten einer kleinen gelben Sonne hatten die Nachfahren unserer Ahnen überlebt, waren aber leider in ein vorindustrielles Zeitalter zurückgefallen.«

Der Präsident des Neocapellanischen Reiches machte eine kurze Pause. Die Geschichte um Lemur war den Generälen natürlich bekannt; gespannt warteten sie auf den Zusammenhang mit dem unvermittelt aufgetauchten Raumschiff und dessen mysteriösen Kommandanten. Lediglich Pentars engste Vertraute Behandur, Hilaran und Tudalur waren bereits vor zwei Tagen ausgiebig informiert worden.

»Kurz bevor die imperiale Flotte in der verhängnisvollen Schlacht um Maulack von den Mohak vernichtend geschlagen wurde, sandte ich eine Expedition unter dem Kommando von Unaldor nach Lemur. Unter den Teilnehmern befand sich Elnan. Offensichtlich leisteten die Teilnehmer der Expedition um Unaldor in den nachfolgenden vierzehn Jahrzehnten auf Lemur Ähnliches wie wir hier: Sie schufen eine raumfahrende Zivilisation – die nun rücksichtslos nach Expansion strebt. Vor der Vernichtung der Mutter von Glutomax führte ich ein Videophonat mit Elnan. Während unseres Gesprächs gab der Schurke unumwunden zu, ein Erkundungskommando zu befehligen, ausgesandt von Unaldor. Die Siedlungssysteme der alten Capellaner werden von den Neulemuren als lohnende Ziele für eine Eroberung ins Auge gefasst.«

Der Meister im Erfinden von Lügengeschichten, denen er immer eine Portion Wahrheit beimischte, verzog seine schmalen Lippen zu einem breiten Grinsen.

»Ich werde mit Sicherheit nicht warten, bis Unaldor hier mit einer Flotte auftaucht, um uns zu unterwerfen und sich an den Früchten unserer Arbeit zu bereichern. Deshalb brechen wir mit zwanzig Cassadaren, drei Vierteln unserer Flotte und der Flotte

---

25 Der Name der alten Aldebaraner für Terra.

der Onstrakar nach Lemur auf, um Unaldor zu entmachten und seine Diktatur durch eine demokratisch legitimierte Regierung zu ersetzen. Diese Maßnahme dient vor allem unserem Selbstschutz.«

Die Generäle erhoben sich und spendeten ihrem Präsidenten Applaus. Tudalur beteiligte sich daran, um nicht aufzufallen.

»Ich selbst werde die zwanzig Cassadaren befehligen und einen davon, wie bei der Schlacht um Onstrak, persönlich fliegen. Sie, meine Herren, begeben sich nun zu Ihren Schlachtschiffverbänden. Wir treffen uns an unserem Sammelpunkt am Stringknoten Gamma 38/67, wohin ich auch die Onstrakar beordern werde. Von dort aus werden wir über einen am Rande des Spiralarms verlaufenden String nach Lemur aufbrechen, wobei wir es natürlich vermeiden, das Reich der Mohak zu durchqueren. Die Echsen sollen vorerst noch nicht von unserer Existenz erfahren. Sie sind an der Reihe, sobald wir die von Lemur ausgehende Bedrohung gebannt haben.«

*

Das über dem Nordpol des Gasplaneten Seralin schwebende künstliche Wurmloch wurde auf dem Rundumbildschirm des Cockpits der Orion als leuchtender Punkt dargestellt.

Der Gasplanet kam rasend schnell näher. Seine von dunklen Schlieren durchzogene graubraune Oberfläche wirkte blaugrün – eine Folge des durch die hohe Geschwindigkeit hervorgerufenen Doppler-Effekts.

»Na, dann hoffen wir mal, dass Sie das PÜRaZeT bei dieser Wahnsinnsgeschwindigkeit auch treffen«, sagte Major Friedrichs zu dem vor ihm sitzenden Jenkins, der das Raumschiff per Gedankensteuerung lenkte.

Der Angesprochene gab keine Antwort. Er beobachtete mit konzentrierter Bewegungslosigkeit den Ortungsbildschirm. Vorsicht war die Mutter der Porzellankiste. Selbst das Flakfeuer eines leichten Zerstörers hätte der ihrer Reflektorschirme beraubten ORION gefährlich werden können. Zum Glück war nichts dergleichen zu erkennen.

Statt des Piloten antwortete Elnan dem Major: »Das hiesige PÜRaZeT ist für den gleichzeitigen Durchgang ganzer Flottenverbände gebaut worden. Es hat einen Radius von zwanzig Kilometern, weshalb wir es nicht verfehlen können.«

Die Gravitationsortung maß nach wie vor die Streustrahlung des künstlichen Wurmlochs an, das ohne lokale Projektoren auskam. Diese Gravitationswellen waren der sichere Beweis dafür, dass das PÜRaZeT noch nicht abgeschaltet worden war, obwohl sich die ORION mittlerweile im Ortungsbereich der auf den Monden des Gasplaneten existierenden militärischen Einrichtungen befand.

Der blaugrüne Riesenplanet blähte sich optisch zu einem leuchtenden Ball auf, der wenige Sekunden später die gesamte Front des Rundumbildschirms ausfüllte. Nach einer weiteren Sekunde hatte sich der gekrümmte Horizont fast zu einer Geraden gebogen und der helle Punkt, der das eigentlich unsichtbare Wurmloch symbolisierte, schwoll zu einem leuchtenden Flecken an.

Im nächsten Moment waren der Gasplanet und der über ihm schwebende Fleck verschwunden. Lediglich die in der Nähe des galaktischen Zentrums extrem dicht stehenden Sterne waren noch auf allen Seiten des Rundumbildschirms zu sehen. Zwischen ihnen spannte sich ein goldenes Band. Es handelte sich um eine Kreation des Bordrechners und zeigte den nahen kosmischen String, der, wie das zuvor als heller Fleck dargestellte künstliche Wurmloch, eigentlich unsichtbar war.

»Wir sind durch!«, kommentierte Silberheim.

»Ja, wir haben es geschafft«, stimmte Elnan zu, während Jenkins die ORION auf das goldene Band einschwenken ließ.

Je näher sie dem kosmischen String kamen, umso schneller rasten die Sterne an ihnen vorbei. Die Ursache für diesen Effekt war die lokale Lichtgeschwindigkeit, die in unmittelbarer Nähe des Strings das Milliardenfache der Lichtgeschwindigkeit im flachen Raum betrug. So wurden aus den dreißigtausend Kilometern pro Sekunde durch die Annäherung an den String dreißig Billionen Kilometer in der Sekunde, was nach wie vor zehn Prozent der Lichtgeschwindigkeit entsprach.

Jenkins wechselte über Stringknoten dreimal die Richtung, bis sie nach insgesamt knapp dreistündigem Flug das solare System erreichten. Die ORION löste sich vom kosmischen String, der weit jenseits der Plutobahn verlief, und näherte sich den vier PÜRaZeTs, von denen je eins zu Saturn, Jupiter, Mars und Erde führte.

Elnan, der nun die Steuerung übernommen hatte, wählte den Mars. Noch bevor er das Schiff in das aus sechs Würfeln bestehende Gebilde eintauchen ließ, reduzierte er die Geschwindigkeit auf wenige tausend Kilometer in der Stunde. Ein Teil der Oberfläche des roten Planeten wurde im unteren Bereich des durch die Würfel gebildeten Sechsecks sichtbar. Dann passierte die ORION das künstliche Wurmloch und der gesamte Planet füllte von einer Sekunde auf die andere den Rundumbildschirm unter ihren Füßen aus.

»Mein Gott, was ist denn hier los?«, entfuhr es Elnan beim Anblick des gewaltigen Flottenaufgebotes.

Eine schwer abzuschätzende Zahl von Pulks aus Raumschiffen aller Größen schwebte über dem Planeten. Es mussten Hunderte von Kampfraumern sein, die sich hier eingefunden hatten.

Elnan ließ per Gedankensteuerung die Funkerkennung der ORION aktivieren. Es vergingen zwei Minuten, in denen die Besatzung des Cockpits darüber rätselte, woher diese ungeheure Zahl von Schiffen kam und was dieser gigantische Aufmarsch zu bedeuten hatte. Eine Anfrage für eine Videoverbindung kam herein. Der Thule-Präsident nahm an. Auf dem Kommunikationsbildschirm wurde der Oberkörper eines Mannes sichtbar, den Elnan nur aus Aufzeichnungen kannte...

Ihm war, als träfe ihn der Schlag. Seine Hände zitterten leicht und er schwitzte. Seine Gedanken überschlugen sich. Ungeheures musste in den Wochen seiner Abwesenheit geschehen sein.

Der Mann auf dem Kommunikationsbildschirm sprach zu ihm mit ruhiger Stimme.

# Kapitel 5: Die Schlacht um Sol

»Wir messen starke Energieausbrüche am Südpol Terras an«, meldete Stabsoffizier Richardson. Fast gleichzeitig legte der Kommuniationsoffizier eine eingehende Verbindung auf den Hauptbildschirm der ROMMEL.

Überlebensgroß wurde der Oberkörper von Oberst Fukuyaki sichtbar. Unaldor eilte in den Aufnahmebereich der Kamera, um für den Japaner ebenfalls sichtbar zu sein.

»Wir werden von zwei Schlachtschiffen der Echsen angegriffen«, meldete der Kommandierende des Antarktis-Stützpunktes. »Irgendwie haben die Mohak von unserer Festung im ewigen Eis erfahren.«

Ein tiefes Grollen untermalte die Worte Fukuyakis. Die damit einhergehenden Erschütterungen waren auf dem Bildschirm deutlich sichtbar.

»Unsere Reflektoren sind bislang zu fünfundvierzig Prozent belastet. Doch es sind weitere Raumer der Echsen im Anflug, die das Feuer der beiden Schlachtschiffe ergänzen werden. Lange werden unsere Reflektoren das nicht mehr aushalten.«

Unaldors Kehle trocknete aus. Er befand sich mit seiner Flotte immer noch im Orbit des Mars und wartete auf die Ankunft des Imperators. Selbst wenn die Stärke seiner Flotte ausgereicht hätte – was nicht der Fall war –, um die Mohak von Terra zu vertreiben, so wäre er auf jeden Fall zu spät gekommen. Es gab einfach nichts, was er zur Unterstützung des Japaners und der dreitausendköpfigen Besatzung des Stützpunktes tun konnte. Die Hilflosigkeit machte dem solaren Gouverneur schwer zu schaffen.

»Ich habe Befehl gegeben, das Feuer eröffnen zu lassen«, fuhr Fukuyaki fort. »Wir sind ja ohnehin entdeckt worden. Vielleicht können wir den Echsen wenigstens einen Preis für ihren Angriff abverlangen.«

Erneut wurde der Raum, in dem sich der Oberst aufhielt, schwer erschüttert. Er musste sich an einem Pult festhalten, um auf den Beinen zu bleiben. Für kurze Zeit wurde der Hauptbildschirm der ROMMEL schwarz.

»Wurmlochverbindung ausgefallen«, kommentierte Richardson.

Es handelte sich um eins der vielen nur wenige Nanometer durchmessenden Wurmlöcher, die zwischen der Erde und dem Mars errichtet worden waren, um die Entfernung für die Lichtimpulse, die zur Kommunikation verwendet wurden, auf praktisch Null zu reduzieren. Diese mikroskopisch kleinen Wurmlöcher kamen im Gegensatz zu den PÜRaZeTs ohne lokale Projektoren aus.

Wenige Sekunden später war die Verbindung wieder stabil und zeigte erneut den Japaner.

»...ff abgeschossen«, sagte er gerade.

»Bitte wiederholen! Wir hatten einen Verbindungsausfall«, entgegnete Unaldor.

»Wir haben eins der Schlachtschiffe vernichtet. Mindestens fünfzig weitere Raumer nehmen uns jetzt unter Beschuss. Reflektoren bei einhundertzwanzig Prozent.«

Unaldor entgegnete nichts. Er wusste, dass der Kamerad nur noch wenige Sekunden zu leben hatte. Die beiden Soldaten schlugen die Hacken zusammen und legten die rechten Fäuste auf ihre Herzen. Dann wurde der Bildschirm erneut schwarz. Dieses Mal kam keine Verbindung mehr zustande...

Unaldor wandte sich ab und blickte in die betroffenen Gesichter der in der Zentrale Anwesenden. Niemand rührte sich oder sagte etwas. Man hätte eine Stecknadel fallen hören können.

Schließlich ergriff der solare Gouverneur und Raummarschall der Flotte das Wort. Seine tiefe Stimme klang brüchig.

»Und wieder sind dreitausend Kameraden in diesem verfluchten Krieg gefallen. Ich weiß nicht, wie viele von uns noch sterben werden, damit unser Volk leben kann. Ich weiß jedoch, dass das

Opfer all unserer Soldaten nicht umsonst gewesen sein wird. Wir werden die Reptiloiden ausrotten. Nichts wird sie vor unserer Rache bewahren und niemand wird verhindern, dass wir diesen Krieg ein für allemal beenden – für unser Recht, zu leben!«

Wie hätte der zwei Meter und zwanzig große blonde Hüne auch ahnen können, dass es sehr wohl jemanden gab, der dem Imperium einen Strich durch die Rechnung machen konnte?

*

Seit wenigen Minuten fielen keine Bomben mehr auf New York. Die ständigen Erschütterungen des Bunkers hatten aufgehört. Thomson kämpfte sich mit einem Taschentuch vor dem Mund durch den in der Luft liegenden dichten Staub und versuchte, im diffusen Lichtschein einen seiner Leibwächter auszumachen.

»Wo seid ihr?«

»Hier, Sir!«

Der Bankier wandte sich nach rechts, wo er die Quelle der Antwort ausgemacht hatte. Nach wenigen Schritten erkannte er eine schemenhafte Gestalt, die unter dem Besprechungstisch hervorkroch.

»Schulz? Sind Sie das?«

»Jawohl, Sir! Und Curtis ist ebenfalls bei mir.«

»Wo sind die anderen?«

»Unter dem Betonklotz da hinten – ist aus der Decke gebrochen und hat den Tisch plattgemacht, unter dem die Kollegen Schutz gesucht hatten«, sagte Curtis, der sich nun ebenfalls aufrichtete.

Thomson nahm die Meldung unbewegt zur Kenntnis. Er befand, dass der Tod der Männer in der jetzigen Situation kein großer Verlust für ihn war.

»Sie, Schulz, begeben sich zum Kontrollraum und schalten die Lüftung auf Maximum, damit sich der Staub möglichst schnell verzieht. Und Sie, Curtis, kontrollieren, ob wir besser aus dem Ausgang oder dem Notausgang herauskommen. Ich werde derweil versuchen, mich erneut mit General Perkins in Verbindung zu setzen, damit wir über die Lage draußen Bescheid wissen. Ihr findet mich in der Kommunikationszentrale.«

Die beiden Leibwächter verschwanden im gelblich leuchtenden Dunst. Thomson ging zurück zu den Pulten mit den Bildschirmen. Die meisten zeigten nur ein Rauschen, was darauf schließen ließ, dass der Fernsehempfang des Bunkers nicht mehr funktionierte oder – erheblich wahrscheinlicher – dass die Sender nicht mehr existierten.

Nur der Bildschirm für die Videoverbindung zum Oberkommando zeigte noch immer die tief in den Rocky Mountains gelegene Kommandozentrale. Uniformierte waren zu sehen, die Betonbrocken und Möbel zur Seite räumten, um darunter eingeklemmte Frauen und Männer zu befreien. Erst jetzt fiel dem Bankier auf, dass er zwar ein Bild hatte, aber der Ton fehlte.

Er kletterte auf das Pult, blickte hinter den Bildschirm und quetschte einen Arm zwischen Gerät und Wand. Mit Zeige- und Mittelfinger bekam er den Stecker für die digitale Video- und Audio-Übertragung zu fassen. Thomson schob den Stecker ein Stück tiefer in die Buchse. Plötzlich und erwartet ertönte Stimmengewirr aus den Lautsprechern des Geräts.

Der Bankier kletterte vom Pult herunter, baute sich vor dem Mikrophon auf und rief: »Thomson hier! Kann mich jemand hören?«

Die Köpfe der Soldaten in der Zentrale ruckten hoch und blickten zur Aufnahmekamera, die sich unmittelbar neben dem Bildschirm befand, der Thomsons Oberkörper zeigte. Wenige Sekunden später trat General Perkins in den Aufnahmebereich. Er trug einen Verband um die Stirn, der schon ziemlich durchgeblutet war.

»Thomson! Sie leben noch.«

»Ist mir auch schon aufgefallen. Haben Sie noch Verbindung nach draußen?«

»Ja! Die Mohak haben sich nicht die Mühe gemacht, unsere Satelliten abzuschießen.« Die Stimme des Generals klang rau und brüchig. »Momentan stehen wir in Kontakt zu mehreren

U-Booten und drei Flugzeugen, die den Druckwellen durch unglaubliches Glück entgangen sind.«

»Wie sieht's sonst draußen aus?«

»Die Mohak haben den gesamten Planeten flächendeckend mit ihren Granaten beschossen – mit Sprengsätzen, die stärker sind als unsere Wasserstoffbomben.«

»Hm, wahrscheinlich eine ähnliche Technologie wie die Vril-Technologie der Aldebaraner«, überlegte Thomson laut.

»Jedenfalls steht oben kein Stein mehr auf dem anderen. Wenn überhaupt, haben auf der ganzen Erde nur wenige Millionen Menschen den Angriff der Echsen überlebt.

Unser Militär existiert, abgesehen von den paar U-Booten und den drei Flugzeugen, praktisch überhaupt nicht mehr. Keine unserer Luftwaffenbasen meldet sich. Lediglich einige der über den Planeten verstreuten Bunkeranlagen können wir via Satellit erreichen.«

Thomson wurde schlecht. Die Menschheit war fast gänzlich ausgelöscht worden.

»Nachdem die Mohak sämtliche Kontinente flächendeckend mit Granatenhageln eingedeckt hatten«, berichtete der General weiter, »nahm ihre Flotte Kurs auf die Antarktis. Dort haben sie dann den Stützpunkt der Dritten Macht beschossen. Bevor Sie mich danach fragen: Ich habe nicht die geringste Ahnung, woher die Echsen von dem Stützpunkt wussten. Jedenfalls schossen sie aus allen Rohren, wobei das ewige Eis über weite Strecken verdampfte. Riesige Flächen brachen ab und stürzten in den Ozean, wie wir mittels Infrarotbeobachtung feststellten. Durch die gewaltige Wasserverdrängung entstand ein Tsunami biblischen Ausmaßes, überspülte die Südküsten Australiens, Afrikas und Südamerikas und dringt nun mit achthundert Kilometern pro Stunde weiter landeinwärts vor.«

»Wird uns das Wasser hier erreichen?«

»Mein lieber Thomson« – eine Anrede, die sich der General unter normalen Umständen niemals erlaubt hätte –, »die wenigen Wissenschaftler, die wir hier im Bunkersystem haben, können mit den weitgehend zerstörten Computersystemen keine verlässliche Prognose erstellen. Sie schätzen grob, dass auf der Nordhalbkugel keine Flächen überschwemmt werden, die höher als einhundert Meter über Meeresniveau liegen. Demnach wird es uns in den Rockies[26] aller Wahrscheinlichkeit nach nicht treffen – während Sie mit ziemlicher Sicherheit bald nasse Füße bekommen, falls Sie nicht schleunigst aus New York verschwinden.«

»Und wie, verdammte Scheiße, komme ich von hier weg? Selbst wenn nicht alle Ausgänge vollkommen verschüttet sind, dürfte draußen kaum ein funktionsfähiges Fahrzeug aufzutreiben sein. Wie viel Zeit bleibt mir noch?«

»Schätzungsweise fünf bis sechs Stunden.«

»Schicken Sie mir schleunigst einen Helikopter!«

»Noch mal: An der Oberfläche ist alles zerstört. Wir haben drei Flugzeuge, ein paar U-Boote sowie ein paar tief im Boden gelegene Bunker in Amerika, Europa, Israel und Japan. Fällt Ihnen etwas auf? Richtig: In dieser Aufzählung war kein Helikopter mit dabei.«

Thomsons hilflose Lage schien Perkins regelrecht zu amüsieren.

»Sie müssen etwas unternehmen, General Perkins!«, verlangte Thomson, wobei er mehr Angst zeigte, als er eigentlich wollte. »Holen Sie mich hier raus!«

Der General starrte schulterzuckend in die Aufnahmekamera. Wütend unterbrach Thomson die Verbindung.

Der Staub lichtete sich merklich. Offensichtlich war es Schulz gelungen, die Lüftung aufzudrehen.

»Curtis! Hören Sie mich?«

»Ja, Sir!«, kam es schwach zurück. »Kommen Sie zum Notausgang.«

Thomson eilte quer durch den stark verwüsteten Raum bis zur gegenüberliegenden Wand, wo eine rote Stahltür offenstand. Der Bankier ging hindurch und trat in einen nur schwach beleuchteten Gang, der bereits nach zwanzig Metern rechtwinklig nach links abknickte.

---

[26] Kurzform von »Rocky Mountains«.

Curtis kam um die Ecke. Der gedrungene Leibwächter, der mit seiner Glatze, den groben Gesichtszügen und dem schwarzen Anzug wie der typische Rausschmeißer einer Diskothek wirkte, eröffnete seinem Boss, dass der Hauptausgang verschüttet war...

»...weshalb ich es beim Notausgang versucht habe. Ich bin fünfhundert Meter weit vorgedrungen und konnte außer ein paar feinen Rissen in den Wänden nichts Bedrohliches ausmachen. Der Tunnel scheint intakt zu sein.«

Thomson dankte der Weitsicht seiner Architekten, die einst hartnäckig darauf bestanden hatten, zusätzliche Kosten in den Notausgang zu investieren – für den unwahrscheinlichen Fall eines Bunkereinsturzes.

»Schulz! Kommen Sie zum Notausgang!«, rief er.

Kurz darauf hörte man das knirschende Geräusch von Schritten auf Schutt, dann erschien Schulz im Rahmen der offenen Stahltür. Seine Silhouette zeichnete sich gegen den wesentlich heller beleuchteten Bunkerraum dunkel ab.

»Beeilen Sie sich! Wir müssen hier weg!«, spornte ihn der Bankier zur Eile an.

Der etwas über zwei Meter große Hüne mit dem vernarbten Gesicht wäre lieber hier unten im Sicheren geblieben, kam aber im Laufschritt näher, um den Clanchef nicht zu verärgern. Thomson wartete nicht auf ihn und ging los. Schulz schloss wenig später zu den beiden Männern auf.

»Ich habe mit General Perkins gesprochen.« Der Bankier sah keinen Grund, seinen Lakaien die Informationen vorzuenthalten. »Oben ist alles vernichtet. Lediglich ein paar Bunker und U-Boote haben das Inferno überstanden. Die Mohak haben auch die Antarktis bombardiert. Dabei entstand ein Tsunami, der auf dem Weg hierher ist. Wir müssen höher gelegenes Gelände erreichen.«

»Wie viele Menschen haben überlebt? Haben die Echsen nur New York bombardiert oder auch noch andere Städte?«, fragte Curtis mit seiner noch rauer als üblich klingenden Stimme.

»Die haben *alle* Städte des gesamten gottverdammten Planeten ausradiert. Weiß der Henker, wie viele Menschen noch am Leben sind! Vielleicht ein paar Millionen weltweit, die sich irgendwo wie die Würmer verkriechen. Viele werden wohl schon bald vom Tsunami dahingerafft.«

»Dann ist Washington ebenfalls zerstört? Oh, Gott! Meine Frau, meine Kinder!«, jammerte Curtis.

»Die sind tot, daran ist nichts mehr zu ändern«, gab Thomson wenig sensibel zurück. »Es geht jetzt darum, dass *wir* überleben.«

»Ich will nicht mehr«, wimmerte der grobschlächtige Leibwächter. »Wenn wir die letzten Menschen sind, macht doch alles keinen Sinn mehr.«

Thomson schlug dem Mann mit der flachen Hand ins Gesicht.

»Reißen Sie sich zusammen, Sie Waschlappen! Ich konnte bisher keine Verbindung zu den anderen Bunkern der Clans aufbauen; die Glasfasern oder der Router[27] sind entweder defekt, oder die Bunker existieren nicht mehr. Möglicherweise habe ich meine Freunde, Familie und meine treuen Geschäftspartner verloren – trotzdem heule ich nicht wie ein Kleinkind.«

»Sie haben gut reden. Ihre Leute saßen zum Zeitpunkt des Angriffs wahrscheinlich in Atombunkern, während meine Familie in unserer Mietwohnung hockte.«

Thomson winkte ab. Er verspürte nicht die geringste Lust, mit Curtis über »soziale Benachteiligung« zu diskutieren – denn es war ihm herzlich egal, ob die Proleten-Familie seines Proleten-Leibwächters überlebt hatte oder eben nicht. Dem Bankier lief es vor Verachtung kalt den Rücken herunter.

Nach Schätzung Thomsons waren sie inzwischen fünf- bis sechshundert Meter in den Tunnel vorgedrungen, demnach befanden sie sich unterhalb des Wassers der Upper Bay. Ein paar hundert Meter weiter war ein Schild an der Tunneldecke ange-

---

[27] Netzwerkknoten.

bracht. Gleich daneben war ein Stahlschott mit Handrad in den Beton eingelassen worden.

»Brooklyn Battery Tunnel« stand auf dem Schild. Durch das Stahlschott konnte man den Tunnel erreichen, der die Interstate[28] 478 beherbergte. Da im schwachen Licht der im Abstand von zehn Metern in die Wand eingelassenen Lampen keine schwerwiegenden Beschädigungen zu erkennen waren, machten die Männer von diesem Ausstieg keinen Gebrauch und gingen weiter. Die nachfolgenden achthundert Meter verliefen weitgehend parallel zum Brooklyn Tunnel.

Schließlich erreichten sie ein Treppenhaus. Thomson stieg den ersten Absatz hinauf, indem er jeweils zwei Stufen auf einmal nahm. Diese Vorgehensweise hielt er auch bei den nächsten fünf Absätzen bei, bis er merklich zu keuchen anfing. Curtis hinter ihm schnaubte wie ein Walross, während Schulz keinerlei Anzeichen von Erschöpfung zeigte (vermutlich, um die anderen zu ärgern). Es folgten zehn weitere Absätze, die zu einer zweiten roten Stahltür führten.

»Wo sind wir hier?«, fragte Curtis schwer atmend.

»Auf Governors Island[29]. Wir kommen gleich im Garten eines historischen Gebäudes an der Hay Road heraus.«

Die Stahltür schwang auf und die drei Männer traten nach draußen.

»Wir werden doch jetzt nicht verstrahlt, oder?«, befürchtete Curtis beim Anblick des dunklen Himmels, der vom schwachen Rot der zahlreichen Brände beleuchtet wurde.

»Nein, Sie Schwachkopf! Die Messgeräte des Bunkers haben keinerlei Radioaktivität angezeigt. Andernfalls wäre ich kaum fröhlich hier herausspaziert.«

Thomson wandte seinen Blick nach Norden. Manhattan war eine einzige Trümmerwüste, aus der sporadisch Riesenflammen

---

[28] Bundesstraße.

[29] Kleine Insel südlich der Südspitze von Manhattan, mit dem »National Monument« im Norden.

züngelten und dunkle Rauchfahnen aufstiegen. Zusammen mit der düsteren, rötlich leuchtenden Wolkendecke ergab sich ein Bild, dass wohl jedermann mit dem Ende der Welt assoziiert hätte. Curtis gab erneut schluchzende Laute von sich, denen niemand Beachtung schenkte.

Der Bankier blickte auf die fast schwarz wirkenden Wogen des Meeres, die verhältnismäßig ruhig gegen die Kaimauer schlugen und noch nicht im Geringsten darauf hindeuteten, dass ein Tsunami unterwegs war.

»Um höher gelegenes Land zu erreichen, müssen wir erst einmal von der Insel herunter«, sagte Thomson. »Vielleicht finden wir ein Boot bei den Anlegestellen der Fähren.«

Während ihres zweiminütigen Fußmarschs passierten die Männer historische Bauten, von denen nur noch Trümmer übrig waren, sowie einstmals grüne Rasenflächen, die jetzt aus schwarzer Asche bestanden.

Die Fähren erwiesen sich als unbrauchbar. Eine war auf die Hafenanlagen geschleudert worden und völlig ausgebrannt, eine weitere lag auf der Seite im schwarzen Wasser. Mehrere kleinere, an Land gespülte Boote waren leider ebenfalls nicht mehr zu gebrauchen.

Thomson betrachtete das Bild seiner zerstörten Hoffnung ein paar Sekunden und sagte dann mit ruhiger Stimme: »Aus!«

»Nein!«, entgegnete Schulz, der sich über die Kaimauer gelehnt hatte. »Hier ist ein kleines Motorboot! Es sieht unbeschädigt aus.«

Die drei Männer kletterten über das Geländer. Schulz sprang mit einem weiten Satz auf das in wenigen Metern Entfernung treibende Boot. Anschließend startete er den Motor, der ohne Schwierigkeiten ansprang. Geschickt manövrierte er das Boot direkt an die Kaimauer. Thomson und Curtis ließen sich einfach an Deck fallen.

Schulz nahm Kurs auf New Jersey. Mit sonorem Brummen pflügte das Boot durch die trüben Wellen. Vorbei an Liberty Island – mit einer Freiheitsstatue, der der Oberkörper fehlte – ging es weiter zum Liberty State Park auf dem Festland New Jerseys. Vorsichtig steuerte Schulz das Boot näher ans steinige Ufer, bis es mit dem Bug über die Felsen schrammte. Die restlichen drei Meter mussten die Männer durch knietiefes eiskaltes Wasser waten.

»Wir brauchen einen fahrbaren Untersatz«, konstatierte Thomson. »Bis die Sintflut losbricht, dauert es nicht mehr lange.«

*

Eine Stunde bevor die ORION eintraf, durchflogen die ersten Schiffe der Schlachtschiffverbände des Imperators das PÜRaZeT des Mars. Auf den Schiffen der solaren Wachflotte, die sich immer noch im Orbit um den Mars befand, brach frenetischer Jubel aus, als allen voran die ONSLAR II das künstliche Wurmloch durchquerte und das imperiale Erkennungszeichen aussandte.

Anschließend befahl der Imperator persönlich die Raummarschälle und Generäle an Bord seines Flaggschiffs.

Die Besprechung hatte gerade begonnen, als ein Funkoffizier in den Konferenzraum stürzte, um die Ankunft der ORION zu vermelden. Sargon II. nahm persönlich Verbindung mit dem Schiff des Thule-Präsidenten der Dritten Macht auf, der nicht ahnen konnte, dass jene Dritte Macht mittlerweile Teil des Imperiums war und dass sich die vereinigte Flotte an allen Fronten unaufhaltsam auf dem Vormarsch befand. Ebenso wenig ahnte Elnan, dass die um den Mars kreisenden Schiffe kurz davor standen, nach Terra aufzubrechen, um die zahlenmäßig nur um fünfzig Prozent überlegenen, absolut letzten starken Verbände des Zhort anzugreifen. Die Vernichtung der mohak'schen Flotte würde für das Mohak-Reich einem Todesstoß gleichkommen.

Entsprechend groß war Elnans Verwirrung, Verblüffung, Verwunderung (und eine ganze Reihe weiterer Begriffe, mit denen man seinen Gefühlshaushalt hätte beschreiben können), als der Oberkörper des Imperators auf dem Kommunikationsbildschirm der ORION erschien. Seine Kameraden und er lauschten den Worten Sargons, der mit wenigen Sätzen die aktuelle politische und militärische Lage darlegte...

Als das geistliche und weltliche Oberhaupt des Imperiums eine kurze Pause einlegte, nach Erwähnung der wesentlichen Neuigkeiten, ergriff Elnan das Wort. Auch er hatte Neues zu berichten.

»Pentar lebt! Er hat im Neocapella-System die Produktion von Yx, einer genetisch konstruierten Insektenspezies, wiederaufgenommen. Vor mehr als zehntausend Jahren vernichteten die alten Capellaner mit diesen Schöpfungen das Erste Imperium. Heute schickt sich Pentar an, dieses Verbrechen erneut zu begehen – an uns.«

Nun war es der Imperator, in dem ein Gefühlssturm tobte. Ausgerechnet Pentar, der ehemalige imperiale Thule-Präsident, der ihn, Sargon, vor einhundertvierundvierzig Jahren schmählich verraten hatte und, nachdem das Verbrechen aufgeflogen war, spurlos verschwunden war, erschien nun mächtiger denn je auf der Bildfläche.

»Kommen Sie sofort an Bord der ONSLAR II, Elnan«, befahl der Imperator. »Die Marschälle und Generäle inklusive Unaldor sind hier versammelt, um den Angriff auf die Mohakflotte zu koordinieren. Sie sollen ebenfalls hören, was Sie zu berichten haben.«

Fünf Minuten später befand sich Elnan in Begleitung von Silberheim, Bendalur und Arlor an Bord des mehr als fünf Kilometer langen Riesen aus schwarzem Unitall-Stahl. Es dauerte weitere zwei Minuten, bis die kleine Gruppe den Konferenzsaal erreicht hatte, in dem das imperiale Oberkommando tagte.

Die vier Männer wurden von sechs Leibgardisten in den Raum begleitet. Alle ranghohen Offiziere und der Imperator erhoben sich zur Begrüßung – eine respektvolle Geste, ungeachtet jeglicher Rangordnung.

»Das ist ja eine fast unglaubliche Geschichte; ich kann es immer noch nicht so recht fassen, dass der verfluchte Verräter Pentar noch am Leben ist«, kam Sargon sofort zur Sache. »Bitte berichten Sie von den Einzelheiten, die Sie im Neocapella-System erfahren haben.«

Elnan führte die Erlebnisse der letzten Wochen in den wesentlichen Punkten aus. Gelegentlich wurde er dabei von Silberheim unterbrochen, der die große Überlegenheit der neocapellanischen Technologie herausstellte, der sich Pentar bemächtigt hatte. Elnan schloss seine Ausführungen mit den Worten: »Wir müssen davon ausgehen, dass Pentar unter Einsatz von Yx in sehr naher Zukunft das Imperium angreifen wird, um einem Vorstoß unsererseits nach Neocapella zuvorzukommen.«

Ein Raunen ging durch die Reihen der hohen Militärs. Das Imperium war endlich, nach einhundertfünfzig Jahren Krieg, im Begriff, die Bedrohung durch die Mohak endgültig zu beseitigen – und prompt tauchte der nächste überstarke Gegner auf, ausgerüstet mit einer Technologie, die bereits vor über zehntausend Jahren dem Ersten Imperium zum Verhängnis geworden war.

»Haben Sie einen Vorschlag, wie wir auf den Angriff der Yx reagieren sollen?«, fragte Sargon Elnan und seine Männer.

Es war Silberheim, der diese Frage beantwortete: »Die Cassadaren, etwa dreihundert Meter lange tropfenförmige organische Raumschiffe, verfügen über den Mechanismus, Neutrinostrahlung zu erzeugen, die sich am Zielort mit derartiger Intensität superponiert, dass die Baryogenese in Gang gesetzt wird. Auf diese Weise erzeugen die Cassadaren Vril-Bomben, die im Zielgebiet materialisieren.

Unsere Reflektorfelder sind naturgemäß gegen Neutrinostrahlung vollkommen wirkungslos, daher können die Cassadaren, die nichts anderes sind als eine von vielen Yx-Formen, Vril-Bomben in unsere Schiffe transportieren und zur Explosion bringen. Auf diese Weise könnten sie innerhalb weniger Sekunden unsere gesamte Flotte vernichten. Die einzige Möglichkeit dies zu verhindern ist, außerhalb der Reichweite zu bleiben, innerhalb derer die Cassadaren die Bomben materialisieren. Diese Reichweite beträgt ungefähr dreihunderttausend Kilometer.«

»Wenn wir aber außerhalb jener Reichweite bleiben, wird es uns niemals gelingen, einen Cassadaren abzuschießen«, wandte

Unaldor ein. »Die Flugzeit unserer Granaten auf einer solchen Strecke beträgt einhundert Sekunden, wodurch die Yx alle Zeit der Welt hätten, ihnen auszuweichen.«

»Das ist richtig«, entgegnete der Professor, »doch näher an die Cassadaren heranzugehen ist glatter Selbstmord. Sogar ein Superschlachtschiff würde sofort nach Unterschreiten der Reichweite vernichtet werden. Unsere Schiffe haben nicht die geringste Chance, in Wirkreichweite der Geschütze an den Gegner heranzukommen.«

»Konkret: Was können wir tun, falls Pentar tatsächlich mit diesen Monstren angreift?«, ließ der Imperator nicht locker. »Fliehen und die Planeten, die der Verräter zu erobern gedenkt, ihrem Schicksal überlassen?«

»Das genau ist meine Empfehlung«, sagte Professor Silberheim mit tiefer Überzeugung. »Jeder Widerstand wäre ein völlig sinnloser Freitod, denn Pentar bekäme die Welten sowieso.«

Sargon wurde blass. Ihm wurde die Aussichtslosigkeit bewusst, mit der sich das Erste Imperium gegen die Yx zu wehren versucht hatte. Und es gab keinen Hoffnungsschimmer, dass dies heute, mehr als zehntausend Jahre später, anders sein würde.

»Wir müssen die Mohak so schnell wie möglich auslöschen und sofort danach mit einem Großteil der Flotte nach Neocapella aufbrechen«, entschied der Imperator. »Mit ein wenig Glück können wir über die von Ihnen, Professor, beschriebenen künstlichen Wurmlöcher unvermittelt über den Zuchtwelten der Yx auftauchen – und die Biester quasi auf dem falschen Fuß erwischen.

Ihnen, Elnan, ist dies ja schon einmal gelungen – im Zentrum der Zuchtwelt Glutomax.«

An die anwesenden Generäle gewandt fuhr Sargon fort: »Begeben Sie sich unverzüglich zu Ihren Verbänden. Wir brechen nach Terra auf und stellen die Flotte des Zhort zum Kampf.«

Die ranghohen Offiziere verließen den Besprechungsraum im Laufschritt. Zurück blieben Elnan und seine Gefährten, der Imperator und der Kommandeur seiner Leibgarde, Nungal. Letzterer lächelte eigentümlich und flüsterte dem Imperator etwas ins Ohr.

*

Zufrieden blickte der Zhort auf die Antarktis, beziehungsweise das, was noch davon übrig war. Der Visualisierungsrechner des Hauptbildschirms in der Zentrale seines Flaggschiffs übersetzte die Infrarotaufnahmen der Oberfläche Terras in Farben des sichtbaren Lichtes. Deutlich waren unzählige, langsam ausglühende Explosionstrichter zu sehen. Speziell ein hundert Kilometer durchmessendes Gebiet rund um den nun eingeebneten Mentzelberg war ein Meer aus kochender Lava.

Eine direkte Betrachtung des Angriffsziels war nicht möglich, weil Millionen Tonnen Wasserdampf die Sicht auf die totale Vernichtung verwehrten.

»Wir haben eine Flutwelle ausgelöst, die über mehrere Kontinente hinwegrast«, kommentierte der Ortungsoffizier Bilder, die das Wegbrechen gigantischer Eismassen zeigten.

»Gut so!«, entgegnete der Zhort. »Auch wenn dies offenbar nicht die gesuchte Rüstungswelt war, so lebten doch Weißhäute auf ihr. Diese Spezies hat Billionen unserer Art das Leben genommen.« Der absolutistische Herrscher ließ sich auf den Flottenrundruf schalten. »Dreiecksformationen einnehmen. Kurs auf den vierten Planeten. Eine Million Kilometer vor Erreichen der feindlichen Flotte auf Angriffsformation umschwenken.«

Auf dem Hauptbildschirm, der nun wieder die Bilder der normaloptischen Erkennung zeigte, kippte der unter einer dichten Wolkendecke liegende verwüstete Erdenplanet langsam nach links weg. Wenige Sekunden später waren nur noch die Sterne des Weltraums und eine Hälfte des irdischen Mondes zu sehen, den die Flotte auf ihrem Weg zum Mars passieren würde.

Die fast eintausend Schiffe des Zhort beschleunigten mit etwas weniger als einhundert g. Langsam wanderte der Mond aus der Bilderfassung heraus.

»Achtung!«, rief der Ortungsoffizier. »Unsere Aufklärungssonden messen die Ankunft mehrerer hundert Schiffe beim vierten Planeten an.«

*Der Imperator kommt mit seiner Flotte zur Verstärkung,* erkannte der Zhort entsetzt. *Unser Angriff auf die Wachflotte erfolgt zu spät!*

»Aktion abbrechen!«, rief er in das auf Rundruf geschaltete Mikrophon des Kommunikationspultes. »Wir ziehen uns zurück nach Terra und nehmen die für uns vorteilhaftere Verteidigungsformation ein. Sollen Sie ruhig kommen, diese verdammten Weißhäute, wir werden sie gebührend empfangen! Die Entscheidung in diesem Krieg rückt näher. Ihr, die mich nun hört, seid auserwählt, den Fortbestand unserer Art zu sichern, indem ihr unseren Erzfeinden zeigt, wie Mohak zu kämpfen verstehen. Fegt die Aldebaraner ins Jenseits, falls sie es wagen, uns anzugreifen!«

Erst nachdem der Zhort die Verbindung unterbrochen hatte, wurde ihm richtig bewusst, dass er gegen den zahlenmäßig unterlegenen Gegner soeben die Verteidigungsformation befohlen hatte.

*So weit ist es also schon gekommen,* sinnierte der Herrscher über alle Mohak. *Nach all den verlorenen Schlachten halte ich die Erfolgsaussichten eines Angriffs meiner einst übermächtigen Flotte auf einen zahlenmäßig schwächeren Feind für zu gering und suche unser Heil in der Defensive. Vor einhundertfünfzig Jahren glaubte ich, die wertvollen Sauerstoffwelten der körperlich schwachen Weißhäute wären eine leichte Beute für mein stolzes Volk. Und nun? Von meinem Stolz ist nicht mehr viel geblieben, das Reich liegt in Trümmern, Billionen meines Volkes sind bereits tot – und wenn wir diese Schlacht verlieren, wird der Rest auch noch ausgerottet.*

*

Es dauerte drei Stunden, bis die Flotte der Aldebaraner die Mondumlaufbahn erreichte.

»Sie schleusen ihre Jäger und Jagdbomber aus«, meldete der Ortungsoffizier des Mohak-Flaggschiffs.

»Abfangjäger vorstoßen«, befahl der Zhort.

Tausende hell leuchtende Punkte wurden auf dem Hauptbildschirm sichtbar. Jeder einzelne wurde verursacht durch die relativ dichte kosmische Materie in der Nähe des Planeten, die durch die Neutrinostrahlung der Triebwerke der eigenen Jagdmaschinen zum Leuchten angeregt wurde.

Wenige Minuten verstrichen, bis die ersten grellen Detonationen auf dem Hauptbildschirm sichtbar wurden. Die Rate der Explosionen steigerte sich von Sekunde zu Sekunde. Hunderte Kleinstraumschiffe vergingen im All. Auf dem Gefechtsbildschirm beobachtete der Zhort die graphisch dargestellten Abschussquoten.

*Sieben zu eins,* stellte er gedanklich fest. *Die Weißhäute schießen sieben unserer Jäger ab, bevor wir einen von ihnen erwischen. So kann man keine Kriege gewinnen. Was ist euer Geheimnis, Menschen? Warum kämpfen eure verdammten Soldaten so viel besser als meine?*

»Die feindlichen Maschinen brechen durch«, sagte der Ortungsoffizier mit deutlich mitschwingender Panik in der Stimme, worüber sich der Zhort maßlos ärgerte. Die übrigen zwei Dutzend in der Zentrale anwesenden Echsen duckten sich instinktiv.

Es dauerte weniger als neunzig Sekunden, bis die feindlichen Jagdbomber mit ihrem Begleitschutz heran waren. Die Schiffe des Zhort schickten ihnen Myriaden der eins Komma sieben Zentimeter durchmessenden Flakgranaten entgegen – der Weltraum war erfüllt von ganzen Schwärmen der Geschosse. Dutzende der gegnerischen Kleinstraumschiffe detonierten. Als feurige Glutbälle rasten sie zwischen den Kampfraumern des Zhort hindurch, um in der Atmosphäre Terras endgültig zu vergehen.

Die ersten Vril-Bomben schlugen in die Reflektoren. Sofort regelte die Automatik die Helligkeit des Hauptbildschirms herunter. Neue Sonnen waren zu sehen, die sich überall um das Flaggschiff herum aufblähten.

Doch dann hatten die schnellen feindlichen Maschinen die Raumer des Zhort passiert. Mit höchster Beschleunigung wichen sie dem Planeten hinter der Mohak-Flotte aus. Die erste Angriffswelle erwies sich als erfolgreich.

Aber auch in Richtung des Mondes entstanden etliche Glutbälle. Sie zeugten vom Erfolg der wenigen Jagdbomberpiloten der

Echsen, die die Taktik des Bombenschießens von ihren Gegnern übernommen hatten.

Trotzdem kam die Flotte der großen imperialen Kriegsschiffe immer näher. Einige Kommandanten der Mohak-Schiffe gaben vor lauter Panik ungezielte Schüsse ab, statt auf den Schussbefehl zu warten, obwohl sie wussten, dass der Zhort sie dafür würde hinrichten lassen – falls sie diese Schlacht überlebten.

Die Weißhäute wichen den anfliegenden Granaten mühelos aus. Kurz bevor sie in Wirkreichweite der Geschütze heran waren, stoben sie mit höchster Querbeschleunigung auseinander. Sie bildeten etwa einhundert kleine Pulks, jeweils zusammengesetzt aus Schiffen unterschiedlicher Größe. Jeder Pulk eröffnete auf zwei bis drei Schiffe des Zhort das Feuer.

Hunderte schwere Granaten rasten zwischen den Flotten hin und her. Überall entstanden die für Detonationen im Gigatonnenbereich charakteristischen grell leuchtenden Plasmawolken, die sich rasch ausdehnten, zunächst bläulich strahlten, dann grünlich, gelb und schließlich rot, bevor sie ganz verblassten.

Das Flaggschiff des Zhort bekam mehrere schwere Treffer ab. Der letzte davon war so heftig, dass der Herrscher von den Beinen gerissen wurde. Noch am Boden liegend sah er auf dem Statusbildschirm, dass die Reflektoren zusammengebrochen waren. Der nächste massive Einschlag bedeutete das unweigerliche Ende.

Zwei Sekunden später schlug eine weitere Granate ein, traf die Schiffsaufbauten, riss einige tausend Tonnen Stahl mit sich in den Weltraum und detonierte – zum Glück für den Zhort – erst dort.

In der Zentrale flackerte das Licht. Die Bildschirme wurden schwarz. Für einen Moment wurde es stockfinster...

... bis der Bordrechner die rötliche Notbeleuchtung aktivierte. Auch die Bildschirme liefen wieder an, allerdings mit deutlich weniger Leuchtkraft als zuvor.

Der Backbord-Schirm zeigte ein Schlachtschiff der Echsen, das langsam in der Mitte auseinanderbrach. Millionen kleine Bruchstücke schossen vor dem Hintergrund des blauen Planeten Terra glühend in den Weltraum. Dann erfolgte eine Explosion ungeheuren Ausmaßes, die das Schlachtschiff in hell leuchtendes Plasma verwandelte. Einen Sekundenbruchteil später erreichte die glühende Wolke das seiner Reflektoren beraubte Flaggschiff. Ein fürchterlicher Schlag ging durch den gequälten Schiffsleib. Der gerade im Aufstehen begriffene Zhort wurde hochgerissen, knallte wie von einem Katapult abgeschossen gegen die fünf Meter hohe Decke der Zentrale und landete wieder unsanft auf dem Boden. Für einen Moment verlor der Herrscher das Bewusstsein.

Die künstliche Schwerkrafterzeugung fiel komplett aus. Als der Zhort zu sich kam, schwebte er – sich langsam überschlagend, umgeben von allen möglichen Gegenständen und Artgenossen – inmitten der Zentrale. Um seinen Flug halbwegs zu stabilisieren, ruderte er mit den Armen, griff nach einer Sitzschale direkt neben dem Navigator, zog sich daran herunter und schnallte sich darauf fest.

»Wir stürzen ab!«, rief der Navigator und deutete auf den Planeten, der den gesamten Frontbildschirm ausfüllte und langsam näher kam.

»Triebwerksleistung?«, erkundigte sich der Zhort.

Auf dem Heckbildschirm blähten sich derweil immer neue Sonnen auf. Der Statusbildschirm gab Auskunft darüber, dass es sich im Verhältnis zehn zu eins hauptsächlich um Erfolge der Aldebaraner handelte.

Die Beiboote rechtzeitig zu erreichen, war illusorisch. Der einst blaue und nun schwarzgraue Planet war schon viel zu nah. Wie aus weiter Ferne hörte der absolutistische Herrscher die rasselnde Stimme des Navigators, der seinen Jagdabbruchreflex kaum noch unterdrücken konnte.

»Triebwerksleistung bei knapp einem Prozent. Die Baryonenvernichtung in den Quantenverschränkern droht ganz zum Erliegen zu kommen.«

Während diese Worte langsam in sein Bewusstsein drangen, wurde dem Zhort in aller Deutlichkeit bewusst, dass der Krieg gegen die Aldebaraner unwiderruflich verloren war. Das Aufgebot, mit dem er das solare System angegriffen hatte, war der letzte größere Verband seiner Flotte gewesen. Nichts würde die

Weißhäute nun noch davon abhalten können, über die Welten des Reiches herzufallen und sein Volk auszurotten. Nur – warum kämpften diese schwächlich erscheinenden Wesen so viel besser als seine eigenen Soldaten? Was war das Erfolgsgeheimnis dieser doch offensichtlich von der Natur Benachteiligten? Diese Frage würde ihn wohl verfolgen bis in den Tod.

Die Triebwerke fielen aus. Ja und, was machte das schon? Welchen Unterschied bedeutete es, durch einen Volltreffer in Plasma verwandelt zu werden oder auf Terra zu zerschellen?

Der Zhort übernahm innerlich die volle Verantwortung für das Schicksal seines Volkes. Er war es gewesen, der vor mehr als einhundertfünfzig Jahren den Befehl zum Angriff auf die imperialen Welten gegeben hatte – ohne die Eigenschaften und Fähigkeiten des Gegners zuvor hinreichend studiert zu haben. Wäre er nicht blind vor Arroganz gewesen, hätte er den Krieg erst ein paar Jahrzehnte später begonnen – nämlich dann, wenn begünstigt durch die höhere Geburtenrate seines Volkes die quantitative Überlegenheit mindestens fünfzig zu eins betragen hätte. Ein solches Verhältnis war jedoch im Verlauf des Krieges niemals erreicht worden, weil die Aldebaraner durch ihre tollkühnen Aktionen wertvolle Welten wie Mohak-Dor und die Brutplaneten von Maulack einfach ausgelöscht hatten.

Die grauschwarze Wolkendecke des zerstörten Planeten kam immer näher. Terra schrie offenbar nach Rache!

Einige Beiboote lösten sich von der schwarzen Außenwand des sterbenden Giganten; die darin befindlichen Mohak hatten sich zufällig in Bootsnähe aufgehalten und die Gelegenheit genutzt.

Es war unvermeidlich: Das drei Komma zwei Kilometer lange Flaggschiff tauchte in die Mischung aus Staub, Ruß und Wasserdampf ein. Die Optiken hatten inzwischen auf Infrarot umgeschaltet. Immer noch nachglühende Explosionskrater wurden sichtbar, dazwischen brennende Ruinen, vernichtete Wälder und Felder. Das Schiff des Zhort stürzte dem westlichen Teil der größten Landmasse des Planeten entgegen.

»Triebwerksleistung steigt!«, meldete der Navigator. »Drei Prozent! Jetzt drei Komma zwei.«

Ein Hoffnungsschimmer? Der Absturz des Giganten verlangsamte sich jedenfalls merklich. Dennoch kam der Boden unaufhörlich näher...

Auf dem Steuerbord-Bildschirm erkannte der Zhort die rauchenden Trümmer einer ehemaligen Großstadt. In Stadtrandnähe wühlte sich das Schiff mit der Unterseite in den Boden. Millionen Tonnen Erde vor sich herschiebend kam es allmählich zur Ruhe.

*

Der Herrscher konnte sich über die gelungene Notlandung nicht freuen. Er hatte vorerst überlebt – aber wozu? Um in die Gefangenschaft seines triumphierenden Gegners zu gelangen? Vielleicht waren die Weißhäute genauso grausam wie er und würden ihn das Ende seiner Art mit ansehen lassen, bevor sie ihn töteten.

War Selbstmord eine Lösung? Der Zhort verwarf den Gedanken. Ein solcher Schritt, der seiner Mentalität als Jäger zutiefst widersprach, kam erst in Frage, wenn ihn die Weißhäute in die Enge trieben.

Eventuell suchten sie gar nicht nach ihm, weil sie an diesem zerstörten Planeten kein Interesse mehr hatten. War es vielleicht sogar möglich, hier auf Terra im Verborgenen einen Neuanfang zu wagen? Beschämt gestand sich der Zhort ein, dass die totale Niederlage offensichtlich seinen Verstand verwirrte. Diese Welt, auf der soeben der nukleare Winter Einzug hielt, lieferte keine Nahrung mehr, alles war verseucht.

Schon bald würden die Weißhäute nach Überlebenden des Bombardements suchen und dabei zwangsläufig ihn und seine Artgenossen entdecken. Wenn er Glück hatte – konnte man das überhaupt so nennen? –, boten die Trümmer der nahen Großstadt hinreichende Versteckmöglichkeiten. Immerhin war das eine vage Chance, dem rachsüchtigen Gegner doch noch zu entkommen.

Der Zhort schaltete das Mikrophon auf Rundruf.

»Schiff räumen! An der Steuerbordseite sammeln. Jeder soll so viele Waffen und Vorräte mitnehmen, wie er tragen kann.«

*

*Das bewusste Sein wird zu einem unbewussten Nichts, mitgerissen vom Strom des Vergessens.*

Immer und immer wieder gingen Oberst Ralf Müller diese Worte durch den Kopf. War er nach seinem Tod in der Hölle gelandet? Musste er sich nun als Strafe für all seine Sünden Tag für Tag dieses saublöde Poeten-Bla-Bla anhören? In einem fort, ohne Hoffnung auf Erlösung?

Das Rauschen in seinen Ohren nahm ständig zu und wandelte sich zu einem tiefen Summen. Er verspürte einen schmerzhaften Druck auf den Brustkorb. Das Summen verschwand. Der Druck blieb. Allmählich begriff Ralf, dass er noch lebte – denn wer tot war, den (be)drückte gar nichts mehr.

*Monika und Herbert!*, schoss es ihm durchs Hirn, gefolgt von: *Katrin! Die Bomben der Mohak!*

Vor seinem geistigen Auge sah der ehemalige Soldat der Bundeswehr die gewaltigen, sich ausbreitenden Glutbälle und er erinnerte sich, dass er seine beiden Kinder in den Kanalisationsschacht geworfen hatte, kurz vor dem Eintreffen der Hitze- und Druckwelle.

Müller öffnete die Augen. Nichts. Schwärze. *Vielleicht ist der Bildschirm meines Helms zu Bruch gegangen.* Er versuchte, seine Arme zu bewegen. Irgendetwas hielt sie fest. Er steigerte seine Bemühungen. *Keine Chance. Wahrscheinlich bin ich zwischen Trümmerstücken eingeklemmt.*

Die Sorge um Herbert und Monika steigerte sich von der Angst zu nackter Panik. Mit nahezu übermenschlicher Anstrengung bewegte der Oberst seine Arme und Beine. Er vernahm ein polterndes Geräusch. Etwas, das wie eine Steinplatte aussah, fiel von ihm herunter und zerbrach. Über sich sah er schwarzgraue Wolken.

Vorsichtig richtete Ralf sich auf und blickte sich nach allen Seiten um. Überall sah es gleich aus: qualmender, geschwärzter Schutt.

Von der Straße und dem Haus des Türken war rein gar nichts mehr zu sehen. Die Druckwellen hatten die Überreste der Gebäude weiträumig verteilt. Blitze zuckten von den dunklen Wolken zum Boden herab. Dort, wo er gelegen hatte, ragte sein Magnetfeldgewehr aus dem Schutt. Er zog es heraus und hängte es sich über die Schulter.

*Wie soll ich in dieser gleichförmigen Geröllwüste meine Frau und meine Kinder wiederfinden? Katrin muss hier irgendwo unter den Trümmern liegen. Aber wo? Und wie komme ich zurück zum Kanalisationsschacht?*

Die bohrende Sorge um die Menschen, die er liebte, vermischte sich mit dem erdrückenden Gefühl, der letzte Mensch auf einer toten Erde zu sein – zurückgelassen von einem sadistischen Gott, der just in diesem Moment das Jüngste Gericht über alle anderen Menschen abhielt und nur ihn »verschonte«. Oder war diese trostlose Wüste der Vernichtung, aus der dunkler Qualm emporstieg und Flammen zum Blitze speienden düsteren Himmel züngelten, die Hölle? Wo war dann der Teufel?

Als beabsichtigte der Fürst der Finsternis, ihm die unausgesprochene Frage zu beantworten, ertönte ein leises Grollen, das unglaublich schnell zu einem furchtbaren Donnern anschwoll. Alle Dämonen der Hölle schienen ins Freie zu strömen, um sich einen apokalyptischen Kampf mit den himmlischen Engeln zu liefern.

Plötzlich durchstieß ein gigantischer Schatten die tiefhängende Wolkendecke. Etwas Riesiges stürzte auf die Erde zu. Noch vor dem Aufprall fegte eine Druckwelle über die Trümmerwüste. Faustgroße Steine schleuderten gegen den Kampfanzug Müllers und hauten ihn um.

Er stützte sich auf die Arme, richtete sich auf und wandte sich dem monströsen Gebilde zu. Es musste mehrere Kilometer lang sein.

Ein Raumschiff! Eins der Dritten Macht? Nein, es sah anders aus – dreieckförmig, wie die in der Dokumentation über den Krieg gegen die Mohak, wie das Schiff, das Berlin bombardiert hatte.

Als der Gigant in mehreren Kilometern Entfernung auf den Boden schlug, breitete sich eine ungeheure Schockwelle aus und bildete eine Wand aus hochgeschleuderten Trümmerstücken, die auf Ralf zuraste. Ihm war, als würde er von einem bockenden Pferd in die Luft katapultiert werden. Unsanft landete er zwischen dem herabstürzenden Geröll. Mühselig richtete er sich auf.

*Allmählich komme ich mir vor wie ein Stehaufmännchen. Ohne den Kampfanzug hätte ich mir alle Gräten gebrochen.*

Das abgestürzte Raumschiff war mittlerweile zur Ruhe gekommen. Es hatte einen mehrere hundert Meter hohen Wall aus Erde und Schutt vor sich aufgetürmt. An einigen Stellen schlugen Flammen aus dem Schiffsleib.

*Hoffentlich explodiert das Teil nicht!*, dachte Ralf. Er musste schnellstens Katrin und die Kinder finden.

Ralf stolperte über die Schuttberge, die durch den Einschlag des Raumschiffs gehörig durcheinandergewirbelt worden waren, und suchte nach Hinweisen auf den Verbleib seiner Familie. Nach fünfminütiger Suche wurde er fündig. Zwischen Gesteinsbrocken ragte ein in einem schwarzen Kampfanzug steckender Unterarm heraus. *Katrin!* Ob es sich um einen abgerissenen Arm handelte oder ob er noch am Körper hing, war nicht sofort ersichtlich.

Die Sorge um seine Frau machte Ralf halb wahnsinnig. Mit wenigen Sätzen war er bei der verschütteten Person. Mit beiden Händen ergriff er die größeren Brocken und schleuderte sie fort. Dann benutzte er die Hände als Schaufeln und wirbelte das Geröll zwischen seinen gespreizten Beinen nach hinten.

Zuerst legte Ralf Katrins Brustbereich frei, anschließend den Kopf, der in dem Helm mit verschlossenem Gesichtsteil steckte. Er ergriff seine Frau unter den Achselhöhlen und zog sie schließlich ganz aus dem Schutt.

Das Gezerre riss Katrin aus ihrer Bewusstlosigkeit. Sie gab ein gequältes Stöhnen von sich, das wie Musik in Müllers Ohren klang und ihm signalisierte: *Sie lebt!*

Per Gedankenbefehl ließ er das Gesichtsteil seines Helms aufgleiten. Katrin tat es ihm nach. Er blickte in ihre dunkelgrünen Augen und brachte ein schwaches Lächeln zustande, das sie erwiderte.

»Wo sind die Kinder?«, flüsterte sie.

»Ich habe sie noch nicht gefunden. Kannst du aufstehen?«

Katrin erhob sich unsicher. Mit wackligen Beinen stand sie neben ihrem Mann und betrachtete die trostlose Geröllwüste und das gigantische abgestürzte Raumschiff.

Ihr Verstand nahm seine Funktion wieder auf. »Wir müssen den Kanalschacht finden«, stellte sie sachlich fest.

»Wenn wir Pech haben, liegt eine meterdicke Schicht aus Schutt darüber«, befürchtete ihr Mann. »Wir sollten getrennt suchen – nicht speziell nach *dem* Schacht, sondern nach *irgendeinem* Zugang zur Kanalisation.«

Die beiden hatten sich bereits fünfzig Meter voneinander entfernt, als Katrin verlauten ließ : »Ich höre die Kinder! Sie rufen nach uns!«

Ein trockener Donner, der sich wie Überschallknall anhörte, hallte über die Geröllwüste und verhieß nichts Gutes.

Ralf nutzte das noch intakte Vril-Triebwerk seines Kampfanzugs, um Katrin möglichst schnell zu erreichen. Während des kurzen Fluges blickte er nach oben und sah ein halbes Dutzend dreieckförmiger Raumschiffe, höchstens fünfzig Meter lang, die sich langsam neben dem gestrandeten Giganten herabsenkten.

Ralf landete unmittelbar neben Katrin, die bereits das Geröll beseitigte. Der Oberst unterstützte seine Frau nach Kräften. Schon bald kam der glatte Asphaltbelag der Straße zum Vorschein. Das Paar legte nach allen Seiten hin immer mehr Asphalt frei, bis schließlich ein Gullydeckel zu sehen war.

Müller krallte seine Finger in die Öffnungen und hob den schweren Verschluss aus Beton und Stahl aus dem Boden. Darunter lag ein dunkler Schacht. Das Rufen der Kinder war nun viel deutlicher zu hören. Am liebsten hätte Katrin zurückgerufen, um sie zu beruhigen, aber die Kleinen waren nach wie vor taub.

Katrin stieg zuerst hinein. Ralf folgte und zerrte den Deckel wieder in die Fassung – schließlich waren Mohak in der Nähe, die er nicht auf die Spur seiner Familie bringen wollte.

Wenig später schlossen die Eltern ihre weinenden und zitternden Kinder in die Arme.

*

Die Aufteilung der Flotte in kleine Pulks, die dann gegen einzelne Schiffe der Mohak vorgingen, erwies sich als extrem effizient. Der Gegner reagierte wie paralysiert und veränderte kaum seine Formationen. Bereits in den ersten Minuten der Schlacht verloren die Echsen fast die Hälfte ihrer Flotte, bei »nur« zweiundfünfzig eigenen Verlusten, hauptsächlich kleinere Schiffe – im Grunde genommen war schon eines eins zu viel.

Diese Entwicklung der Schlacht führte bei den mohak'schen Kommandanten zur Ausschüttung des Hormons, das den Jagdabbruchreflex auslöste. Von jagenden Raubtieren abstammend, verhinderte das Hormon, dass ein Mohak Risiken einging, die in einem ungünstigen Verhältnis zum Schlagen der Beute standen. Vor allem deshalb waren Mohak besonders aggressiv, wenn sie weit überlegen waren oder sich zumindest dafür hielten. Bei fairen Kämpfen mit ungewissem Ausgang waren sie jedoch, gemessen an menschlichen Maßstäben, ausgesprochen feige.

Zufrieden beobachtete Imperator Sargon II., wie sich die letzten Schiffe der Echsen lautlos in aufblähende grelle Plasmawolken verwandelten, die schnell verblassten und kaum mehr als leeren Raum zurückließen. Der Krieg war gewonnen. Die erdrückende Last, die er seit einhundertfünfzig Jahren getragen hatte, war in den letzten Tagen immer mehr von ihm gewichen und machte nun einer tiefen inneren Ruhe Platz.

Mit dem Vergehen der letzten Detonation durchströmte den Mann mit den schulterlangen Haaren ein nie zuvor gekanntes Glücksgefühl. Sein Volk, seine Kultur, seine tapferen Soldaten – alles schon mehrfach im Verlauf dieses Krieges verloren geglaubt – waren gerettet. Die Macht der Echsen war zerschlagen!

Sein bester Freund und Kommandant seiner Leibgarde, Nungal, war hinter ihn getreten und legte ihm die Rechte auf die Schulter. Flüsternd sagte der Mann mit der Narbe auf der linken Wange:

»Niemals zuvor hat ein Imperator so viel für sein Volk getan wie du. Niemand sonst wäre in der Lage gewesen, das Imperium gegen einen so starken Feind vor der Vernichtung zu bewahren.«

Sargon sagte nichts, während er auf den Hauptbildschirm blickte, der die aldebaranischen Verbände und den nunmehr grauschwarzen, verwüsteten Planeten zeigte. Nur wenige Sekunden gönnte sich der Imperator den Triumph und die damit verbundene tiefe innere Entspannung, bevor er wieder zum Befehlshaber wurde – wahrscheinlich zum besten der Galaxis.

»Stellen Sie Verbindung zu Raummarschall Runan her«, wandte er sich an den Funkoffizier in der Zentrale der ONSLAR II.

Sekunden später wurde das von tiefen Falten durchzogene Gesicht des Marschalls auf dem Kommunikationsbildschirm sichtbar. Er war mit der Koordination der Maßnahmen zur Reinigung der Atmosphäre von Sumeran betraut worden. Vor wenigen Wochen hatten die Mohak die Zentralwelt nach einhundertfünfzig Jahren zum zweiten Mal bombardiert. Die Bemühungen des Marschalls zielten darauf ab, die Folgen des nuklearen Winters zu mildern und später ganz zu beseitigen.

Runan schlug sich grüßend die rechte Faust gegen die Brust.

Sargon grüßte zurück und informierte den Marschall zunächst über den endgültigen Sieg, den das Imperium in der Schlacht um Sol errungen hatte. Erst nachdem auch Runan seine Freude darüber ausgekostet hatte, kam der Imperator auf sein eigentliches Anliegen zu sprechen: »Haben Sie noch Schiffe zur Atmosphärenreinigung übrig?«

Bei diesen Raumschiffen handelte es sich um größere Frachter, die in den oberen Schichten des betroffenen Planeten spezielle Aerosole abwarfen, welche die durch das Bombardement aufgewirbelten Staub- und Rußteilchen banden und zu größeren Brocken verklumpen ließen, die dann auf den Boden zurückfielen.

»Darf ich fragen, worum es geht?«

»Terra ist von den Echsen schwer bombardiert worden. Wenn wir nichts unternehmen, werden die letzten Pflanzen in ein paar Wochen abgestorben sein.«

»Demnach benötigen Sie zwei- bis dreihundert beladene Schiffe?«

»So in etwa«, bestätigte der Imperator.

»Kein Problem, die werde ich in circa fünf Tagen aus der Handelsflotte rekrutieren und nach Sol schicken.«

»Ausgezeichnet, machen Sie das!«

Nachdem sich die alten Kampfgefährten verabschiedet hatten, begab sich Sargon zum Kommunikationspult und drückte auf den Knopf für den Flottenrundruf.

»An alle! Flotte gleichmäßig um Terra verteilen und dann unter die Wolkendecke vorstoßen. Suchen Sie die Oberfläche des Planeten nach überlebenden Menschen ab. Falls Sie fündig werden, nehmen Sie die Terraner an Bord.«

Schon begannen sich die Angriffsformationen der Pulks aufzulösen. Die rund siebenhundert Schiffe starke Flotte legte sich in Form eines Netzes um Terra. Langsam senkten sie sich auf den geschundenen Planeten herab.

Während Sargon die schmutzig-graue Wolkendecke betrachtete, mischte sich in seine Erleichterung, den grausamen Gegner endlich besiegt zu haben, ein nagendes ungutes Gefühl: Würde es der Verräter Pentar tatsächlich wagen, im Imperium aufzutauchen? Gab es wirklich kein Mittel gegen die Yx?

Sargon II. ließ sich mit der Operationszentrale von Phobos verbinden, der – ebenso wie der zweite Mond des Mars, Deimos – zu einem kosmischen Fort ausgebaut worden war.

»Oberst Stücklen!«, kam die Meldung aus den Lautsprechern des Kommunikationsbildschirms, der einen hochgewachsenen, athletischen Mann mit Glatze zeigte. »Was kann ich für Sie tun?«

»Gibt es irgendwelche Neuigkeiten von unseren Sonden beim kosmischen String oder aus dem Imperium?«

»Wir erhielten vor einer Viertelstunde die Meldung vom Schlachtschiffverband Tamayoki, dass das Gondratz-System erfolgreich angegriffen und vernichtet wurde. Alle älteren Meldungen dürften Ihnen bereits bekannt sein, mein Imperator.«

Nach einer kurzen Verabschiedung unterbrach Sargon die Verbindung. Alles lief nach Plan. Trotzdem blieb das nagende Gefühl. Er blickte sich nach Elnan um, der nach wie vor in der Zentrale der ONSLAR II war, und winkte den Thule-Präsidenten zu sich.

»Sie sind der Meinung, dass Pentar schon bald einen Schlag gegen das Imperium führen wird«, fasste der Imperator zusammen. »Was glauben Sie, wie viel Zeit wir noch haben? Wird es reichen, um einen präventiven Vorstoß unsererseits nach Neocapella durchzuführen?«

Der zwei Meter und neun große Aldebaraner blickte sein Gegenüber nachdenklich an. »Das hängt davon ab, ob wir die vollständige Vernichtung des Mohak-Reiches zunächst abschließen, oder ob wir sofort nach Neocapella aufbrechen. Ich bin davon überzeugt, wobei ich mich natürlich irren kann, dass Pentar innerhalb einer Woche im Imperium auftauchen und das Aldebaran-System angreifen wird, um uns gleich mit dem ersten Schlag das Rückgrat zu brechen. Denkbar wäre aber auch, dass er zuerst hier im Sol-System zuschlägt, in der Annahme, dass das solare System heute, rund einhundertfünfzig Jahre nach seiner Flucht, eine bedeutende Rolle im Imperium spielt – womit er ja nicht ganz falschliegt, wenn man die ungeheure Rüstungskapazität des Mars bedenkt.«

»Sie haben Recht. Wir brechen unsere Suche nach Überlebenden auf Terra ab. Weitere Nachforschungen werden von der

Wachflotte durchgeführt, sobald wir mit dem Großteil der Schiffe nach Neocapella aufbrechen. Zusätzlich werde ich einen Teil der ins Mohak-Reich vorstoßenden Verbände abziehen, die uns nach Neocapella begleiten.

Die Mohak stellen über Jahre hinaus keine ernste Gefahr mehr für uns dar, also können wir uns mit der Zerstörung ihres Reiches Zeit lassen – Zeit, die wir im Fall Pentar nicht haben.«

»Wir haben ein Schlachtschiff der Mohak in der Ortung«, ertönte die Stimme des Ortungsoffiziers. »Es ist in die Außenbezirke von Berlin gestürzt. Die Infrarotaufnahmen zeigen, dass es an mehreren Stellen brennt.«

»Überlebende Echsen?«, wollte Sargon wissen.

»In der Nähe einiger Beiboote, die neben dem Schlachtschiff gelandet sind, mache ich mehrere hundert Punkte mit einer Körpertemperatur von fünfunddreißig Komma fünf Grad[30] aus.«

»Sollen wir das Echsennest unter Beschuss nehmen?«, fragte der Erste Feuerleitoffizier.

»Ja, aber nur mit der 2-cm-Flak. Das Schlachtschiff ist erledigt, ihr könnt euch also auf die Beiboote und die Mohak konzentrieren. Auf keinen Fall größere Kaliber einsetzen, die würden überlebende Menschen ebenfalls gefährden.«

Zwei Sekunden später zuckten Dutzende blauglühende Geschossbahnen von der ONSLAR II zu dem gestrandeten Flaggschiff. Weder der Imperator noch seine Kameraden wussten von der Identität des Schiffes und der persönlichen Anwesenheit des Zhort.

Hunderttausende der 2-cm-Geschosse schlugen in die dreieckförmigen Beiboote und zwischen die neben dem Flaggschiff versammelten Mohak. Letztere rasten mithilfe der Flugaggregate ihrer Kampfanzüge in alle Himmelsrichtungen fort, um dem Beschuss zu entgehen, doch einer nach dem anderen wurde von den blauen Strahlen erfasst und zerfetzt.

---

30 Körpertemperatur der warmblütigen Mohak.

Plötzlich verschwand ein knappes Dutzend der rotleuchtenden, die Körperwärme der Mohak repräsentierenden Punkte auf dem Ortungsbildschirm.

»Sie verkriechen sich im Erdboden«, gab der Offizier die einzig plausible Erklärung für das Verschwinden ab.

Sofort wanderten einige der blauen Strahlen zu dem Punkt, an dem die Echsen untergetaucht waren, und mähten diejenigen nieder, die sich nicht schnell genug in die Tiefe retteten.

»Wie viele sind entkommen?«, fragte Sargon hinterher.

»Elf!«, lautete die Auskunft des Ortungsoffiziers.

»Ich nehme mit ein paar Männern die Verfolgung auf«, sagte Nungal.

»Ja«, entgegnete Sargon, »aber sei vorsichtig. Die Mohak sind feige und heimtückisch.«

*

Nungal blickte aus der geöffneten Schleuse der ONSLAR II, die sich bereits unterhalb der Wolkendecke befand, auf das Bild der totalen Verwüstung. Dort, wo einst die Hauptstadt jenes Landes gestanden hatte, aus dem die meisten Angehörigen der Dritten Macht stammten, erstreckte sich eine eintönige grauschwarze Trümmerwüste. Gelegentlich zuckten Blitze auf die geschundene Landschaft hinab.

Vier Elitesoldaten der imperialen Leibgarde standen mit Nungal in der Schleuse. Er ließ sich als Erster über den Schleusenrand hinweg in den fünfhundert Meter tiefen Abgrund fallen. Per Gedankensteuerung aktivierte er das Vril-Triebwerk seines Kampfanzugs und nahm Kurs auf den Punkt, an dem die Echsen im Boden verschwunden waren. Seine Kameraden folgten ihm.

Der Punkt entpuppte sich als eine nur wenige Quadratmeter große ebene Fläche, die vom Schutt befreit worden war und in deren Mitte ein rundes, fünfzig Zentimeter durchmessendes Loch gähnte.

»Die Echsen haben einen Zugang zur Kanalisation entdeckt und sich darin verkrochen«, stellte Nungal fest.

»Das könnte ein Hinterhalt sein. Wenn die da unten auf uns warten, knallen sie jeden ab, der versucht, in den Schacht einzudringen«, sagte Leutnant Hermalan, ein junger, vielversprechender Offizier der Leibgarde.

»Genaugenommen nur den einen, der dumm genug ist, voranzugehen«, entgegnete Nungal. »Ich gehe freiwillig als Erster. Die Echsen sind wohl eher darauf aus, möglichst weit von hier wegzukommen, anstatt sich auf einen Kampf mit uns einzulassen – hoffe ich jedenfalls.«

In der nächsten Sekunde zwängte sich der Kommandeur der imperialen Leibwache durch die enge Öffnung und ließ sich dann vier Meter tief den Schacht hinab auf den Boden sinken. Sofort blickte er nach beiden Seiten in den Kanal, konnte jedoch keinen Gegner ausmachen.

»Die Luft ist rein«, funkte er nach oben.

Seine Kameraden stießen zu ihm vor.

»Welche Richtung könnten die Mohak eingeschlagen haben?«, überlegte Hermalan.

»Wir sollten uns trennen«, schlug Feldwebel Kirlador vor.

Nungal war dagegen. »Auf keinen Fall! Wir nehmen die Richtung, die vom Raumschiff wegführt.«

»Und wenn die Echsen genau das vorausgeahnt haben und deshalb durch den Kanal zurück in Richtung ihres Schiffes gegangen sind?«, merkte der Leutnant skeptisch an.

»Unwahrscheinlich. In Panik reagieren die Mohak unserer Erfahrung nach eher instinktgesteuert als mit Bedacht.« Bei seinen letzten Worten hatte Nungal bereits vom Boden abgehoben und raste nun in horizontaler Haltung den Kanal entlang in die von ihm präferierte Richtung.

An jeder Abzweigung stoppte er, um mit dem auf Infrarot geschalteten Bildschirm seines Helms zu beiden Seiten hin nach Mohak zu suchen. Viermal wiederholte sich der Vorgang. Bei der fünften Abzweigung drang das charakteristische Pfeifen von auf Dauerfeuer geschalteten Magnetfeldwaffen aus dem rechten Gang. Nungal bog sofort ab und jagte mit seinen Kameraden der Quelle der Schießerei entgegen.

Während des Fluges hörte der General der Leibwache die vertraute Stimme Sargons aus seinen Helmlautsprechern: »Kommt sofort wieder zurück! Unsere Sonden beim kosmischen String haben eine gigantische Flotte geortet, die sich dem Sol-System nähert.«

Nungal blickte erneut in eine Abzweigung. Nur wenige Meter Kanal mündeten in einen größeren Raum. Dort feuerten mehrere Mohak mit dem Rücken zu ihm auf eine Röhre in der gegenüberliegenden Wand. Für einen kurzen Moment sah der General dort einen der bei den imperialen Truppen üblichen schwarzen Helme mit der Verbreiterung im Nackenbereich.

»Da drüben befinden sich Kameraden«, informierte er die vier Soldaten, die sich unmittelbar hinter ihm befanden.

Er stürmte durch den kurzen Kanal in den großen Raum und eröffnete das Feuer auf die Echsen.

*

»Früher oder später werden wir von den Aldebaranern abgeholt«, versuchte Ralf, seine Frau zu beruhigen.

Er kniete sich vor seine Tochter Monika und strich ihr mit der Rechten über die Wange. Doch das Mädchen stierte nur ins Leere. Nach allem, was sie in den vergangenen Stunden durchgemacht hatte, stand sie dauerhaft unter Schock.

»Wie sollten die uns hier finden?«, fragte Katrin mutlos.

»Die wissen, dass man nur unterirdisch überleben kann. Also werden sie in der Kanalisation zuerst suchen.«

»Aber wann?« Katrins Stimme klang zutiefst verzweifelt. »Wir haben nichts zu essen und die Kinder brauchen dringend einen Arzt.«

»Ich weiß! Uns bleibt vorerst trotzdem nichts anderes übrig, als zu warten und zu beten.«

Schweigend seine Kinder streichelnd saß das Paar auf dem Rand eines Beckens, in das Abwässer aus sechs Kanälen geführt wurden, um von einem größeren Kanal abgeleitet zu werden.

Irgendwann, es mochte eine halbe Stunde vergangen sein, drang ein schwaches Licht aus einem der sechs Kanäle. Langsam gewann das Leuchten an Intensität. Ralf setzte Monika neben sich auf den Betonrand und schwebte an der Wand des Beckenraums entlang auf die betreffende Kanalröhre zu. Vorsichtig spähte er um die Ecke, nahm aber lediglich eine helle undefinierbare Lichtquelle wahr.

Der ehemalige Bundeswehroberst machte ein Experiment: Er befahl dem Mikrorechner seines Helms, das helle Leuchten aus dem Bild herauszurechnen und ihm lediglich das zu zeigen, was das Licht reflektierte.

Eine Sekunde später erschien das Ergebnis auf der Innenseite des Gesichtsteils des Helms. Mohak!

»Begib dich mit den Kindern in die Kanalröhre hinter euch!«, funkte Ralf seiner Frau.

Katrin verstand. Das Leuchten rührte also nicht von einem Rettungstrupp, sondern vom genauen Gegenteil: von abgestürzten Mohak, die eine Portion Lebendfutter sicherlich nicht verschmähen würden.

Nachdem Frau und Kinder aus seinem Blickfeld verschwunden waren, eröffnete Ralf das Feuer auf die Echsen. Er vernahm gebrüllte Befehle in einer ihm fremden zischenden Sprache. Glühende Geschossbahnen hagelten aus dem Kanal und schlugen in die gegenüberliegende Wand. Betonsplitter und Staub spritzten durch den Beckenraum.

Ralf zog sein Gewehr aus dem Kanal zurück, damit es ihm nicht wie weiland Gustafs aus der Hand geschossen wurde, und flog in die aus dem Beckenraum hinausführende Hauptröhre. Er beabsichtigte, die Echsen von dort aus weiter unter Feuer zu nehmen und dann tiefer nach drinnen zu fliehen. Auf diese Weise wollte er den Gegner von dem Kanalgang ablenken, in dem sich seine Familie befand.

Mehrere Echsen flogen zugleich aus dem runden Schacht und schossen, ohne ein Ziel zu haben, einfach drauflos. Ihre Nerven lagen offenbar blank. Ralf erledigte rasch zwei Mohak, bevor er ein Stück zurückrobbte. Die Kugeln der übrigen Echsen, die seinen Standort noch nicht ausgemacht hatten, rissen große Stücke aus der Wand des Beckenraums – viel Getöse um nichts.

Blitzschnell robbte Ralf noch einmal kurz nach vorne, um einen Feuerstoß abzugeben, danach trat er sofort wieder den Rückzug an. Hier unten zählte Fairness einen Dreck, man musste sich dem Verhalten der Kanalratten anpassen: vorstoßen, zubeißen, abhauen.

Geschossbahnen zischten von irgendwoher in den Beckenraum. Der Oberst sah, wie Mohak-Körperfetzen am Hauptkanaleingang vorbeigeschleudert wurden. Ein loses Echsenauge blickte direkt zu ihm herein.

*Die werden beschossen!,* stellte er überrascht fest.

Sofort warf er sich so weit nach vorn, dass er den Beckenraum komplett übersehen konnte. Mehrere tote Echsen trieben in der stinkenden Brühe des Beckens. Vier weitere schwebten darüber und schickten sich soeben an, das Feuer auf den Kanal zu eröffnen, aus dem sie gerade gekommen waren. Eine der Echsen trug einen Umhang aus violetter Seide.

Ralf zögerte keine Sekunde. Er schaltete per Gedankenbefehl auf Dauerfeuer und zog durch. Sein Geschossstrahl ließ drei in rote Uniformen gekleidete Mohak regelrecht zerplatzen. Lediglich das Biest mit dem violetten Umhang fand die Zeit, sich ihm zuzuwenden – bevor es ebenfalls getroffen wurde.

Der Grüngeschuppte schaute ungläubig auf seinen rechten Arm, der ihm von den Geschossen abgetrennt worden war und zusammen mit seiner Waffe in der dunklen Brühe unter ihm absoff.

*

Mit der höchsten Beschleunigung seines Flugaggregats raste der einarmige Zhort in einen Kanal, der in die gleiche Wand mündete wie der, in den Katrin mit den Kindern geflohen war. Sie bewegten sich demnach parallel zueinander und konnten nicht zusammentreffen.

Lediglich Nungal wusste anhand des violetten Umhangs zu deuten, wer der Flüchtende war. Der gescheiterte Herrscher über die gesamte Galaxis suchte Schutz an einem Ort, an dem die Ausschcidungen menschlicher Futtertiere gesammelt wurden. Konnte man als Mohak-Anführer noch tiefer sinken?

*

»Los! Wir müssen hier weg!«, rief Nungal in sein Helmmikrophon auf Aldebaranisch, in dem festen Glauben, einen Kameraden vor sich zu haben. Doch statt einer Antwort in der gleichen Sprache hörte der General ein »Danke!« auf Deutsch, einer Sprache, die vom Tonfall her sehr ähnlich klang, deren Vokabular jedoch ein anderes war.

Der Kommandeur der Leibwache wiederholte seine Aufforderung nunmehr in deutscher Sprache, die er dank Gehirnstrominduktion perfekt beherrschte. Zu seinem Erstaunen reagierte nicht nur der Mann, der aus dem Hauptkanal auf die Mohak geschossen hatte, auf die Aufforderung – ein weiterer Soldat trat mit zwei Kindern aus einem Nebenkanal. Die Verblüffung des Generals wurde noch einmal gesteigert, als der zweite Soldat sein Gesichtsteil aufgleiten ließ: Es handelte sich zweifelsohne um eine Frau.

»Ich weiß nicht, wie ich Ihnen danken kann«, sagte sie ebenfalls auf Deutsch, wurde aber sofort von Nungal unterbrochen, der eins der Kinder auf die Arme nahm, das sofort zu schreien begann.

»Keine Zeit für Höflichkeiten«, sagte der höchstdekorierte Soldat des Imperiums. »Wir müssen schnellstens zurück in unser Schiff.«

»Wir folgen Ihnen«, erwiderte Müller. »Meinen Sohn geben Sie aber besser mir. Er steht unter Schock und dürfte sich bei seinem Vater sicherer fühlen.«

Nungal reichte das Kind dem Oberst, während dessen Frau das andere Kind auf die Arme nahm. Es folgte ein rasanter Flug durch den Hauptkanal bis zum nächsten Ausstieg.

»Der Verschluss ist mit Sicherheit mit Tonnen von Schutt bedeckt«, brachte Ralf gerade noch hervor, als Nungal bereits mit Vollschub von innen gegen den Gullydeckel flog, ihn aus der Fassung riss und zusammen mit einigen Tonnen Geröll hinfort -katapultierte.

Ralf Müller erinnerte das Ganze an seine eigene Kanaldeckel-Flugaktion, die damit verglichen nur ein Fliegenschiss gewesen war.

Jeder andere wäre zerquetscht worden, doch Nungal war nichts passiert. Er war vor einhundertfünfzig Jahren auf die Superintelligenz Isais getroffen, die ihn mit außergewöhnlichen Fähigkeiten, darunter übermenschliche Körperkräfte, ausgestattet hatte.

Der Flug zur ONSLAR II, die majestätisch über der Geröllwüste schwebte, verlief ohne Zwischenfälle. Nungal hatte die medizinische Abteilung bereits informiert. In der Schleuse wurden das gerettete Paar und die beiden Kinder vom Sanitätspersonal in Empfang genommen. Noch während Nungal auf dem Weg in die Zentrale war, beschleunigte die ONSLAR mit Vollschub. Durch die verdrängten Luftmassen tobte erneut ein Orkan, viele hundert Male stärker als jeder natürliche Sturm, über die Trümmerwüste hinweg.

»Hat lange gedauert!«, begrüßte ihn der Imperator mit tadelndem Unterton.

»Ehepaar mit zwei Kindern vor den Mohak gerettet. Zhort hat an dem Gefecht teilgenommen, musste schwer verletzt fliehen.

Keine Zeit, ihn zu verfolgen. Verblutet wahrscheinlich«, erlaubte sich Nungal eine Ultrakurzfassung der Ereignisse.

Er war brennend daran interessiert, zu erfahren, was der Imperator im Hinblick auf die sich nähernde Flotte Pentars befohlen hatte – dass es sich um Schiffe des Verräters handelte, stand für Nungal außer Frage.

»Wir haben sofort nach der Ortung der Flotte die PÜRaZeTs zu Mars, Jupiter und Saturn abgeschaltet. Pentars Flotte hat bereits den kosmischen String verlassen und nähert sich mit Kurs auf Terra quer durch das System, was sechzig Stunden in Anspruch nehmen dürfte. Erste Aufnahmen der Schiffe haben uns bestätigt, dass Cassadaren mit darunter sind, dass es sich also tatsächlich um Pentar handelt, der da anrückt.«

»Und? Was machen wir jetzt?«

»Wir ziehen uns zum Mars zurück. Soll sich Pentar ruhig erst einmal um Terra kümmern, davon ist eh nicht mehr viel übrig. Unsere Mannschaften im Himalaya, in den chilenischen Anden und auf dem Meeresgrund wird er wohl nicht so schnell entdecken, und ansonsten gibt es auf Terra nichts, was ihm nützlich sein könnte. Sobald er zum Mars aufbricht, wird es ernst, bis dahin müssen wir uns etwas einfallen lassen.

Ich habe übrigens nicht vergessen, was du mir zugeflüstert hast, nachdem uns Professor Silberheim dringlichst empfahl, uns von den Cassadaren fernzuhalten. Darf ich aus deinen Andeutungen schließen, dass du eine Idee hast, wie wir vielleicht doch mit den Biestern fertig werden können?«

Nungal nickte und erläuterte seinem besten Freund, dem Herrscher über Hunderte von besiedelten Welten, mit jungenhaftem Lächeln seinen Plan...